ZHONGGUO XIAOSHUO
100 QIANG

中国小说 100 强（1978—2022）

像水一样柔软

胡学文 著

北京联合出版公司
Beijing United Publishing Co.,Ltd.

图书在版编目（CIP）数据

像水一样柔软 / 胡学文著. -- 北京：北京联合出版公司，2023.9
（中国小说100强）
ISBN 978-7-5596-7064-9

Ⅰ.①像… Ⅱ.①胡… Ⅲ.①中篇小说－中国－当代 Ⅳ.①I247.5

中国国家版本馆CIP数据核字（2023）第114079号

像水一样柔软

作　　者：	胡学文
出 品 人：	赵红仕
出版监制：	张晓冬　范晓潮
责任编辑：	夏应鹏
特约编辑：	和庚方　刘沐雨
封面设计：	武　一

北京联合出版公司出版
（北京市西城区德外大街83号楼9层　100088）
北京兴星伟业印刷有限公司印刷　新华书店经销
字数171千字　650毫米×920毫米　1/16　18.5印张
2023年9月第1版　2023年9月第1次印刷
ISBN 978-7-5596-7064-9
定价：58.00元

版权所有，侵权必究
未经书面许可，不得以任何方式转载、复制、翻印本书部分或全部内容。
本书若有质量问题，请与本公司图书销售中心联系调换。
电话：010-65868687

中国小说100强（1978—2022）丛书

编委会

丛书总策划

  张　明　　著名出版人
  张　英　　资深媒体人

编委主任

  吴义勤　　中国作协副主席
  　　　　　中国小说学会会长

编　委

  吴义勤　　中国作协副主席、中国小说学会会长
  宗仁发　　《作家》杂志主编
  谢有顺　　中山大学教授、中国小说学会副会长
  顾建平　　《小说选刊》副主编
  张　英　　资深媒体人
  文　欢　　作家、出版人

总　序

"中国小说100强"（1978—2022）是资深出版人张明先生和腾讯读书知名记者张英先生共同策划发起的一套大型文学丛书。他们邀请我和宗仁发、谢有顺、顾建平、文欢一起组成编委会，并特邀徐晨亮参与，经过认真研讨和多轮投票最终评定了100人的入选小说家目录。由于编委们大多都是长期在中国文学现场与中国文学一路同行的一线编辑、出版家、评论家和文学记者，可以说都是最专业的文学读者，因此，本套书对专业性的追求是理所当然的，编委们的个人趣味、审美爱好虽有不同，但对作家和文学本身的尊重、对小说艺术的尊重、对文学史和阅读史的尊重，决定了丛书编选的原则、方向和基本逻辑。

从文学史的角度来说，1978年以后开启的新时期文学是中国当代文学的黄金时代，不仅涌现了一批至今享誉世界的优秀作家，而且创造了许多脍炙人口的文学经典，并某种程度上改写了20世纪中国文学史的版图。而在中国新时期文学的经典家族中，小说和小说家无疑是艺术成就最高、影响力最大的部分。"中国小说100强"（1978—2022）就是试图将这个时期的具有经典性的小说家和中国小说的经典之作完整、系统地筛选和呈现出来，并以此构成对新时期文学史的某种回顾与重读、观察与评判。呈现在读者面前的这套丛书是对1978—2022年间中国当代小说发展历程的一次全面、系统的整体性回顾与检阅，是中国当代文学经典化的重要成果，从特定的角度集中展示了中国新时期文学在小说创作方面的巨大成就。需要说明的是，与1978—2022年新时期文学繁荣兴盛的局面相比，100位作家和100本书还远远不能涵盖中国当代小说的全貌，很多堪称经典的小说也许因为各种原因并未能进入。莫言、苏童、余华等作家本来都在编委投票评定的名单里，但因为他们已与某些出版社签下了专有出版合同，不允许其他出版社另出小说集，因而只能因不可抗原因而割爱，遗珠之憾实难避免，而且文学的审美本身也是多元的，我们的判断、评价、选择也许与有些读者的认知和判断是冲突的，但我们绝无把自己的标准强加于别人的意思。我们呈现的只是我们观察中国这个时期当代小说的一个角度、一种标准，我们坚持文学性、学术性、专业性、民间性，注重作家个体的生活体验、叙事能力和艺术功力，我们突破代际局限，老、中、青小说家都平等对待，王蒙、冯骥才、梁晓声、铁凝、阿来等名家名作蔚为大观，徐则臣、阿乙、弋舟、鲁敏、林森等新人新作也是目不暇接，我们特别关注文学的新生力量，尤其是近10年作品多次获国家大奖、市场人气爆棚的新生代小说家，我们秉持包容、开放、多元的审美立场，无论是专注用现实题材传达个人迥异驳杂人生经验、用心用情书写和表现时代精神的现实主义作家，还是执着于艺术探索和个体风格的实验性作家，在丛书里都是一视同仁。我们坚信我们是忠实于自己的艺术理想、艺术原则和艺术良心的，但我们并不认为自己的角度和标准是唯一的，我们期待并尊重各种各样的观察角度和文学判断。

当然，编选和出版"中国小说100强"（1978—2022）这套大型丛书，除了上述对文学史、小说史成就的整体呈现这一追求之外，我们还有更深远、更宏大的学术目标，那就是全力推进中国当代文学"经典化"的历程和"全民阅读·书香中国"建设。

从1949年发端的中国当代文学已经有了70多年的发展历程，但对这70多年文学的评价一直存在巨大的分歧，"极端的否定"与"极端的肯定"常常让我们看不到当代文学的真相。有人认为中国当代文学达到了前所未有的高度和水平。王蒙先生在法兰克福书展上就说：中国当代文学现在是有史以来最繁荣的时期。余秋雨、刘再复甚至认为中国当代文学的成就远远超过了现代文学。也有人极端否定中国当代文学，认为中国当代文学都是垃圾。他们认为现代文学要远远超过当代文学，中国当代文学连与现代文学比较的资格都没有。比如说，相对于鲁（迅）、郭（沫若）、茅（盾）、巴（金）、老（舍）、曹（禺）这样大师级的人物，中国当代作家都是渺小的侏儒，根本不能相提并论，两者比较就是对大师的亵渎。应该说，与对中国当代文学的肯定之声相比，对当代文学的否定和轻视显然更成气候、更为普遍也更有市场。尽管否定者各自的角度和出发点不同，但中国当代作家、作品与中外文学大师、文学经典之间不可比拟的巨大距离却是唱衰中国当代文学者的主要论据。这种判断通常沿着两个逻辑展开：一是对中外文学大师精神价值、道德价值和人格价值的夸大与拔高，对文学大师的不证自明的宗教化、神性化的崇拜。二是对文学经典的神秘化、神圣化、绝对化、空洞化的理解与阐释。在此，我们看到了一个非常有趣的悖论：当谈论经典作家和文学大师时我们总是仰视而崇拜，他们的局限我们要么视而不见要么宽容原谅，但当我们谈论身边作家和身边作品时，我们总是专注于其弱点和局限，反而对其优点视而不见。问题还不在于这种姿态本身的厚此薄彼与伦理偏见，而是这种姿态背后所蕴含的"当代虚无主义"。这种"虚无主义"的最大后果就是对当代作家作品"经典化"的阻滞，对当代文学经典化历程的阻隔与拖延。一方面，我们视当下作家作品为"无物",拒绝对其进行"经典化"的工作,另一方面又以早就完全"经典化"了的大师和经典来作为贬低当下泥沙俱下的文学现实的依据。这种不在同一个层面上的比较,不仅毫无意义,而且只能使得文学评价上的不公正以及各种偏激的怪论愈演愈烈。

其实,说中国当代文学如何不堪或如何优秀都没有说服力。关键是要进行"经典化"的工作,只有"经典化"的工作完成了才有可能比较客观地对当代的作家作品形成文学史的判断。对当代的"经典化"不是对过往经典、大师的否定,也不是对当代文学唱赞歌,而是要建立一个既立足文学史又与时俱进并与当代文学发展同步的认识评价体系和筛选体系。当然,我们也要承认,"经典化"问题是一个非常复杂的问题,并不是凭热情和冲动一下子就能完成的,但我们至少应该完成认识论上的"转变"并真正启动这样一个"过程"。

现在媒体上流行一些对于中国当代文学经典化冷嘲热讽的稀奇古怪的言论,其核心一是否定中国当代文学有经典、有大师,其二是否定批评界、学术界有关"经典化"的主张,认为在一个无经典的时代,"经典"是怎么"化"也"化"不出来的,"经典化"是一个实实在在的"伪命题"。其实,对于文学,每个人有不同的判断、不同的理解这很正常,每一种观点也都值得尊重。但是,在"经典"和"经典化"这个问题上,我却不能不说,上述观点存在对"经典"和"经典化"的双重误解,因而具有严重的误导性和危害性。

首先,就"经典"而言,否定中国当代文学早就不是什么新鲜事,对当代文学的虚无主义态度在很多人那里早已根深蒂固。我不想争论这背后的是与非,也不想分析这种观点背后的社会基础与人性基础。我只想指出,这种观点单从学理层面上看就已陷入了三个巨大误区:

第一个误区,是对经典的神圣化和神秘化的误区。很多人把经典想象为一个绝对的、神圣的、遥远的文学存在,觉得文学经典就是一个绝对的、乌托邦化的、十全十美的、所有人都喜欢的东西。这其实是为了阻隔当代文学和"经典"这个词发生关系。因为经典既然是绝对的、神圣的、乌托邦的、十全十美的，那我们今天哪一部作品会有这样的特性呢？如果回顾一下人类文学史，有这样特性的作品好像也没有。事实上，没有一部作品可以十全十美，也没有一部作品能让所有人喜欢。在这个问题上，我们应该明确的是，"经典"不是十全十美、无可挑剔的代名词，在人类文学史上似乎并不存在毫无缺点并能被任何人所认同的"经典"。因此，对每一个时代来说，"经典"并不是指那些高不可攀的神圣的、神秘的存在，只不过是那些比较优秀、能被比较多的人喜爱的作品而已。从这个意义上说，当今中国文坛谈论"经典"时那种神圣化、莫测高深的乌托邦姿态，不过是遮蔽和否定当代文学的一种不自觉的方式，他们假定了一种遥远、神秘、绝对、完美的"经典形象"，并以对此一本正经的信仰、崇拜和无限拔高，建立了一整套关于中国当代文学的伦理话语体系与道德话语体系，从而充满正义感地宣判着中国当代文学的死刑。

　　第二个误区，是经典会自动呈现的误区。很多人会说，是金子总是会发光的。但对文学来说，文学经典的产生有着特殊性，即，它不是一个"标签"，它一定是在阅读的意义上才会产生意义和价值的，也只有在阅读的意义上才能够实现价值，没有被阅读的作品没有被发现的作品就没有价值，就不会发光。而且经典的价值本身也不是固定不变的。如果一个作品的价值一开始就是固定不变的，那这个作品的价值就一定是有限的。经典一定会在不同的时代面对不同的读者呈现出完全不同的价值。这也是所谓文学永恒性的来源。也就是说，文学的永恒性不是指它的某一个意义、某一个价值的永恒，而是指它具有意义、价值的永恒再生性，它可以不断地延伸价值，可以不断地被创造、不断地被发现，这才是经典价值的根本。所以说，经典不但不会自动呈现，而且一定要在读者的阅读或者阐释、评价中才会呈现其价值。

第三个误区，是经典命名权的误区。很多人把经典的命名视为一种特殊权力。这有两个层面的问题：一，是现代人还是后代人具有命名权；二，是权威还是普通人具有命名权。说一个时代的作品是经典，是当代人说了算还是后代人说了算？从理论上来说当然是后代人说了算。我们宁愿把一切交给时间。但是，时间本身是不可信的，它不是客观的，是意识形态化的。某种意义上，时间确会消除文学的很多污染包括意识形态的污染，时间会让我们更清楚地看清模糊的、被掩盖的真相，但是时间同时也会使文学的现场感和鲜活性受到磨损与侵蚀，甚至时间本身也难逃意识形态的污染。此外，如果把一切交给时间，还有一个前提，那就是对后代的读者要有足够的信任，要相信他们能够完成对我们这个时代文学的经典化使命。但我们对后代的读者，其实是没有信心的。我们今天已经陷入了严重的阅读危机，我们怎么能寄希望后代人有更大的阅读热情呢？幻想后代的人用考古的方式对我们这个时代的文学进行经典命名，这现实吗？我不相信后人对我们身处时代"考古"式的阐释会比我们亲历的"经验"更可靠，也不相信，后人对我们身处时代文学的理解会比我们亲历者更准确。我觉得，一部被后代命名为"经典"的作品，在它所处的时代也一定会是被认可为"经典"的作品，我不相信，在当代默默无闻的作品在后代会被"考古"挖掘为"经典"。也许有人会举张爱玲、钱钟书、沈从文的例子，但我要说的是，他们的文学价值早在他们生活的时代就已被认可了，只不过很长时间由于意识形态的原因我们的文学史不谈及他们罢了。此外，在经典命名的问题上，我们还要回答的是当代作家究竟为谁写作的问题。当代作家是为同代人写作还是为后代人写作？幻想同代人不阅读、不接受的作品后代人会接受，这本身就是非常乌托邦的。更何况，当代作家所表现的经验以及对世界的认识，是当代人更能理解还是后代人更能理解？当然是当代人更能理解当代作家所表达的生活和经验，更能够产生共鸣。因此，从这个角度来说，当代人对一个时代经典的命名显然比后代人更重要。第二个层面，就是普通人、普通读者和权威的关系。理论上，我们都相信文学权威对一个时代文学经典命名的重要性，权威当然更有价值。但我们又不能够迷信文学权威。如果把一个时代文学经典的命名权仅仅交给几个权威，那也是非常危险的。这个危险表现在什么地方呢？就是几个人的错误会放大为整个时代的错误，几个人的偏见会放大为整个时代的偏见。我们有很多这样的文学史教训。在这个问题上，我们既要相信权威又不能迷信权威，我们要追求文学经典评价的民主化、民主性。对一个时代文学的判断应该是全体阅读者共同参与的民主化的过程，各种文学声音都应该能够有效地发出。这个时代的文学阅读，最理想的状态应该是一种互补性的阅读。为什么叫"互补性的阅读"？因为一个批评家再敬业，再劳动模范，一个人也读不过来所有的作品。举个例子：现在我们一年有5000部以上的长篇小说，一个批评家如果很敬业，每天在家读二十四小时，他能读多少部？一天读一部，一年也只能读三百部。但他一个人读不完，不等于我们整个时代的读者都读不完。这就需要互补性阅读。所有的读者互补性地读完所有作品。在所有作品都被阅读过的情况下，所有的声音都能发出来的情况下，各种声音的碰撞、妥协、对话，就会形成对这个时代文学比较客观、科学的判断。因此，文学的经典不是由某一个"权威"命名的，而是由一个时代所有的阅读者共同命名的，可以说，每一个阅读者都是一个命名者，他都有对经典进行命名的使命、责任和"权力"。而作为一个文学研究者或一个文学出版者，参与当代文学的进程，参与当代文学经典的筛选、淘洗和确立过程，更是一种义不容辞的责任和使命。说到底，"经典"是主观的，"经典"的确立是一个持续不断的"过程"，"经典"的价值是逐步呈现的，对于一部经典作品来说，它的当代认可、当代评价是不可或缺的。尽管这种认可和评价也许有偏颇，但是没有这种认可和评价，它就无法从浩如烟海的文本世界中突围而出，它就会永久地被埋没。从这个意义上说，在当代任何一部能够被阅读、谈论的文本都是幸运的，这是它变成"经典"的必要洗礼和必然路径。

总之，我们所提倡的"经典化"不是要简单地呈现一种结果，不是要简单地对一个时代的文学作品排座次，不是要武断地指出某部作品是"经典"，某部作品不是"经典"，不是要颁发一个"谁是经典"的荣誉证书，而是要进入一个发现文学价值、感受文学价值、呈现文学价值的过程。所谓"经典化"的"化"实际上就是文学价值影响人的精神生活的过程，就是通过文学阅读发现和呈现文学价值的过程。可以说，文学的经典化过程，既是一个历史化的过程，更是一个当代化的过程。文学的经典化时时刻刻都在进行着，它需要当代人的积极参与和实践。因此，哪怕你是一个对当代文学的虚无主义者，你可以不承认当代文学有经典，但只要你还承认有文学，你还需要和相信文学，还承认当代文学对人的精神生活具有影响力，你就不应该否定当代文学经典化的重要性。没有这个"经典化"，当代文学就不会进入和影响当代人的生活，就失去了存在的意义。每一个人，哪怕你是权威，你也不能以自己的好恶剥夺他人阅读文学和享受文学的权利。

从这个意义上说，当代文学的经典化当然是一个真命题而不是一个伪命题。在一个资讯泛滥的时代，给读者以经典的指引是文学界、出版界共同的责任，而这也是我们编辑出版这套书的意义所在。

最后，感谢张明和张英先生为本套书付出的辛劳，感谢北京立丰天文化传播有限公司、北京金圣典文化有限公司的资金支持，感谢全体编委和北京联合出版公司各位编辑，感谢所有对本套丛书的出版给予大力支持的作家和他们的家人。

是为序。

吴义勤

2022年冬于北京

目 录
Contents

秋风绝唱____1

土炕和野草____44

像水一样柔软____90

牙　齿____147

一个谜面有几个谜底____223

秋风绝唱

1

骑驴的汉子站在垴包上,望着东张西望的女子,突地拱起一股莫名的烦躁。女子挎一豆绿色书包,穿一身浅蓝色牛仔服,走路一弹一跳,如一头刚离开母亲的小鹿。口外的秋风吹散了女子的头发,光洁的额头忽而闪现,忽而被头发遮住。骑驴汉子的眼睛雾样迷乱了,那张遥远的面孔带着哨音晃出来,他几乎闻见了她身上的青草味。骑驴汉子的脑袋噼哩啪啦地燃烧了几下,他的喉咙热辣辣的似有东西喷出来。汉子干咳了几声,突然吼出了憋在心底的坝上调子:

  头一回回 你你不在
  让你哥哥劈了俄(我)两锅盖
  二一回 你你不在
  差一点让你哥哥揭了俄(我)天灵盖
  ……

骑驴汉子是二姨夫,四十七岁的二姨夫一脸沧桑。二姨夫是去乡里告状的,遇见这个女子纯属偶然。但这个女子却使二姨夫想起了他多年前的相好,那苍凉的坝上调子完全是情不自禁从心底泻出来的,因而给人一种撕心裂肺的感觉。女子哆嗦了一下,猛地折回头。她和二姨夫对视片刻,二姨夫眼里的苍老一下把她融化了。她甩了甩头发,大步向二姨夫走过来。

二姨夫已不再唱,女子的气息正热浪样逼过来。他痴痴地望着女子,竭力想描出那张熟悉的面孔。女子和二姨夫记忆中的并不一样,但在她走近的时候,二姨夫已将她的面容进行了想象性的改造,和他脑中的形象吻合在一起。

嗨,你唱的什么调子?女子直来直去地问。

女子随意的称呼一下使二姨夫轻松起来,他呵呵一笑,露出一嘴锈色的牙齿。女子又问了一句。二姨夫说,坝上调子。女子哦了一声,当即摘下书包,掏出一个精致的红皮本和一支蛇条钢笔,要求二姨夫再唱一遍。

你做啥呢?二姨夫问。

我要记下来。女子回答。

二姨夫又笑起来,笑声里带出了不屑。好一阵儿,二姨夫方说,你年轻轻的记它干啥呀?它是药,有病的治病,没病的吃了可生病呢。二姨夫认为女子是出于好奇才要记的,他哪里会唱?二姨夫的话越发使女子好奇,她缠住二姨夫,死活让二姨夫唱。女子拽住毛驴的缰绳,半真半假地威胁道,你不唱,我就不准你走。女子的神色既调皮,又任性,二姨夫的眼睛就有些潮湿,他从驴背上跳下来,故意绷着面孔说,说不唱就不唱,你能把我咋的?二姨夫是想逗一逗女子,但他那张粗涩的脸淹没了他的表情，心切的女子认了真，她掏出一张五十元的票子在二姨夫眼前晃了晃说，我给你钱，咋样？

二姨夫一下被激怒了，他噌地拽出缰绳，嚷，谁稀罕你的钱？你的眼珠子让泔水蒙了是不？

女子始料不及，眼里闪过一丝慌然。但她马上反应过来，跟在毛驴后面小跑起来，大叔，我错了，我错了还不行吗？二姨夫没料女子如此固执，他有些不忍，正想停下来，听得女子哎哟一声。二姨夫的心倏地一颤，忙跳下驴背，女子正龇牙咧嘴从地上爬起来，她的下巴蹭起一片皮。二姨夫有些内疚，他一边给女子拍土一边说，你看你……你看你……

女子很艰难地一笑，大叔，你的脸总算晴了啊。

二姨夫叹口气，这个女子让人恼不得，躲不得。

女子说，这下总该唱了吧。

二姨夫怔怔地望着女子，你真喜欢？

女子郑重地点点头。

二姨夫说，我唱不出。

女子问，为啥？

二姨夫眼里又流露出那种苍老，唱不出，就是唱不出，还能为啥？女子眼里的失望如锤子在二姨夫心上重重击了几下，脑里的那个影子又和女子重叠起来。二姨夫虽无法抹去对女子的好感，但却没有了最初的冲动。他说女娃你别伤心，我唱给你听。二姨夫憋足劲吼了几句，完了问女子，够劲不够劲？女子摇摇头说，没有刚才的效果，似乎少了些什么。二姨夫说，坝上调子是靠心劲唱出来的，不是靠嗓子吼出来的。女子喃喃地说了句什么，二姨夫没听懂，他问女子去什么地方。女子说坝上，她要到坝上走走。二姨夫又笑起来，他一笑，那锈色的牙齿就全露了出来。女子问，你笑啥呢？二姨夫说，一匹快马三天跑不出坝上，你两条腿走啥呀？女子说，不是有你的毛驴吗？二姨夫怔了一下，忙说，我还有事，你甭打它的主意。说着就要走。女子说，我没亲没友，来这儿就靠你了啊，大叔。二姨夫顿了几顿，才下定决心似的说，好吧，要去哪儿，我陪着。又装出懊恼的样子说，谁让我运气这么不好，撞见你呢？女子说了句真的，跳起来亲了二姨夫一口。二姨夫叫你这娃！捂着脸却不肯拿开，似乎怕那感觉跑掉。其实，二姨夫答应女子也打着鬼主意。他看见女子的本和钢笔，断定女子是写文章的，他想让女子写状子。此时，他还不好意思提出来。

半小时后，二姨夫已和这个叫尹歌的女子走在了回北滩的路上。尹歌斜着身子骑在驴背上，眼里满是好奇。二姨夫一手抓着满是污垢的帽子，一手牵着驴。二姨夫已知尹歌是音乐学院的学生，要来坝上采风。二姨夫说，坝上风大，还用你采？尹歌咯咯地笑起来，大叔，你可真逗。二姨夫不悦，别大叔大叔的，你嗨我就行。

尹歌就说，嗨，慢点走。

二姨夫的眉毛就扬起来，你喊我，还是喊驴？

尹歌说，嗨，你不要工钱可别后悔啊！

二姨夫不是那种死板的人，他回敬道，领个小女子，我快活死了，你别倒要工钱我就烧高香了。二姨夫陡然间年轻了，身子轻飘飘的，似乎要飞起来。

尹歌笔记 我的耳朵里灌满了媚俗的、毫无意义的声音。我不认为它是歌声，歌声是有内容的，而它们没有，所以我称之为声音，一种按序排列的声音。我一直想创作一首真正意义的歌曲，为此我在六七个城市流浪过。倒是创作了几首，但都失败了。其实，那不是创作，只是制作，因为毫无激情可言。我向一位音乐前辈倾述苦恼，他的一句话颇耐人寻味。他说，不管你到过多少城市，你的感觉永远不会变，因为所有的城市都是一个模式，要找灵感，必须远离喧嚣。他的话启发了我，这是我到坝上草原的初衷。

一上坝，我就被吸引住了。我的眼前是海海漫漫的草野和无边无际的莜麦地，草滩上是悠闲的羊群、牛群、马群，让人感受到一种原始的生命力量。我疲惫的心一下轻爽了，似有清水荡过全身。空气中弥漫着青草、莜麦混合的香味，我觉得鼻孔不够用了，于是我张大嘴呼吸着。就在这时，我听到撕心裂肺的喊歌声，我觉得有一只长长的钉耙一下一下地钉着我，我的心被击痛了。我对坝上之行充满了信心，相信自己一定会创作出一首打动人心的歌曲。我不知汉子为什么拒绝给我唱歌，更不知道为什么我一掏钱会激怒他。他不大愿意陪我，可一旦答应却不要一分钱，有了刚才的教训，我不敢再勉强。这是我在坝上结识的第一个人，他身上似乎有一种东西，把我深深吸引住了。我相信，结识这个奇异的汉子是一种缘分。

2

黄老二拎着水漉漉的头颅挤出屋子，泥似的瘫在门口。我他妈完了，他想，怎么就把翠花押上去了呢？黄老二是明白赌场上的规律的，说背整个晚上都会背下去，可他当时输红了眼，把翠花作为筹码是准备赢的，谁知……黑沉沉的夜晚，没有一丝星光，夜气黏稠得令人窒息。黄老二赌了多年，从未输得这么惨。他揉揉熬得血红的眼睛，干咳了几声。

这时，身后传来冷冰冰的声音，你往来送，还是我去接？

黄老二猛地一颤，不用回头，他也知道是独眼儿汉子。尽管黄老二明白后草地的汉子绝情，还是忍不住央求，老兄放我一码如何？

独眼儿嘿嘿一笑，据说你父亲当年是北草地第一条汉子，他怎么会有你这么窝囊的儿子？我他妈看不起你，不就是个女人吗？输不起就甭赌。

黄老二的脑袋往裤裆里沉去，他下意识地摸了摸自己的右手。父亲为了戒黄老二的赌，咬牙劈掉他两个手指。父亲凶凶地冲他吼，你再赌，我剁了你的头。但黄老二没能管住自己，终于尝到恶果了，这是自作自受啊。他脑里涌出翠花凄楚的面容。翠花央求过他多少次，他不知道；翠花趴在他胸上流了多少泪，他不知道。他当时想，有你吃有你喝，你管那么宽干啥？他从未想到自己会落到这种地步。

黄老二，你放个屁！独眼儿话里带着火药味。

黄老二缓缓仰起头。他看不清独眼儿的脸，可他觉得出独眼儿嘴边吊着一抹冷笑。黄老二费力地吐出几个字，随你，只要她愿意。

独眼儿阴阴一笑，少来这一套，什么愿意不愿意？你敢耍花招，我废了你！

黄老二脑里一片混浊。翠花，我对不住你。

…………

两天后，黄老二和独眼儿从后草地赶回北滩。

这天，翠花像往常一样去田间圪塄上割了一麻袋兔草。之后提着小篮去滩里采蘑菇。翠花悄悄往兜里塞了一把小铲子。小铲子是挖药材用的，每年这个时候，药材贩子就驻进村里。药材贩子不但收，也去挖。据说他们有草原站发的许可证，而且上交村里一部分，所以村长黄文才从来不管，可黄文才不允许村里人挖。要挖，就要向村里缴税。村民都避着黄文才偷偷地挖。翠花不但要避着黄文才，还要避着公公瘸羊倌。公公不让她挖，他说草坡是北滩的命，谁糟蹋草坡谁走背字。

翠花到了一个僻静的去处，采了几朵蘑菇，挖了几把野山葱，瞅瞅没人，就伏在草坡上挖药材。草地上到处是黄芩、黄芪等药材。后半晌，翠花挎着小筐走出草坡。翠花喜滋滋的，边走边哼着坝上小调。

翠花妹子，啥事这么高兴？

翠花愣了一下，待看清面前站着黄文才，脸一下白了。翠花怯怯地笑了一下，叫了声黄村长。翠花不像其他妇女，被黄文才抓住就和黄文才打哈哈，用胸脯蹭他，让黄文才揩点儿小便宜，然后溜掉。翠花做不出来，她是那种胆小羞怯的妇女，哪敢和黄文才开玩笑？

黄文才瞅瞅翠花篮里的野葱，不阴不阳地问，怎么挖这么多？翠花口未开，脸先红了。一只蝴蝶飞过来，在篮子边上盘旋几遭，落在翠花的扣子上。黄文才轻轻一触，蝴蝶飞开。翠花后退一步，叫声叔。黄文才说谁是你的叔，猛地夺过篮子，倒扣过来。黄芩、黄芪、老牛疙瘩撒了一地。翠花的脸白得没了血色。黄文才抓起闻了闻，说，你别怕，我不会把你怎样，我只想拿给老瘸看看。翠花一听黄文才要告诉公公，急了，抓着黄文才的袖子央求道，黄村长，就这一次了，你饶了我吧。黄文才说，我倒是想饶过你，可就怕老瘸知道了，你知道老瘸的脾气。翠花的眼泪出来了，你不说，他就不知道。黄文才说，你哭啥，哭啥，趁着给翠花抹泪，把翠花抱住了。翠花慌慌地说，别……你还是我的叔呢。黄文才说，傻女子，我这是喜欢你，连这也不知道？在翠花的央求声中，黄文才一件件剥开了翠花。黄文才深知翠花的性子，他怎么干，她都不敢说出去。

黄文才心满意足地坐起来，很随意地问，黄老二有一个月没回家了吧？翠花一边系扣子一边往篮里收药材，没理他。黄文才心里骂瘸羊倌，你和我作对，我把你儿媳妇睡了，你又能把我怎样？翠花收拾完，起身就走。黄文才喊住她，说，日后你避着老瘸就行，我不是那种绝情人。

翠花揩净脸上的泪，又轻松起来。黄文才最后那句话，如一个蜜丸让她品味了好久。只要黄文才不管，她每日可挖一筐。挖一秋天药材，加上卖兔子的钱，没准就能买一台彩色电视机。翠花一直想拥有一台彩色电视机，那样，黄老二不在家，她就不会那么寂寞了。翠花被那个美丽的前景诱惑得眼睛都亮了，她想虽然让黄文才脏了身子，还是划算的。她又愉快地哼起来。

翠花进屋就烧水，她想洗洗身子。刚烧好水，一个独眼儿进来了。翠花问他找谁，独眼儿打量了她一眼，问，你是翠花吧？翠花越发狐疑，你是谁？独眼儿说，我是黄老二的朋友，他让我来接你。翠花忙问，他怎么了？独眼儿叹口气，他害病了，在一个小旅馆里躺了十多天了。翠花尽管恼恨黄老二，可一听他得病，还是着急。她说，你快领我去吧。出院时，独眼儿对翠花说，你的围裙。翠花解下围裙，搭在绳子上。走到门口，又想起什么似的，回屋取了些钱。独眼儿骑了一匹马，翠花犹豫了一下，骑上去。走了没几步，翠花下意识地回过头，往门口瞧了一眼。于是，她看见了从墙角闪出来的黄老二。黄老二灰头灰脸，如一只刺猬。翠花哎哟一声，从马上摔下来。她顾不得疼痛，爬起来就往门口跑。

翠花得知自己被黄老二输给了独眼儿，气得又撕又咬。可也仅那么几下。黄老二脸上有了血印后，翠花便罢了手，嘤嘤哭起来。独眼儿冷冷地说，一个输了老婆的男人，有什么恋头？翠花呸了一口，我不跟你走，死也不跟你走。独眼儿说，我不会亏待你。黄老二垂着头，如一只害了瘟的鸡。

黄昏时分，瘸羊倌进来了。黄老二不在家，瘸羊倌每日来给翠花担担水，干干其他力气活。瘸羊倌三个儿媳中，翠花是最孝顺、最仁义的一个，瘸羊倌像对亲闺女一样待她。看见门口的马，瘸羊倌猛地有一种不祥的感觉。屋内的场面，又让瘸羊倌的心空空地吊起来。

翠花看见瘸羊倌，哇地哭出了声。黄老二躲避着父亲的逼视，战战兢兢的。只有独眼儿挤出些笑，喊了声叔。瘸羊倌方头大脸，鬓角到下巴长满了整齐的短须，长相自带威严。

瘸羊倌以为黄老二输了钱，回来跟翠花塌饥荒的。瘸羊倌早料到黄老二会有这下场，所以冲黄老二冷笑几声，说，把你的骷髅抬起来，怎么回事？

黄老二看看独眼儿，又看看翠花，才扫了父亲一眼，猛又低下头说，我把……

翠花哭道，他把我输给这个人了。

轰的一声，瘸羊倌的脑袋炸了一下，他几乎是下意识地往墙边靠了靠。他没料到自己的儿子竟真的输掉了女人。翠花上前扶他，被瘸羊倌狠狠推开了。瘸羊倌镇静了一下，问独眼儿汉子，今天就往走带？

独眼儿点点头。

翠花猛地扑在瘸羊倌跟前，爹，我不跟他走。

瘸羊倌苦苦一笑，赌场上的规矩，由不得你。

翠花怔了一下，叫，爹……

瘸羊倌不理她，问独眼儿，开价呢？

独眼儿说，五万！交钱我马上走人。

瘸羊倌说，钱我会凑够，但你得宽限个时间。

独眼儿说，你告了派出所怎么办？

瘸羊倌反问，你信不过我？那你先把人带走，只是不许碰她。我这辈子没少干下作事，就是没宰过人。

独眼儿听出了瘸羊倌的威胁，犹豫了一下说，人我可以留下，但钱得给我。

瘸羊倌说，一个月时间，如何？

独眼儿说，我相信你。

独眼儿一走，翠花软软地瘫在那儿，半是哭半是笑地喊了声爹。黄老二撑起汗湿的头颅，怯怯地朝父亲一笑。瘸羊倌不动声色地问，再赌不赌了？黄老二说不赌了。瘸羊倌叫，拿刀来！黄老二的脸猛地一白，翠花听出意思，央求道，爹，饶他这一次吧！瘸羊倌望着翠花泪汪汪的双眼，叹口气，又冲黄老二说，过来！黄老二挪过身子，瘸羊倌扬起手，狠狠地掴了黄老二一巴掌。再一巴掌，又一巴掌……

尹歌笔记 在我再三追问下，他才说别人都喊他马掌，让我也喊他马掌好了。我问是不是他的真名，他说无所谓真名假名，他叫过许多名字。他的谈吐有点儿放浪文人的味道。马掌让我住在他家，他说过路人，尤其是江湖艺人常在他家住，他从不收钱，因为他喜欢红火。我问你妻子不嫌弃吗，马掌说，我不嫌弃她嫌弃什么？听口气，马掌不把她放在心上。我猜测她妻子一定又老又丑，没料一见面，我吃了一惊，这个四十多岁的女人无论是身材，还是脸盘，都给人一种清爽的感觉。她看我的目光很特别，像挑剔又像审视，后来我意识到那是一种敌视。天啊，她竟然把我看成了情敌。我既好笑，又害怕，碰到这么个女人，我还怎么在马掌家住下去？我的判断终于在晚上得到证实。

马掌家住三间土房，他和女人住东屋，让我住西屋。可晚上睡觉时，他女人提出让马掌住东屋，她要和我住西屋，理由是怕我孤单。马掌瞪了她一眼，她才不吱声了。可我一进西屋，就听见她从外面上了锁。我不知她为什么会这样，是她的脑子有毛病，还是马掌有问题？我躺下没多久，便听到马掌训斥女人的声音，偶尔传来女人的啜泣声。过了一会儿，有开锁的声音。我的心一阵紧缩，以为会发生什么。可什么也没有发生。

第二日一早，马掌就把我喊起来，让我跟他放驴。他绝口不提昨晚的事，我也就懒得问。放了一早晨驴，我的鞋和裤腿全被露水打湿了。我要求马掌唱几曲坝上调子，他唱了，却依然没有我初次听的那种感觉。但我总算有收获，记了几首歌词。这些歌词既通俗又亲切，给人一种火辣辣的感觉。

3

二姨夫在井口碰见瘸羊倌时，瘸羊倌的脸阴得像黑山羊头。二姨夫和他开了句玩笑。在北滩，二姨夫是唯一敢和瘸羊倌开玩笑的人。二十多年前，他俩在赌场上是一对绝好的搭档。瘸羊倌没搭理二姨夫，担满了水，就晃悠着走了。二姨夫怔怔地盯着瘸羊倌的背影，想，他是不是受了谁的气？谁能把他气成这样？二姨夫猛就记起告状的事。他回去嘱咐了尹歌几句，让她自己先转转，不等她说什么，赶紧扭头走开。他怕看尹歌那双任性的眼睛，这让他着慌。自然二姨夫没好意思让尹歌写状子。

天阴沉沉的，二姨夫的满腹心事越发重了。二姨夫告了黄文才一年多，但没告出任何结果。最厉害的一次，也就是派出所来村里查了黄文才一次，可最后还是派出所吃了黄文才一顿，黄文才把他们打发走了。二姨夫再去告，派出所的就恼了，说他没睡你女人，你告哪门子状？二姨夫火了，站在门口把派出所的人卷了一炮，结果被铐了半天。二姨夫的性子直，被铐的半日，他的嘴一直没闲着，连派出所的祖宗三代都骂遍了。给他松铐后，二姨夫反而不走了。二姨夫说不给我个明白，我他妈死也死在这儿。所长这才给他解释，二姨夫告黄文才糟蹋妇女，可派出所去查，没一个妇女出来做证。所长说，也许有，但那是两厢情愿，没有证据，派出所不能平白无故抓人。二姨夫看找派出所行不通了，就找孙乡长告。其实，二姨夫个人和黄文才并无多大仇怨，都是为村里的事。一件是黄文才把村里的地包给他的亲戚种，另一件是他让药材贩子挂牌收药材，还让药贩子去挖药材，把草坡糟蹋得不成样子。药材贩子起先只收药材，后来收的东西就多了，什么黄花菜、蘑菇、野韭菜等，总之草坡上有的，恨不得全掠去。告黄文才睡女人只是捎带脚的事，二姨夫原打算在这件事上打开个缺口。没料睡女人还要证据，只好罢手。孙乡长起先还接待二姨夫，后来就躲着不露面了，由办公室接待。

这次，二姨夫留了个心眼儿，他没有直接进乡政府，而是远远地蹲在一家小卖部墙角，目光梭巡着乡大门口。二姨夫来过几次，掌握了一些规律，大凡乡里人多，孙乡长准在，若是乡里稀稀拉拉没几个人，孙乡长也许就不在。这天，院里的人挺多，二姨夫想今天是来对了。过了一会儿，有人出来在大门两侧贴标语，要迎接什么检查团。中午时分，五辆小轿车开进乡大院。二姨夫想，下来大官，孙乡长肯定不会躲了，再者，大官来，也是绝好的告状机会。于是，二姨夫牵着驴走进去。

孙乡长和领导握过手，一抬头，看见了二姨夫，嘴就张成了鸡蛋。办公室的刘秘书见状，忙上去挡了二姨夫。二姨夫叫，再挡，我就拦路喊冤。二姨夫的声音很高，孙乡长匆匆过来，冲二姨夫一笑，老马啊，你先等我一下好不好？二姨夫说好啊，我就在这儿等吧。孙乡长抓了二姨夫的手说，天热，别中了暑。回头吩咐刘秘书给二姨夫买一个西瓜。刘秘书买回西瓜，让二姨夫跟他回屋吃，二姨夫哼了一声，你以为我没吃过西瓜？刘秘书苦着脸说，你不吃，我肯定要挨训。二姨夫不忍看刘秘书那副样子，就随刘秘书到最后排的一间屋里。二姨夫一进屋，刘秘书就啪地上了锁。二姨夫急得直跳，我日你个娘，你给老子弄开，他想从窗户跳出去，可窗外上着铁护窗。二姨夫骂了一阵，疲沓下来。

半下午，孙乡长才露面。二姨夫说，你手底养了一帮匪。孙乡长笑嘻嘻地说，让你受惊了，老马！随后叫二姨夫去喝酒，孙乡长说，我知道你喜欢这一口。二姨夫说，你不解决北滩的问题，我就赖在乡里。孙乡长说，乡里有的是地方，只是你放心家里？二姨夫忽地想起尹歌，脸就紧了几紧。二姨夫说，你把黄文才撤了吧，撤了我就不告了。孙乡长说，这不由我啊，黄文才是你们大伙选上的。二姨夫叫，你到底管不管？孙乡长顿了一下说，忙完这一阵，我亲自去北滩查，怎样？二姨夫说，你说话算数就行。

二姨夫匆匆忙忙往回赶，一路上毛驴的屁股挨了不少鞭子。过去二姨夫不是这样，无论多晚，他从来不着急。他想，我这是怎么啦？

进屋后，二姨夫不见尹歌，就问女人。女人说黄文才叫她去吃饭了，二姨夫一听就火了，吼，你怎么不拦着？女人答，他是村长，我怎么拦？二姨夫转身出来，直扑黄文才家。二姨夫撞进门，尹歌正挑着一筷子黄花菜往嘴里送，见了二姨夫急眼的样子，筷子就停在半空。

二姨夫冷笑，怕我管不起饭，还是我家的饭没这儿的好吃？尹歌强咽了一口说，嗨，你怎么啦？黄文才说，老马啊，你的客人就是我的客人，你不能太霸道了。二姨夫凶凶地吼，这就是霸道了？还没揍你呢！黄文才忙堆出一脸笑，你告归告，咱俩不至于有仇啊。二姨夫骂句败家子，拉着尹歌就走。

坝上的夜晚总是凉飕飕的，尹歌缩了缩膀子，问，怎么回事？二姨夫不回答，尹歌只能听到粗重的喘息。过了一会儿，二姨夫说，他想拉拢你。尹歌笑起来，他拉拢我做什么？二姨夫答，谁知道他打什么鬼主意？

就在这时，一阵忧郁的二胡声传进尹歌耳中。它像雾、像烟，轻轻浮荡在空中；又像石子，扣击着尹歌的心鼓。尹歌痴住了，半晌才问，谁在拉二胡？二姨夫说瞎子。尹歌就想到瞎子阿丙，问二姨夫能不能带她去见见瞎子。二姨夫说，瞎子从不让人看他拉二胡的样子，你只能听。随后补充，他只在晚上拉，每天都拉。尹歌问，明天早晨见见他，怎样？二姨夫说没问题。

尹歌在夜幕中站了很久。

二姨夫一直陪她站着。

尹歌笔记 我急于想见这个民间艺人，几乎是急不可耐。一大早就把马掌喊起来，女房东眼里的敌意几乎要把我吃掉，但我顾不了那么多了。我要见瞎子，我觉得自己正一步步走近一扇神秘的门。马掌领我去的路上一再嘱咐，你可不能乱问啊，瞎子脾气不好。瞎子住在村北两间阴暗的土房内，我进去好大一会儿才看清了屋内的摆设。其实没什么摆设，只有两个土台子和几样吃饭的家什。倒是墙上挂了不少东西，二胡、板胡、笛子、古筝，看样子，瞎子是个多面手。瞎子坐在那儿，一动不动。马掌介绍我和他是同行，瞎子才说，我不喜欢城里人。我没感到尴尬，反而越发好奇，问他怎么知道我是城里人，瞎子说闻味闻出来的，他闻不惯外来人的味。我又细细打量了他一番，土黄色的脸，鱼网似的皱纹，一顶看不出颜色的帽子，一副冥思苦想的神态。我正考虑怎么开口求他唱几段，马掌悄悄扯了扯我。瞎子竟然明白我的心思，顿了顿说，你别开口，我什么都不会答应。他的话触动了我，我说，我不是冲你来的，是冲着让人魂断的二胡声来的，音乐没有界限。瞎子的脸抽了几抽，眼皮子微微一动，两滴浊泪从枯陷的槽内挤出。我从没见过瞎子哭，瞎子的哭很吃力，像从枯干的井里汲水，因此瞎子的哭也最真实，没有做作。我触动了瞎子内心的惨痛，有些不安，想说几句慰藉的话，马掌硬把我拉出来。我问瞎子的眼睛是怎么瞎的，马掌说是让人扎瞎的。我问为什么，马掌说是为了一个女人，别的就不再谈。我的耳边又响起忧郁的二胡声，那声音完全是从心底淌出来的。现在想来，那是瞎子无言的哭泣。我不愿探究那是一个什么故事，那份凄凉已使我无法平静。

　　下午，我终于听到了另一种坝上调子，一种由瞎子唱的坝上调子。瞎子坐在石碾上，击着一面自制的土鼓，声嘶力竭地唱着。瞎子并不看谁，可似乎万物都在他目内装着。他唱的是《报母恩》，一字一句如一钉一耙触动人心：

　　　　小羊羔吃奶时双膝跪下
　　　　小乌鸦报恩一十八天
　　　　南烧香北拜佛是何用意
　　　　不尊父不孝母所为哪般
　　　　…………

我忽有所动，待瞎子停下，我对他说，他完全可以灌成录音带去卖。没料这句话惹恼了他，他狠狠"瞪"着我说，胡说，你以为坝上人什么都卖？

4

瘸羊倌把拳头攥紧，又松开，攥紧，又松开，半天机械地重复着这一动作。天神神，五万块钱呢，对于此时的瘸羊倌来说，无异是一个天文数字。瞅着哭肿双眼的翠花，瘸羊倌对黄老二的火气直往上蹿。黄老二耷拉着脑袋，一言不发。瘸羊倌酱红色的脖子抻了几抻，呸地吐了一口。这是给黄老二一个信号。果然，黄老二慌慌地抬起头，扫了父亲一眼，又赶紧低下去。瘸羊倌骂，鸢球打垮的，你的凶样呢？黄老二只管将头往裤裆里沉。瘸羊倌骂，你他妈整个是个松包。黄老二低着头说，要不报案吧，我豁出去了。瘸羊倌一瞪眼，不讲信义，你脑袋是不想要了。站在一边的翠花不声不响地把一个包放在瘸羊倌面前。瘸羊倌怔了一下，随即明白了。他慢慢展开，是一堆零碎的票子。其实也就三百来块钱，是翠花偷偷挖药材赚的。这时，黄老二抬起头。看到桌上的钱，眼里旋起一团疑惑，他没想到翠花还攒私房钱。瘸羊倌叹口气，说，收起来吧，我有的是办法。泪汪汪的翠花喊了声爹。瘸羊倌离开时，黄老二依然在墙角窝着。瘸羊倌怕黄老二想不开，叫出翠花，让她守着黄老二。恨归恨，却不能不操心。

五万！五万！！一向视钱如土的瘸羊倌几乎被逼到悬崖上。他坐了整整一夜，连着抽了五袋烟。天一亮，就硬着头皮去找黄老三借钱。黄老三脑瓜子贼灵，赚钱的点子多，是村里数一数二的富户。但瘸羊倌和黄老三的关系很僵，他觉得和三儿子不是一路人。

走到门口，便听到黄老三的怒骂，老子诚心诚意待你，你竟睡老子的女人。接下来便是一个汉子的声音，我没干啊，黄哥。瘸羊倌一怔，迟疑不定间，猛听黄老三的媳妇号哭，我不活了啊。门被拉开，黄老三媳妇披头散发地冲出来，和瘸羊倌撞了个正着。她眼里闪过一丝慌色，怯怯地叫了声爹。瘸羊倌见她上身只穿了件背心，僵着脸进去。

一个汉子在炕上跪着，瘸羊倌识得他是药材贩子。黄老三持着切菜刀，一副怒冲冲的样子。

汉子看见瘸羊倌，大喊，叔，我冤啊，昨晚喝了酒，是他硬要我留下的。汉子的哭声里含着悲怆，不像是装出来的。

黄老三冷冷地望了父亲一眼，问，有事？

瘸羊倌和黄老三对视了几秒，问，怎么回事？

黄老三说，你没必要知道。

汉子叫，叔救救我，黄老三也在炕上睡着呢，我不明白是怎么回事。

黄老三冷笑，若不是老子每早出去溜早儿，还发现不了你这披着人皮的狼呢！

汉子哭叫，是她先……啪，黄老三狠狠给了他一个耳光，汉子的脑袋便垂下来。黄老三媳妇只是哭。

瘸羊倌已明白了几分。

黄老三用刀抵着药材贩子的脸问，公了，还是私了？

药材贩子应，私……了。

最后药材贩子答应给黄老三一万块钱。黄老三才把菜刀拿开。

瘌羊倌无法提借钱的事，闷着头出来。

下午，愁眉苦脸的瘌羊倌在大街上遇见黄文才。黄文才嘲弄地问，老兄是不是遇到麻烦了？瘌羊倌没有表情地说，咸吃萝卜淡操心。黄文才说，你们都恨药材贩子，可药材贩子没少扶贫啊。黄文才话有所指，瘌羊倌的脸重重地跌了几跌，恨恨地说，把你的鸡巴看好了，小心我给你连根铲掉。黄文才虚笑了几声，走开。

瘌羊倌憋了一口气。晚饭后，他走进黄老三的药材铺子。黄老三淡淡地问，吃了？便将一盒石林烟丢在瘌羊倌面前。瘌羊倌却抽出旱烟袋，吸了几口，问，了啦？黄老三佯问，什么？瘌羊倌知和黄老三谈话极艰难，索性撕开脸说，赚钱没错，但不能昧良心。黄老三冷笑着问，要昧了呢？瘌羊倌重重地咳嗽了几声。黄老三盯了父亲几眼，口气缓下来，我也是逼的，市场竞争嘛。他们要我把药材卖给他们，我不卖，不知他们怎么贿赂了药材公司，我一去卖药材，不是嫌我的药材潮，就是嫌质量不好。就照这样，我还不把老婆赔进去？他们不仁，我也就不义了。

瘌羊倌说，你总有你的理，不过有句话，你还是要记住：人活一张脸，树活一张皮。

黄老三说，人不犯我，我不犯人。

瘌羊倌瞧不惯黄老三的样，知再说就会搞僵，便站起来。

黄老三喊住他，问，你是不是要借钱？

瘌羊倌犹豫了一下，摇摇头。

黄老三说，一个月限期够紧的，若翠花让领走，你的老脸也就丢尽了。

瘌羊倌脸色一紧，这个用不着你操心。

黄老三说，除非你亲自开口，换了别人，我是一分钱也不借的。

瘸羊倌说，你和药材贩子好像是一个娘胎里出来的。

尹歌笔记　在旗杆围子茶馆见到一种奇特的斗唱，即一方唱问，一方唱答，问的内容千奇百怪，但唱词必须顺口，唱答也必须巧妙。赢者可得五斤驴肉，自然肉钱由输者出。茶馆对面是一家肉铺，我没料马掌是一个斗唱好手，两个汉子一位妇女皆败在他手下。提了肉出来，马掌喜滋滋地对我说，我请你下馆子。我随他走进一家烤肉馆，他说请我吃一种小吃，并眨眨眼说，等你吃过，我再告诉你是什么。那神情极像一个孩子。马掌说的小吃和烤羊肉串差不多，只是竹棍上是圆心的肉片，极为鲜嫩，马掌见我吃得香，越发高兴，并硬让我喝酒。马掌烟抽得凶，酒喝得也凶。他喝的酒俗称"闷倒驴"，是当地人用莜麦酿的，达七十几度。我心情好，硬着头皮抿了一点儿，嗓子几乎被烧裂。吃饱了，马掌才告诉我，刚才吃的是烤羊蛋。我立刻有一种上当感，骂他欺侮我。马掌叹口气，你们城里人就这样，喜欢吃就是了，管它是什么？

一口酒竟让我头晕了半天，回到北滩，我扎在床上就睡了，若不是那歌声，不知会睡到什么时候。我对坝上的调子敏感，因此歌一入耳，立刻就醒了。是马掌女人在唱：

　　正月里北风寒
　　五哥放羊衣衫单
　　牵挂五哥手脚冻
　　翠莲我呀泪涟涟
　　…………

忧郁的调子牵着我不自觉地走出去，马掌女人看见我，立刻闭了嘴，恨恨地盯着我。这个女人一直对马掌领着我四处逛游不满意，我试图表现我的友好，她并不领情，哼了一声就转过了身。

她恨我恨得要命，是她对马掌太着迷了？

5

黄文才知孙乡长找他，便去找庄玉要兔子。孙乡长爱吃野兔，一馋了就给黄文才打电话。庄玉是北滩的猎人，吃野兔只能找庄玉。庄玉正擦拭猎枪，见黄文才进来只轻轻扫了一眼就低了头。黄文才没在意，直奔主题道，弄两只野兔。庄玉僵僵地说，弄鬼吧弄。黄文才冷笑，老瘸给你吃迷魂药了是不？我一句话派出所就能把你的枪没收了。庄玉气冲冲地说，没收吧，反正也没鸡巴用了，兔子都让药材贩子日弄跑了。黄文才说，你别跟在别人屁股后面起哄，药材贩子咋了？没药材贩子，你女人挖药材卖给谁？庄玉垂下头，他女人一直偷偷地挖药材。黄文才说，你准备一下，晚上我来找你。

两人在草滩上鼓捣了一夜，天明时分才猎住三只。黄文才剥了皮，匆匆往乡上来。他要赶在孙乡长上班之前见他，这是黄文才的经验，在家中便于联络感情。孙乡长一见黄文才手里的兔子，脸上就泛起喜色，忙吩咐女人炖兔，他要和黄文才喝几盅。

喝酒中间，孙乡长问黄文才有没有上项目的打算。黄文才听出意思，忙说，打算是有，只是没有门路。孙乡长便透露给黄文才一个信息。某香港老板要与乡里联合办一个乳品厂，乡里计划建三个奶牛基地。黄文才猛地抓住孙乡长的手，你可不能亏了北滩。孙乡长抽出手，我不偏向你，还对你说这干啥？黄文才说，我干了近二十年村长，就这点遗憾，村里怎么也没脱了穷。孙乡长说，你及早准备。黄文才顿了一下，问孙乡长最近贷款好不好贷。孙乡长斜他一眼，你瞧你，捧着个金饭碗要饭。黄文才一怔，不知孙乡长话里的意思。孙乡长点拨他，北滩草坡那么多，为什么不拍卖？黄文才迟疑道，这不合适吧？孙乡长说，县里有文件，草场可以拍卖，当然只卖草，不卖坡。黄文才目光逐渐干辣辣的，有撑腰的，我就不怕。黄文才猛地咽了一盅酒。三只兔子真是没白送，他要赶在其他村之前把奶牛购买回来。

黄文才走时，孙乡长嘱咐他，你把那个马掌安抚好了，别让他捅出乱子。黄文才点点头，其实他拿二姨夫没一点办法。孙乡长又说，把你的老二也管好了，告你状的可不是一个两个。黄文才叹口气，管就管吧，我可就剩这点儿爱好了。

回到北滩，黄文才直扑草坡。两年前，村里贷款给草坡上了铁丝网，草长势很旺。他大致盘算了一下，除了各户分，大约还剩八千亩草坡。八千亩，至少卖十多万块钱。

这时，翠花从铁丝网里钻出来，看见黄文才，想躲。黄文才笑道，我又不是鬼，躲了和尚躲不了庙。翠花知黄文才要啥，低头溜过来，站在黄文才面前。翠花怯怯地说，让我挖药材可是你说的。黄文才说，我的话还没说完啊，就势捏住翠花的乳房。翠花带着哭腔喊了声叔，黄文才松开她，叫啥，我啥也没干啊。

尹歌笔记 我没料到马掌女人对我说这样的话。她说：你要防着他。显然那个他是指马掌。我笑着告诉她，我只是让马掌当我的向导，过一段我就离开北滩。我在她家住，会付房钱的。马掌女人说，北滩这么多人，你为什么认准了他？我诧异地问，他不能当向导？马掌女人一字一顿地说，他和别人不一样，他是个拈花惹草的男人。我一顿，马掌女人显然是认真的。说着，她就捂着脸哭了，断断续续告诉我许多事。她说马掌从来没喜欢过她，马掌年轻时有许多相好，那时她以为只要死心塌地跟着他，他至少把心思用在她身上，没料四十多岁的人了，他依然这样。我有点儿可怜她，跟她说我和马掌在一起只是想听他唱坝上调子，什么事也不会发生。我说这话的时候很心虚，因为我知道，自己已经喜欢上了这个坝上汉子。我说不清楚为什么。女人听不进我的话，只是悲切地哭。我明白，她想以哭来打动我。看来，我得搬走了。

6

在去赛汉不落的路上，尹歌非要让二姨夫唱坝上调子。二姨夫说坝上调子可不是想唱就唱的，不然就没味。尹歌不依，甚至噘起了嘴。二姨夫讨好地笑笑，恼啥，我唱就是了。便放开嗓子吼，尹歌拍手称好。二姨夫却从她眼里看出，她并不满意。二姨夫懊恼地拍拍脸，他不知自己为什么唱不出那天的味道。

离赛汉不落十五里远有一座古遗址，当地人称白城子，据说是辽代的盐城。时光流逝，当年繁华的都市只剩下残破的城墙。城中杂草丛生，一群羊淹没其间，一个羊倌半仰在旧城墙上，喊着苍凉的坝上调子。尹歌的心里如潮水汹涌，马上拿出笔记本，边听边记。二姨夫不敢打搅她，牵了毛驴走开。

尹歌如醉如痴，任笔尖在白纸上滑动。羊倌的喊声嘎然而止，尹歌的笔便停在了半空。她一脸迷茫地望着古城墙上的羊倌，等待他继续唱下去。半天没有动静，尹歌失望了。直至走到赛汉不落，她还在想，他为什么不唱下去？

二姨夫瞧尹歌闷闷不乐，逗她，嗨，吃啥？还吃烤羊蛋？

尹歌嗤地笑出声，随你，你吃啥我吃啥。

二姨夫一笑，今天吃野味，烤黄鼠，咋样？

尹歌脸一紧，你别吓唬我，我爱头晕。

二姨夫说，黄鼠又不是老鼠，你别紧张。

尹歌说，谁知你又耍什么坏心眼儿。

二姨夫眨眨眼，我真耍坏心眼儿，你可吃消不起。尹歌看了二姨夫一眼，没接茬儿，她显然听出什么，不想钻二姨夫的套子。两人吃毕，二姨夫就要走。尹歌说，我想住在这儿。二姨夫笑笑，行啊。尹歌接着说，我也许住几日。二姨夫见尹歌真要住这儿，一下急了，他那两颗卵泡眼慢慢瞪圆，不去我家住了？

尹歌说，你别多心。

二姨夫问，怕我算店钱？

尹歌说，我没那意思。

二姨夫一下火了，那你啥意思？嫌我没诚心待你？

尹歌说，你看你，发那么大火干吗？

二姨夫写满沧桑的脸泛出红铜样的光泽，他迷茫了眼睛说，我管不住自己。随后叹口气，眼不见心净。他缓缓站起，牵了驴出来，却甩不脱尹歌那双眼睛。走了一段，二姨夫终于又掉回头，一进旅店，他马上说，你走也得走，不走也得走。尹歌瞧着二姨夫的样子，忍不住笑起来。二姨夫说,你笑啥,以为我稀罕你啊。尹歌说,不稀罕,喊我干啥?二姨夫一脸庄严,写状子,我想让你写状子。

尹歌笔记 我又听到了苍凉的、刺人心骨的二胡声。站在透着寒意的暗夜里,感受着那个忧伤的故事,我第一次没有用笔记述。我的心被划出一道道音符,这是民间最妙的音乐。我突然冒出一个奇异的想法:陪伴瞎子度过一个夜晚。我把这想法一说,马掌立刻困惑地望着我,你这女子是不是疯了?我说我想去感受那种真实的气氛。马掌说,瞎子是日能人,可他性子太怪,万一……我可要难受死呢。我偏要去,你能怎样?我迎视着他紧张的目光说。马掌无可奈何地叹口气。我喜欢看我撒气时他懊恼的样子。这个马掌,面色苍老,却常闪现着孩子样的神情。

7

在尹歌的百般央求下,二姨夫只得陪她去草滩里听牧人喊歌。因为怕惊动牧人,就躺在草滩上听,结果衣裤上到处是斑斑点点的草液。中午没回去,啃了几张冷麻饼。尹歌逼近了原始的真实,兴奋异常。傍晚时分,两人才走出草滩。抖了一天的秋风终于消停了,然而寒意却一阵阵地袭来。路过旗杆围子,两人进酒馆点了一个火锅。二姨夫要了两碗"闷倒驴",并给尹歌倒了一点儿。二姨夫嗜酒如命,喝酒像喝水一样。一碗酒下肚后,酒馆老板告诉二姨夫,北滩要拍卖草场。二姨夫道,胡说,我怎么不知道?酒饭老板认了真,今儿晚上要开会宣布，我家老二刚从北滩回来。二姨夫的眼睛一下变得血红血红的。他怒骂，黄文才这个兔崽子，没告倒他，他倒越发嚣张了，连草场也敢拍卖。端起碗一饮而尽，拉着尹歌出来。

二姨夫牵着驴，边跑边骂，狗日的黄文才，老子揭了你的皮。驴背上的尹歌说，村里的决定，怕是难改。二姨夫骂，什么村里的决定，肯定是黄文才和药材贩子搞的鬼。尹歌听二姨夫气喘吁吁的，就说，嗨，你上来吧！二姨夫稍迟疑了一下便跨上去，一手牵了驴，一手揽了尹歌的腰。尹歌柔软的腰肢令二姨夫颤了几颤，她的体温传到二姨夫身上，二姨夫觉得骨头酥软了。他暗暗骂了自己一句，便磕驴猛跑。然二姨夫驱不走体内的灼热，这灼热令他晕糊。

驴在坝上的夜晚奔跑着。

二姨夫忽然想，要是这驴一直跑下去就好了，要是他一直搂着她就好了，要是……他想起黄文才正在开会，便狠狠掐了自己一下。

那边，黄文才正哑着嗓子，冲会场上喊，静一点儿，静一点儿。小学校的院里挤满了人，他们已得知开会的内容，神色一个比一个复杂。二姨夫的女人远远地站在墙角，她怕别人看见。男人随那个城里女孩整日在外浪荡，她的心便整日被蛇噬咬着。她管不住自己的男人，也无法遏制自己的嫉妒。她揣着一肚子妒火和忧伤来开会，黄文才讲什么，她一句也没听清，脑子里全是尹歌的影子。

黄文才刚讲了几句，人群中忽然骚动起来。黄文才拍了一下桌子，吼，吵什么吵？没人听他的，人群的嗡嗡声由小变大，喧闹着秋日的夜。不知谁喊了一声揍他狗日的。黄文才跳到桌上，怒道，哪个扰乱会场？我绑了狗日的。话音还没落，一块儿石头砸向他额头。黄文才哎呀一声，从桌上栽下去。

几个村干部忙着把黄文才往教室里抬，人群如浪一样往院外涌……

二姨夫和尹歌赶到时，空荡荡的校园里只有二姨夫女人冷清清地站着。二姨夫急着问，人呢？女人盯了他半响，才说，走了。二姨夫看不清女人的脸，没好气地说，都走了你还傻待在这儿干啥？得知黄文才被砸伤，二姨夫竟像喝了"闷倒驴"一样痛快。他没有觉察出女人的反常。

尹歌依然要去瞎子那儿过夜，二姨夫知拦不住她，就开了句玩笑，你可别把我甩了啊。尹歌笑嘻嘻地回敬，谁让你的坝上调子没瞎子的好听？意识到场合不对，尹歌吐了吐舌头。这不是野外，二姨夫的女人就在前面走着。二姨夫女人确实听清了，她的心被锥子猛地刺了一下。

二姨夫送尹歌回来，见女人呆呆地坐着，问她怎么不睡，便去翻烟。二姨夫觉得女人一直神经兮兮的，所以也没在意。女人却在二姨夫背上挖视着，似乎要挖出什么来。二姨夫一回头，和女人异样的目光碰在一起，不由一颤。这目光让他想起正吐芯子的蛇。二姨夫叫，你怎么了？女人问，你衣服上的绿是怎么回事？二姨夫知女人的醋坛子又破了，说，你别疑神疑鬼的，我和她绝对没那事，人家是什么？大学生！女人冷笑，那你整天陪着她干啥？二姨夫羞恼道，老子做事向来不遮掩，有就是有，没有就是没有。女人痛心地想，他是不把我当人啊，泪水便珠似的往下滚。二姨夫的心软下来，他知女人喜欢听软话，遂抱住女人消瘦的肩头说，我这把岁数了，还能干出什么？尹歌除了比你年轻，哪一点儿如你？女人仰起泪涟涟的脸说，那你赶她走！二姨夫的脸一下僵了，要饭的还留他住，就容不下一个尹歌？女人恨恨地说，你还是骗我。二姨夫斥责，你这么想，我还有什么办法？二姨夫一沉下脸，女人就噤声了。他躺下来，不再理她。

女人喘了半天，起身从门后找出那瓶药水。这是女人的法宝，只要她一使出来，二姨夫就会投降。当然女人只有不得已的时候才使用。女人站在二姨夫旁边，说，你答应不答应？二姨夫瞟她一眼，没吱声。女人说，你不撵走她，我就喝下去。二姨夫已摸透了她的老把戏，决定不理她。等了半天，女人的希望像一片桑叶被蚕一点点啃噬掉了。她哭叫，你个死鬼，好狠心。二姨夫听这声音不对，忙跳起来。

女人已喝下大半瓶儿。

尹歌笔记 等那忧郁的二胡曲慢慢飘落在地上时，我甩脱马掌，走过去。马掌要陪我过来，被我拒绝了。瞎子一动不动地坐在冷石上，似乎已与石头融为一体。我在他面前蹲下来，望着他那张没有表情的脸。半晌，瞎子问，你又来做啥？我说，听你拉二胡，听你唱歌。瞎子轻轻但坚决地说，我不会答应你。瞎子是一个比我更固执的人。说着，他就站起来。我上前扶他，被他狠狠甩开了。走进黑咕隆咚的小屋，我什么也看不见，瞎子却如入无人之境。他远离了我的视线，我不知他"藏"在哪个角落。我问，灯线在什么地方？马上意识到自己问了一个愚蠢的问题。果然，瞎子冷冷地说，屋里没灯。然后是长久的沉默。

我适应了屋内的光线后，看清瞎子缩在一个墙角，我看不清他的脸，但我感觉到他在"注视"我。我靠着墙，感受着黑夜的沉闷和孤寂，脸上痒痒的，空气中似乎跳荡着什么。我睁大了眼睛去寻，不错，舞动着的是一群鲜活的音符！

你到底要干啥？瞎子打断了我的遐想。

我想陪你一夜。我低低地说。

我不习惯，我一个人惯了。瞎子粗暴地说。

我不会打扰你，你只当我是一块儿木头，我说。

我要赶你走，瞎子威胁。

你赶不走我，我死也不走。我开始使性子。

瞎子冷笑一声，我以为他真要赶我走了，可半天没有动静。瞎子不理我，我就那么靠着。我不知自己是什么时候入睡的，我觉得一直在与音符共舞。我睁开眼时，天已大亮。瞎子站在我面前，正"注视"着我。我冲他笑了笑，我相信他能"看见"我的笑。瞎子叹口气，你这娃！

8

瘸羊倌尚在睡梦中，便被一个女人撕心裂肺的哭叫声惊醒。瘸羊倌以为是翠花，老骨头一下跳起来。出来，却见翠花惨白着脸站在门口。翠花瞅一眼瘸羊倌，说二狗子让派出所抓走了。瘸羊倌抖了个激灵，急急往正街来。只见披头散发的二狗子女人在一路尘烟中追逐着，如一只炸窝的母鸡。远远地可见派出所的三轮车尾灯。二狗子女人追了一截儿，便倒在路上号啕起来。人们陆续从家里出来，几个妇女拽二狗子女人。二狗子女人石雕一样，谁也拽不动。瘸羊倌过来说，甭拽，让她哭吧。二狗子女人猛地抬起头，看清是瘸羊倌，忽就抱住瘸羊倌哭叫，那石头不是二狗子砸的，不是啊！瘸羊倌火了，不是你哭什么？你的骨头就这么软？二狗子女人结巴了半天，只说出一个"我"字。瘸羊倌说，我什么，找狗日的去。二狗子女人叫，瘸大爷救救他。瘸羊倌说你先回，我吃口饭。转身去找二姨夫。

二姨夫家门大开，瘸羊倌正疑惑间，一个清清亮亮的女子出来。

瘌羊倌认出是与二姨夫出去游玩的那个，沉下脸就往外走。女子在背后说，他两口子都在医院。瘌羊倌怔了一下，女子补充道，他女人喝了药，瘌羊倌猛地甩过头，狼针般的目光扎了女子好几下。

早饭后，瘌羊倌领二狗子女人往乡派出所来。瘌羊倌嘱咐二狗子女人，去了就大吵大闹，当时乱哄哄的人群，有什么证据断定是二狗子扔的石头？二狗子女人迟疑了一下说，要是把我也抓进去呢？瘌羊倌道，他们不敢！二狗子女人小声说，万一……瘌羊倌说，进去就进，有吃有喝，怕啥？二狗子女人沉下头不言语，任秋风冲击那张寡黄寡黄的脸。她惦记着家里的牛羊和猪娃。瘌羊倌叹口气，土路上只剩下踢达踢达的脚步声。过了一会儿，瘌羊倌说，你没有退路，闹也得闹，不闹也得闹。

在派出所门口，和二姨夫碰了个正着。二姨夫知晓他们的来意，拉着他们就走。到一僻静处，二姨夫说，晚了，二狗子承认那石头是他扔的。二狗子女人的眼泪马上淌出来，瘌羊倌狠狠瞪了她一眼。二姨夫安慰她，别害怕，最多拘留三五天。瘌羊倌闷着头不出声。二狗子一承认，事情的性质完全变了，越搅和越糟。二姨夫晓得他的意思，说，这事没法通融，孙乡长在背后撑腰，黄文才要杀鸡儆猴。瘌羊倌问，你女人没事了？二姨夫说没事了。二狗子女人在场，瘌羊倌不好说什么。二狗子女人问能不能见见二狗子，二姨夫安慰她，二狗子没受皮肉之苦，这阵儿不能见他。瘌羊倌便领二狗子女人去饭馆吃饭。二狗子女人忧心忡忡地说，只要不打他就好。瘌羊倌一言不发，心里一有气他就说不出话。

无心吃饭，就寡呆呆地坐着。二狗子女人问，一点办法没了？瘌羊倌说，除非握住黄文才的把柄。二狗子女人呆了一下，犹犹豫豫地说，我有。瘌羊倌怔怔地望着她。二狗子女人说，他睡过我。说着，脸上飞过一抹红晕。瘸羊倌的手渐渐握紧了,他的脑袋先是闪过一束亮光,继而就被云团遮住了。他明白二狗子女人并不是被黄文才强奸,凭这不但告不倒黄文才,反会毁了二狗子和他女人。二狗子女人不知瘸羊倌想啥,两只手很不安地抚弄着桌子。好一会儿,瘸羊倌嘱咐道,这事谁也甭讲,记住了?二狗子女人茫然地点点头。瘸羊倌说,你先找黄文才,口气硬些,看他怎么说,不行了再想别的办法。二狗子女人这才明白了瘸羊倌的意思,狠劲地点点头。两人就去医院。

　　二姨夫和尹歌正在医院门口蹲着,见他俩过来,就站起来。瘸羊倌问,黄文才在不?二姨夫说刚才出院了。瘸羊倌看看二姨夫,又看看尹歌,二姨夫知他有话,就把尹歌和二狗子女人支开。她俩走远,瘸羊倌嘲弄地说,越老越花心,又搞上了?瘸羊倌最瞧不惯的就是二姨夫见了女人就腿软的样子。二姨夫恼火地说,我以为你有什么事,原来是老×痒痒了,你把我看成什么人了,你以为我见了女人就搞?瘸羊倌说,不搞留她做啥,一个闺女家,和你一个半截老汉又有什么混头?二姨夫争辩道,她要做歌呢,这个奇女子可不一般,你往她身上擦屎,我把你另一条腿敲断。瘸羊倌冷笑道,别看我老了,两个马掌你也不是我的对手,你的身子早让女人掏空了。瘸羊倌的声音很大,二姨夫怕尹歌听见,就粗暴地说,活该你半辈子光棍,你的人和你的嘴一样缺德。

　　瘸羊倌本来有事和二姨夫商量,没想没说到正题上,两人就翻了脸。瘸羊倌抖了抖脸上的火气,领着二狗子女人就走。

　　当天,二狗子女人去求黄文才,黄文才哼哼呀呀说等他好了再说。过了两天,二狗子女人又去找他,这一次,瘸羊倌陪着她,但他没进院,只在院外等着。二狗子女人出来时,不敢和瘸羊倌对视。瘸羊倌见她头发零乱,顿了一下问,他怎么说?二狗子女人说,还是那句话。

瘸羊倌问，就这？二狗子女人低声说，他摸了我，还让我……我没答应。扑的一声，瘸羊倌的心如尘土被击散，他甩下二狗子女人，找庄玉借猎枪。庄玉见瘸羊倌的紫脸被愤怒激起了黑斑，推说枪坏了。瘸羊倌劈手抢过枪骂，你的枪就是给乡长打兔子的？北滩的兔子成精了，你知道不？庄玉被骂糊涂了，瘸羊倌出去后他还在发怔。

瘸羊倌踢开黄文才的门，黄文才猛地从炕上跳起来。黄文才头上绷了一圈纱布，像戴着重头孝，一见瘸羊倌的架式，脸就白了。

老……哥，黄文才似笑非笑地说。

瘸羊倌骂，你这条狗，北滩的女人让你糟蹋够了。

黄文才说，别……

瘸羊倌骂，我击碎你的脑壳。

黄文才说，我是不好，可我确实为北滩着想着呀。

瘸羊倌骂，你想的是兜里的钱，想的是别人的老婆。

黄文才说，我改，我改。

瘸羊倌骂，可惜二狗子只砸了你一石头，砸碎你的脑袋也不冤枉。

黄文才说，我这就去求情，让二狗子马上出来。

尹歌笔记一　我只想采些歌曲，寻找创作的灵感，不想卷进别人的纠葛，没想到还是被卷进去了。马掌女人喝药与我有关，我知道自己只能在瞎子家住下去了，没承想瞎子也下了逐客令。我和瞎子耍赖皮，瞎子沉思良久，竟然说，不是我撵你，是你不能在这儿逗留了。我问为什么，瞎子一副高深莫测的样子，避而不谈。

尹歌笔记二　戳咕咚是坝上流传最广的一种民间曲艺，一般由乞丐传唱。戳咕咚是方言，即闯祸的意思，是对曲艺内容和曲调的总体概括。其内容丰富多彩，大致可分三类：一为言情故事，二为凶杀故事，三为社会传闻。故事的共同特点是曲折、传奇，并有警世意义。戳咕咚长短不一，长的可唱五六个小时，短的只有一两个小时。在过去没电的长夜里，唱戳咕咚一直是坝上老少爷们儿、娘们儿的主要精神生活。戳咕咚也是瞎子的拿手戏，一出《妯娌斗》竟唱了大半夜。戳咕咚的调子里有一种无法言说的苍凉和可以触摸的艰难。

9

瘸羊倌和二姨夫面对面坐着，不停地吸着烟，烟雾模糊了两人的脸。面对越逼越近的期限，瘸羊倌终于做出重入赌场的决定，他此番就是要求二姨夫和他一块儿干。没搭档，没有赢的把握。二姨夫皱着眉头，他羞于听赌场这两个字，一提这两个字，就想起被后草地汉子驮走的香香，想起香香那双幽怨的眼睛，便有一种撕心裂肺般的痛。二姨夫重新点了一支烟，方说，我得先告倒黄文才，告不倒黄文才，我心头这口气出不了，哪能上赌场？瘸羊倌说，算了吧，以前没告倒，现在能告倒？黄文才是个人精，实话讲，黄文才也有占理的地方。二姨夫斜他一眼说，驴拉辕子，落不下好。瘸羊倌说，我操，你把我看成啥人了？我差点没击烂他的脑壳，你还找理由，我看你是舍不得那个女子。二姨夫笑出一嘴黑牙，你的嘴没有不损的时候。瘸羊倌叹口气，我不忍看翠花让人带走，丢人啊。二姨夫说，子不教，父之过。瘸羊倌说，少废话，去不去？二姨夫笑骂，求人有你这么凶的吗？比阎锡山还狠！

已有两日没随尹歌出去，二姨夫心里痒痒，因此向尹歌说出去几日的时候，他的声音极其苍老。尹歌问，什么重要事还要保密？二姨夫说，这可不能告你。尹歌固执地说，你不讲，我就死跟着你。二姨夫急了，千万别！回来我给你唱坝上调子。尹歌笑，我不过吓唬吓唬你，看你急的，你以为我想跟你？二姨夫很艰难地龇出黑牙，表情极不自然。

好不容易摆脱了尹歌。

一路上，二姨夫心事重重。瘸羊倌骂，你这个样儿能赢钱吗？死了娘似的。二姨夫说，我也不知怎么了，心烦得要命。瘸羊倌骂，没出息。二姨夫猛就吼起来：

人零零风切切
小玉我呀，好可怜
…………

二姨夫唱的是《小寡妇上坟》，瘸羊倌的脸一下阴了，一种不祥的预感突然罩住他，怎么也驱散不掉。

两人在后草地赌了一天一夜，赢了三万块钱。第二日，赌汉们都躲着他俩。瘸羊倌知再待下去，也是这结果，便揣着钱和二姨夫返回来。还缺六千块钱，因此瘸羊倌的眉头像盘了几条蛇。二姨夫劝他借，瘸羊倌说，我没有向人借钱的习惯。二姨夫忽然想起什么似的，说，和药材贩子赌一次，怎样？瘸羊倌的眼睛亮了一下，随即又灰暗下去，怕他们不肯。二姨夫说，总有好赌的，碰一碰如何？瘸羊倌点点头。

两人回村后，直奔药材贩子的住处。药材贩子很干脆，当下就在屋内摆开了场子。天明时，几个药材贩子的六千块钱就到了瘌羊倌的手里。药材贩子怀疑瘌羊倌和二姨夫搞鬼，不肯再赌。这正合瘌羊倌心意。药材贩子脸上浮着很难看的笑，问瘌羊倌能不能返还一些。瘌羊倌朗声笑道，笑话！你以为你是小孩子？瘌羊倌觉得二姨夫的主意真是不错，既赢了钱，又出了气。

回到家已是深夜，瘌羊倌疲惫极了，扎在那儿就扯起了呼噜。半上午，瘌羊倌被人喊起，他以为是独眼儿汉子，还问了句来啦，直至看清是派出所的，才愣怔怔地问，干啥？派出所的骂，你装什么糊涂？随即捅了瘌羊倌一下，站起来。瘌羊倌看见干警后面站着昨晚赌博的药材贩子，知被出卖了，硬起眼睛吼，我日你个娘！

他的腰重重挨了一电棍。

尹歌笔记　瞎子突然失踪了。我寻遍了每一户人家，没发现瞎子的任何踪迹。难道瞎子离开了北滩？他为什么要离开？我陷入了一个巨大的疑团中。回想昨日，瞎子的神态并无任何反常。他只说把肚里的东西都毫无保留地唱给了我，让我尽快离开。我没在意他的话，因此也没有细究他的神色。我不知自己该不该报案，我不顾马掌女人的仇恨，向她讨主意。马掌女人说，瞎子每年出去游荡一个月，把他新编的"戳咕咚"唱给世人。瞎子无牵无挂，来去不定，北滩人从不当回事儿。她这么一说，我才稍稍安下心来。夜幕降临，我独自守着空寂的小屋，依然觉得瞎子在唱，依然听到音符在空中互相撞击的声音。我的心渐渐变得空阔，如无际的草原，我感觉到百草疯长的嗞嗞声。在黑暗中，我的笔如游龙走蛇在洁白的稿纸上游弋。

10

癞羊倌和二姨夫被关了一天一夜，便出来了，但身上的钱被全部没收。癞羊倌血红着眼球，恨不得找人干一架。他不仅是心疼钱，更恼恨药材贩子的无信义。他妈的，谁也没逼你赌，输就是输，赢就是赢，告什么？二姨夫不像癞羊倌老绷着羊皮脸，饿了十多个小时，前胸已和后背贴住，因此他只想找个地方痛痛快快喝一顿。他搜遍了全身，也没搜出一分钱。他问癞羊倌身上还有没有喝酒的钱，癞羊倌虎着脸说，有个蛋！二姨夫乐了，在派出所你也不凶嘛，怎么一出来就成了座山雕？癞羊倌骂，日你老婆的，凶又咋啦？二姨夫知癞羊倌是气红了眼，也不理他，自顾哼起了小调。

这时，二姨夫突然看见了尹歌。尹歌斜跨在驴背上，灿烂着笑脸走来。尹歌是来接二姨夫的。尹歌一跳下来，二姨夫赶紧问她带钱没，尹歌知他意思，故意说，没钱。二姨夫哪里肯听，拉着癞羊倌就往酒馆走。癞羊倌狠狠一甩，你倒有兴致！二姨夫咦了一声，总得吃饭吧？癞羊倌虎着脸说，我不吃。独自走了。二姨夫盯着癞羊倌远去的背影骂，天下第一号的倔驴。尹歌问二姨夫还进不进了，二姨夫说，进！见了酒馆哪有不进的道理？

二姨夫饿坏了，两盘肉片刻之间就光了。尹歌取笑他是饿狼，二姨夫说，蹲了一天派出所，我才知道什么是好光景。尹歌奚落，怪不得不敢告诉我，原来你俩不干好事。二姨夫说，我这是两肋插刀。尹歌笑，都被派出所抓了，还吹？二姨夫便告诉她，黄老二把翠花输了，癞羊倌赌是为赎翠花。尹歌睁大眼睛说,至于这么复杂吗?一报派出所不就行了?二姨夫说,老癞答应了人家,不得不这么做。尹歌盯着二姨夫的眼睛,没有出声。这是尹歌最琢磨不透二姨夫这类汉子的地方,很简单的事常常搞得很复杂,很复杂的事倒弄得很简单。比如二姨夫让她写状子告黄文才,她就劝过他,若单为药材贩子,乡里是不会把黄文才拿掉的,除非黄文才有经济问题,而二姨夫却没有这方面的证据。二姨夫不听,他执拗地认为告倒黄文才,什么问题都解决了。二姨夫见尹歌不吱声,问她这几天跟瞎子学了些什么。尹歌说,瞎子失踪了。二姨夫哦了一声说,瞎子没事,他眼睛瞎,心可没瞎。尹歌依然落落寡欢。二姨夫逗她,我离开几天,你就变心了,这么惦记瞎子?尹歌抢白,谁让你不给我唱坝上调子。二姨夫猛就扯了嗓子吼起来,引得别的酒桌上的人都朝他看。唱完问尹歌怎么样,尹歌说像驴叫。二姨夫笑骂,好你个死女子,敢骂我。尹歌躲开他,问他初次相识那天的坝上调子为什么那么揪魂。二姨夫的目光灰暗下去。良久,二姨夫终于将埋藏在心底的秘密道出来……

  二姨夫有过不少相好,但真正让他动心的只有一个。那年秋天,十八岁的二姨夫夹了一卷破行李闯后草地。二姨夫打草的东家姓张,除了雇二姨夫外,还雇了东北两个汉子。二姨夫又黄又瘦,先天发育不良的样子,因此常遭东北汉子耻笑。二姨夫虽然身单力薄,打草却从不误趟,姓张的东家起先只想暂雇几日,后见二姨夫很卖力,便打消了辞他的念头。打草很辛苦,日头一出便开始干,一直干到太阳落山。给二姨夫他们送饭的是东家的二女儿香香。香香一双黑亮的眸子,黝黑的脸盘,永远一副调皮相。她常奚落东北人,不搭理二姨夫,只有和二姨夫单独在一起,她才戏谑地称二姨夫相公。她嘲笑二姨夫的时候,目光总是热辣辣的,二姨夫想反讽几句,但一触到她滚烫的目光，心便乱了，反讽的话忘得一干二净。到最后，若哪天香香不嘲笑他几句，二姨夫的心就不踏实。后来，二姨夫发现碗底的肉多了，香香嘲笑他的次数多了。东北汉子常抱怨东家小气，吃不上肉，二姨夫从来不参言。那些日子，二姨夫的身体日渐壮实，胸中那团火也一日比一日燃烧得旺。

草晒得半干，二姨夫和香香负责往回运，这给了二姨夫接触香香的机会。对香香的调侃，二姨夫不再沉默，而是很机警地回敬。二姨夫不是一个拘谨的人，甚至可以说很诙谐，他不说话只是觉得没有说话的机会。二姨夫试探着向香香表露，见香香半羞半恼，胆子就大了。有一天，车上装的草太高，二姨夫只顾和香香说笑，没防车偏了一下，二姨夫和香香随草沉到地上，陷进草丛。二姨夫抓着香香的手，喊了声香香，两个年轻的身体几乎同时抱在了一块儿……

东家发现了女儿的不轨行为，要撵走二姨夫。二姨夫固执地表示，要娶香香。东家轻蔑地打量着二姨夫说，你牵来十匹马，我马上让香香跟你走。

为了娶香香，二姨夫和瘸羊倌——那时瘸羊倌的腿还没瘸，自然也不是羊倌——走进赌场。在赌场上二姨夫绝对是一个天才。也许是因为心里揣着一个女人，他白天赌，黑夜赌，完全赌红了眼。五个月后，二姨夫牵着十匹马去接香香，谁知香香在两个月前就嫁到了更远的草地。二姨夫那腔燃烧得正旺的火突地被浇灭。

二姨夫在后草地流浪了几年，逐渐变得放荡不羁。

那段往事已埋藏了二十多年，尹歌的出现突然将它从二姨夫的脑海里勾出来。尹歌的顽皮、任性使二姨夫又看到了当年的香香。

尹歌静静地听着，眼泪悄悄地流下脸庞。

瘸羊倌饿着肚子走进黄老二家，喊了几声翠花都没人应，心就直往下沉,他猛有一种不祥的预感。

瘸羊倌发怔间,独眼儿走进来。瘸羊倌斜他一眼,没吱声。独眼儿坐在瘸羊倌对面说,我等了一整天,总算等着一个人。

瘸羊倌说,钱让派出所没收了。

独眼儿说,没钱我就带人。

瘸羊倌说,她走了。独眼儿猛就跳起来,你要我呵,我也不是好惹的。

瘸羊倌冷冷地说,你急啥?我的话还没说完。

独眼儿气呼呼地坐下,却有些不安。

瘸羊倌依然冷冷地说,我活了六十多年,从没欠下别人什么。起身进了里屋,片刻之后,提出一把菜刀,扔在独眼儿面前,只能这么了结了。

独眼儿呆愣半晌,忙说,没钱就算了,我不是黄世仁,不逼你,您老确实是一条硬汉,算我交个朋友吧。说着,站起来要走。

瘸羊倌喊,等一下。

独眼儿回过头,只见瘸羊倌提起菜刀,猛地向大拇指剁去。那截手指跳起来,翻了几下,落在独眼儿脚底。

独眼儿惊愕地望着他。

瘸羊倌终于露出一抹浅笑,我从不欠债。

尹歌笔记　我没想到自己会从这块土地上汲取这么多养料,灵感如一眼喷泉不断地往外涌。我要用我的歌曲去轰炸人们疲惫、苍白的感情,让人们感受生命的力量,感受生命的美。我想瞎子出走是专门为我提供一个安静的创作环境,我现在需要安静。我知道他一直怀疑我的诚意。瞎子错了,我何止有诚意,我是一个虔诚的信徒。瞎子的黑屋是真实的，在黑屋完成的歌也有着最彻底的真实，我相信它会震撼每一个人的心。

11

北滩的草场拍卖如期举行，有了二狗子的教训，北滩人都保持了沉默。拍卖起价每亩十八元，最后竟达二十五元，北滩人没有竞争过药材贩子。除黄老三买了一千亩外，另外七千亩全被药材贩子买走。药材贩子一边挖药材，一边张贴广告，雇用打草汉子。

这件事轻而易举地结束了，想想，竟是那样简单，简单得不可思议。那情景很像听说洪水要来，害怕、担心，洪水真的来了，也不过如此。

一切和过去没有什么不同。

在平静中，那件事就发生了。

那天，二狗子女人偷偷地去草地挖药材，被药材贩子发现，药材贩子要抢她的篮子，在牵扯中，药材贩子扇了她一巴掌。二狗子女人常挨男人打，但她不觉得有什么不对，药材贩子这一巴掌却让她感到异常委屈。她跑回家，告诉了二狗子。二狗子盛怒之下，提了铁锨就去找药材贩子算账。这件事同样激起了其他人的愤怒，因此二狗子振臂一呼，一帮人就聚集到他手下。

瘸羊倌中途拦住了他们。

二狗子红着眼喊，走开，不然我就不客气了。

瘸羊倌不说话，只是冷然地盯着二狗子，目光如箭，一根根地往二狗子心里射去。二狗子起先还是一腔怒火,可在和瘸羊倌的对视中,他的目光渐渐疲沓下去。瘸羊倌看时机已到,这才开口,我刚从派出所出来,你们也想进去尝尝滋味?在他的逼视下,人们渐渐垂下头。

瘸羊倌说,打架不是办法,打坏了要赔钱,打死了要偿命,你们哪个活得不耐烦了?

那你说怎么办?二狗子问。

瘸羊倌说,我自有办法。他的目光又冷又狠。

人们散去,瘸羊倌来找二姨夫。二姨夫从瘸羊倌脸上看到一种令人骇然的表情,不由一怔。已有很多年,二姨夫没见到瘸羊倌这种表情了。二姨夫赶紧拿出两瓶"闷倒驴"。这种时候,瘸羊倌都要喝"闷倒驴"。瘸羊倌启开盖,咕嘟咕嘟喝下半瓶,末了斜着二姨夫问,没酒了?二姨夫便举起瓶子。

喝完,二姨夫问,有什么事?

瘸羊倌说,再赌一次如何?

二姨夫一怔,问,和谁赌?

瘸羊倌说,药材贩子。

二姨夫呵呵笑起来,药材贩子比鬼还精,哪个会再赌。

瘸羊倌说,这次不和他们赌钱,咱和他们赌赌心劲。

二姨夫的眼睛眯缝起来。

瘸羊倌说,药材贩子再精,可这也是咱的地盘,我要让他们哑巴吃黄连,有苦难言。

二姨夫说,要是输了呢?

瘸羊倌说,那也得给他们点儿颜色看看,不能就这么算了。

二姨夫攥着拳头说,我听你的。

…………

九月九日开镰节这天，以瘸羊倌和二姨夫为首的北滩汉子扛着大镰走在前面，女人们赶着牛车跟在后面，浩浩荡荡地涌向草场。他们要把属于自己的草场夺回来。

在穿过鸡形垴包时，一个女人突然挡在队伍前面。

是尹歌。

人们很是意外地停下来，愕然地望着她。随后，纷纷把目光投向二姨夫。

二姨夫怔了一下，马上问，你怎么在这儿？

尹歌脸色很紧。她没有回答二姨夫的话，反问，你们要去干啥？

二姨夫说，你怎么了？

尹歌说，这是蛮干，你们会为此付出代价的。

尹歌的话激怒了众人，随之有人喝问，这关你什么事？

尹歌的目光扫过众人，声音里带着酸酸的味道，药材贩子不会轻易让你们打他们的草，争执起来，对哪方都不好。再说，药材贩子买草场是合法的，就是打官司也占着理。

没人听她说话，激愤的人群涌上垴包，挟裹着尹歌向草场走去。

到了草场，二狗子第一个冲上去，他翻越铁丝网，在落地的一刹那，被铁丝网上的刺儿丝挂住了裤角，身体倾倒的瞬间，肩上扛的大镰直插入他的胸口，顷刻间碧绿的草地染成了红色……

一切发生得那样突然，人们全愣住了，直到二狗子女人一声尖厉的哭叫，众人才反应过来，七手八脚把被鲜血浸了的二狗子抬上车，一窝蜂向乡里涌去。无边的草野上只剩下尹歌孤零零的身影……

尹歌笔记　这是我在坝上的最后一个夜晚了，待在瞎子冰冷的黑屋里，回想这些天在北滩的经历，真有一种恍若隔世的沧桑感。在坝上这块神奇的土地上世代繁衍着的人们，生活中有着太多的苦难，他们对于命运的抗争有着太多的无奈，所以他们喊出的歌有着巨大的震撼力。苦难是人生的一大财富，可惜我没有，今后也不可能有，我只是暂时融入了他们艰难的生活，从中汲取了养料。我明白，一旦离开这里，我创作的歌依然苍白无力，我为此感到悲哀。

12

处理完二狗子的后事，二姨夫懵懵懂懂回到家，坐下来猛饮"闷倒驴"。忽然，一声清脆的声音传入耳鼓：这是蛮干，你们为会此付出代价的。二姨夫猛一激灵，尹歌的面容跳入脑海。尹歌！尹歌？她这几天干什么去了？她现在在哪儿？二姨夫跳起来，疯一样冲向瞎子的小屋。

门虚掩着，屋里空荡荡的。二姨夫的心一下被掏空了，他抓着门框，粗重的喘息几乎震裂胸腔。喘了一会儿，他反身冲出去……

二姨夫站在垴包上，极目向天边望去。他的耳边响起尹歌调皮的声音，不知不觉地，他的眼睛湿润了。蒙眬中，尹歌向他奔来，她挎一豆绿色书包，穿一身浅蓝色牛仔服，奔跑时一弹一跳，如一头刚离开母亲的小鹿，口外的秋风吹散了她的头发，光洁的额头忽而闪现，忽而被头发遮住。二姨夫的喉咙热辣辣地响了几下，突然就吼了起来：

头一回回 你你不在
让你哥哥劈了俄（我）两锅盖
二一回 你你不在
差一点让你哥哥揭了俄（我）天灵盖
…………

土炕和野草

1

爹领回女人那天，我又尿炕了。丁香一摸我的褥子，照我屁股就是一巴掌，骂我驴大了不长记性。我边躲边还击，你嫁个男人没鸡巴，生个孩子没屁眼儿……丁香杏眼圆睁，抓起鸡毛掸子就要抽我。说是鸡毛掸子，上面连二十根鸡毛也没有，整个一条棍鞭，落在身上，肯定能留下记号。

我缩到墙角，没处躲了，就把身子贴在墙上。丁香气呼呼地叫，看你钻地缝里去。我喊，娘哎，丁香要抽我。我的声音可怜巴巴，好像被丁香抽断了骨头。丁香的手僵在半空。这一招很灵验，我暗自得意。丁香青着脸说，不许再喊那个贱货，喊一声，抽烂你的嘴。我装出害怕的样子，不喊了，我的娘哎。

丁香眼角一挑，掸子晃晃悠悠垂下来。这时，小英子跑进院，急躁躁地喊，丁香，你爹又领回个女人。

丁香的脸唰地一变，鸡毛掸子从手中滑落。她死死盯着小英子，似乎要把小英子吸进眼睛里。

小英子的脑袋竖在窗户中间，真的，不骗你。

丁香没好气地说，喊啥喊？

小英子躲闪着丁香的目光，一副受了委屈的样子。

我趁两人磨牙的工夫，溜下炕，出了屋子。我从墙头跃上羊圈，那儿放着架破木梯。我登着木梯上了房顶，一眼就看见西边山梁上的那两个人。爹是个偏膀子，走路的时候好像一只脚在往上跷，村里没有第二个像他这样走路的。他身边那个女人比他高大，似乎随时要压在他身上。女人脖子上系的肯定是丝巾，那一抹蓝色被风拂来拂去的。爹特别爱给他领回的女人买丝巾，一律是蓝色的。爹是个执拗的人，他的许多做法让人费解。比如别人家给羊打记号，无非在不同部位画个圆圈或其他简单的符号，除了黑色就是红色。我家羊的记号则在鼻梁上，是蓝色的梅花图案。

不知丁香是什么时候站到我身边的，她两手搁在我肩上，要把我拥进怀里的样子。她好像不大相信，那是爹吗？

我说，当然是了，你没见他和女人挨得那么近？

丁香在我肩上捏了一下，问，那是个女人？

我自信地说，不是女人，爹给她买丝巾干吗？

丁香不说话了，只是重重地喘气。过了一会儿，我俩垂头丧气地坐下来。丁香抚摸着我的头说，石头，没好日子过了。每次爹领回女人，丁香都特别温柔，再寻不到一丝凶样儿。我说，不知这个娘脾气咋样。丁香的声音突然提高了，不许喊她娘，娘早就死了。我翻她一眼，咱娘是跟人跑的。丁香说，跑了就是死了。我故意起哄，跑了就是跑了，怎么就是死了？丁香又凶了，我说死了就是死了，你不能喊那女人娘。我说，爹要我喊呢？爹领回女人，第一件事就是让我喊娘，他不敢指望丁香。丁香恶狠狠地说，他让喊你也不能喊。我追问，他要打我呢？丁香火了，你是死人呀，就不会跑？他还能打死你？丁香这么说就不讲理了，不打她，她当然不知道疼的滋味。

爹和那个女人进院了。爹的眼睛亮汪汪的，像在水里洗过，脸上则泛着少见的光彩。女人似乎比爹岁数还大，长得也不好看，脸上呈现出一种病态的土黄色。与我的想象差得没远近，我大失所望。

爹作惊讶状，你俩咋坐房顶了，下来下来，我给你们找上娘了。

丁香没动，我自然也不敢动。

爹冲女人讨好地笑笑，大的是丁香，小的是石头。又仰起头说，石头，喊娘呀。

我扭头看看丁香，她的脸铁板一块。我就死死地抿住嘴。

爹生气了，大声说，喊呀，哑巴了?! 这是爹送给女人的见面礼，我不喊，他当然下不了台。

女人说，算了，别为难他了。

爹的语气便温和了，石头，爹割了猪头肉，你下来，爹给你炒了吃。

爹一下就把我打倒了，我最爱吃猪头肉炒土豆片。我欠欠屁股，丁香狠狠拧我一把。可那句话已溜出嘴边，爹，少放点儿辣椒啊。

爹和那个女人都笑了。女人笑的时候，脸上浮现出一幅荷花样的图案，那黄色不太刺眼了。女人似乎怕笑出声，拽着脖子，要咽下去似的，可终是被卡住了，吭吭地咳嗽起来。爹用他黑瘦的手轻拍女人后背。

爹和女人一进屋，丁香就训我，馋相！没吃过东西啊。

我反驳，你不让我喊娘，又没说不让我吃东西。

丁香说，猪头肉是给女人买的，你以为给你买的？没出息！

丁香不吃猪头肉，她当然不馋了。可她坐着不动，我就不能下去。我对爹频繁地找女人和丁香一样有意见，爹把钱都花在这上头了，我找他要钱买把手枪或动画贴片，爹总拿那句话打发我，石头，省省吧，爹攒够了钱，给你娶个娘。碰哪次我说不要，爹的脾气就躁了，不要咋行？你不要，爹还要呢。不过我绝不像丁香那样气得冒烟，更不让嘴吃亏。我的嘴主要是吃东西，丁香的主要用来骂人。

爹肯定炒菜了，肉味飘出来，小虫样钻进我的鼻孔。我连打了几个喷嚏，肚子里传出野鸽子般的叫声。丁香让我有点儿出息，我的鼻孔却越张越大。后来，陆续有人进来。他们是来看那个女人的。每次爹领回女人，我家都这么热闹。爹在这种时候总是很大方，给抽烟的散发过滤嘴香烟，不抽烟的则给他们分发糖果。当然，有些人不但要抽烟，还要吃糖，比如二扁嘴女人。陆三进去了，王阴阳进去了，石大嘴进去了……我数着一共进去九个人。第十个来的是王算盘。王算盘死不要脸，爱去别人家蹭饭，闻见谁家有油味，就涎着脸上门了。他在我家蹭过一次，吃了九张馅饼，第二次让丁香撵跑了。看见他，我一阵紧张，这家伙肯定是让猪头肉的香味勾来的。我瞟丁香一眼，丁香呼地站起来，大声说，王算盘，你又蹭饭来了？王算盘嘿嘿着，这闺女，咋说话呢？

王算盘没敢进院，因为丁香速度很快地溜下去。丁香的嘴不留情，王算盘惹不起。

那些人正开着爹的什么玩笑，石大嘴笑得牙床都鼓出来了。丁香一进屋，他们就不敢放肆了。丁香对这些人还算客气，叔长婶短的。但他们怵头丁香，尽管丁香脸上挂着笑，他们还是没敢多待，相继溜走了。

没人注意我，我吃了几片猪头肉，嘴唇油汪汪的。

饭还是在一起吃的。丁香和女人没动手，都是爹弄的。猪头肉炒土豆片、炸花生米、炒鸡蛋，爹也就会这几样。女人吃得很慢，好像牙齿不好，爹不住地给她夹菜。丁香埋着头，一句话也不说。平时，她都是最后放碗，可今天她吃了几口就搁了筷子。女人看看丁香，又瞅瞅爹。爹说，吃，吃啊。丁香正要出去，爹喊住她，让她待会儿收拾一下。女人忙说，我收拾吧。丁香垂着眼皮说，我肚疼。还揉了揉。我知道丁香是装的，她不想侍候女人。没有女人的时候，丁香最勤快了，做饭洗锅、洗衣服喂羊，就连爹和我的被子都是丁香叠。没等爹说什么，丁香已闪出去了。爹的脸色很难看，女人安慰他，她还是孩子嘛。

那天晚上，爹早早把我的被子抱到西屋。平时我和爹睡东屋，丁香独霸西屋。我一点儿也不愿意和丁香睡一屋，她的毛病多，不是嫌我脚臭，就是嫌我说梦话。当然还有别的原因，她怕我发现她的秘密。比如她往胸罩里填棉花，往脚指甲上涂趾甲油，都是我在西屋睡的时候发现的。

我见她脸上依然挂着冰，就说，不是我要来的，是爹让我来的。

丁香问，你喊她娘没？

我说，没有。

丁香追问，真的没喊？

我说，真的，不信你去问她。

丁香的脸温和了，不过声音依然严厉，别喊她，看见她那样儿我就恶心。

我躺在那儿，却怎么也睡不着。我不知咋回事，往常一闭眼就睡了。丁香翻来覆去，肯定也没睡觉。折腾了一会儿，我想尿了，可地上没有便盆。丁香说，姐忘拿了，你出去尿吧。我趿着鞋出了屋子。

撒完尿，我的目光落在东屋窗户上。我顿了顿，轻手轻脚走到窗户根儿。爹的声音清晰地传出来，刘燕——女人颤颤地哎一声。爹又叫，刘燕哎——女人再颤颤地应一声。

回到西屋，我问丁香，你知道女人叫啥名？

丁香不理我，我得意地炫耀，她叫刘燕。

丁香问，你咋知道？

我说，我刚听来的。

丁香忽地在我腿上拍了一掌，骂，不要脸的货！

2

娘让人领跑那年，我五岁，丁香十一。

娘的模样我已记不清了，只记得她下巴有颗痣，细腿，蜂腰，走路风摆柳似的。她从街上走过，孩子们都躲得远远的，只用目光追着她。娘有癔病，发作时就变成一个奇异的人。她的眼睛会射出手电筒样的亮光，一尺长的头发会直竖起来。两米高的墙头，她一跳就上去了，并且走得稳稳当当。她的力气也大得出奇，三个男人都摁不住。最让人害怕的是，她竟借着村里死人的声音说怪话。娘的病只有爹能治，她一发病，就有人告诉丁香，丁香就往滩里跑。爹是羊倌，一大半时间都在滩里。爹拿针在娘头上或腿上一扎，娘立刻就好了。然后，爹就把虚软无力的娘背回家。后来，爹给娘抓了些药，娘的病就慢慢好了。爹承诺等娘病好了就给娘打个衣柜。他说话算数，果然就请了个木匠。木匠在我家住了十天，由娘侍候他吃喝。衣柜打好了，木匠没要工钱，但他领跑了娘。

那天，爹的眼睛像被炸烂了，红得怕人。他一遍遍问我和丁香，你娘说啥了？啥也没说？肯定是你们忘了，你们两个废物，咋不好好看着她，让她丢了呢？月娥呀，月娥呀。爹喊着娘的名字，嗓子喊哑了，他就蹲在墙角耸着膀子哭。我没见过爹这个样子，心里怕得要命，还尿湿了裤子。丁香把我揽在怀里，小声说，别怕，石头。可我觉出她抖得比我还厉害。

爹把羊扔给别人，出去找娘了，一走就是两个多月。丁香每天牵着我的手去村口等爹，等他牵着娘回来。我不起炕，丁香就哄我，说爹要回来了，我就再一次跟丁香站到村口。有一天，丁香还领着我爬上西边的山梁，依然没等上爹。

爹回来不成人样了。头发毡片样盖在头顶，胡子又乱又脏，脸好像让人割去一半，剩下那一半怕见光似的往里缩着。丁香带着哭腔喊了声爹，见我傻站着，推我，这是咱爹，喊呀。我吃惊地瞪着眼。爹在我头上摸了一把，上炕睡了。

爹睡了一天一夜。我大气不敢出，不小心弄点儿声音，丁香就瞪我。丁香坐在爹旁边，不时瞅爹一眼。我一觉醒来，丁香依然是那个姿势，又一觉醒来，她还是那样。爹睡醒后，躺在炕上不动弹。丁香让他吃他就吃，让他喝他就喝，之后就痴呆呆地盯着顶棚，半天怪笑一声。爹好像成了傻子——村里有个傻子就这样。等到第三天，爹早早起来，他剃了头，刮了胡子，眼珠子又能动了。

爹把我和丁香叫到跟前，平静地说，她不要咱们了。我往丁香怀里靠靠，又想尿了。爹说过这话后就沉默了，可他的样子又像还有话要说，只是一时想不起来。爹看了我和丁香一会儿，突然说，我一定给你们找个娘回来。爹的腮帮子鼓凸着，像嘴里装满了东西，脸上是我从没见过的颜色。

给你们找个娘回来！

多年后，我才领悟了爹的意思。这句话像根大铁钎牢牢钉进了我家的生活。

爹又去放羊了，他的膀子就是从那时偏的。爹放的一手好羊，附近几个羊倌没人比得过爹。可自那以后，他总是丢羊，今天一只，明天两只。让人偷走了，还是被狼叼走了？他自个儿都糊涂。丢一只羊，就得赔二百多块钱，年底一结账，工钱远不够赔羊的。

第二年，爹不再放羊，而是去东窑背砖了，依然早出晚归。背砖累点儿，但再没人找爹后账，说爹弄丢了砖。

爹没再提娶娘的事，好像忘了。第四年初冬，爹从砖厂回来，除了背着他的行李，还提了一块熏肉。天一冷，砖厂就停工了。爹把熏肉切下一半，另一半吊在房梁上。我问爹那一半是不是要留到过年，爹点点头，对，留到过年，你可不许偷吃啊。丁香还去打了半斤酒，没有娘，家里的事就由丁香做主了。爹喝了酒，微眯着眼睛，像守在老鼠洞边的猫。爹从怀里掏出最后一个月工钱交给丁香，问丁香多少了。丁香跟爹使个眼色，对我说，石头，买盒烟去。我知道丁香是故意支走我，她怕我知道藏钱的地方，当然也怕我知道有多少钱。我不去，丁香用一毛钱跑腿费诱惑我，我就乐颠颠地去了。

次日清早，我被丁香的尖叫惊醒。我有尿炕的毛病，所以对清早的事总是记忆犹新。我赤条条坐起来，看见丁香惨白着脸，她说钱不见了。我说你还不赶紧找爹去。我以为爹搂发菜去了，每年冬天爹都要去滩里搂发菜。丁香说，爹出门了呀。说过这话，她猛地僵住了。她说你自个儿热饭吃，兔子般飞出院子。

丁香中午才回来，脸冻得青溜溜的。我问她找见爹没，丁香在我脸上摸了一把，突然搂住我，号啕大哭。我吓坏了，以为爹也让人领跑了。半晌，我问爹是不是不回来了，丁香抹把眼泪，很平静地说，不会的。

几天后，爹果然回来了。他身后多了个女人。女人个头不高，留着两个长长的辫子。爹进门就炫耀地说，我给你们娶回娘了。爹的样子很像电影中那个排长，排长对首长说，我把307高地拿下了。不同的是，首长拍着排长的肩，夸他好样的，我和丁香则傻站着。爹让我们喊娘，丁香低着头出去了，爹就明确地命令我，石头，喊娘呀。我往后退缩着，爹觉出我的企图，揪住我的领子拎到女人身边，喊娘呀。娘被人领跑后，爹还没这么凶过，我就短促地叫了声娘。女人被逗笑了，她像丁香一样把我搂在怀里。女人身上有股淡淡的香味，爹肯定是被女人的香味迷住的。我趁机往女人衣服上蹭了些鼻涕。

那天晚上，丁香第一次告诉我家里的核心秘密。她说爹娶那个女人花了八千多块钱。我盘算了一下，八千块钱能吃十年猪头肉。猛然想起东屋房梁上的熏肉，第二天一瞅，果然被爹和女人过年了。

女人挺勤快，就是脸皮厚。丁香给她脸色，她假装没看见，丁香长丁香短的。她还让爹扯了块布，给丁香做了件衣服。丁香试都没试就扔一边了。我喊了她好几声娘，她仅给我买了副鞋带。女人做饭一点儿也比不上丁香，不是咸了，就是淡了，可爹却吃得有滋有味，每次都要咂出响声。

爹像块橡皮糖，女人走到哪儿，他跟到哪儿，就连女人上厕所，他也要在远处站着。我看不过去，对丁香说，咱爹真没出息。丁香冷冷一笑，说爹是自找罪受。我不明白丁香的意思，但我看出爹很快活，自女人进门，他脸上就没断过笑。爹在家待了十多天，一天晚上，他来到西屋，说明天要去搂发菜，让丁香注意点儿，并指指东屋。丁香不情愿，还是紧着小心，自此就成了女人的影子，女人走到哪儿，她跟到哪儿。女人嫌爹不信任她，一天夜里我和丁香都睡下了，听见她哭哭啼啼和爹闹别扭。

第二天，爹不让丁香跟女人了。他说，你娘不是那样的人。还说，一家人过日子不能隔着肚皮。可爹一走，丁香就对我说，你跟着她，她要出了村，你就喊我，八千块钱呢。于是，我就成了女人的尾巴。第四天头上，我跟着女人在街上遛了一圈，女人去小卖部买了把糖塞给我，而后说，石头，我回家了，你玩吧。女人回家就没我的事了，我就放心地玩。过了很长时间，丁香来找我，并问女人哪儿去了，我说回家了。丁香一屁股坐在地上，冲我大叫，看爹不揍烂你。

爹没揍我，他拍的是自己的脑瓜子。

女人从来到逃走，总共四十一天。

3

刘燕是爹领回的第四个女人。

她是个病秧子，第二天我的猜测就得到了验证。一睁眼，满耳朵是她的咳嗽声，像灌了咸盐的蛤蟆。爹的眼光越来越差了，出去这么多天，怎么领一只蛤蟆回来？我碰碰丁香，问她怎么不起。丁香翻过身，叫我别烦她。正说着，爹进来了，丁香马上闭上眼睛。爹没看我，照直走到丁香枕边，说，丁香，起来烧饭吧。爹的语气是湿软的，恳求的。丁香没动，爹又说，别让爹为难，就这一次，爹再不找了。我知道爹说的是假话，刘燕逃走，他肯定又会领张燕、李燕回来。爹怕丁香，家里的事都是丁香说了算，只有娶个娘回来这件事，他不听丁香的，固执得发疯。丁香什么都能管住爹，就这个管不住，她不气才怪。爹也真是，娶了女人干吗还让丁香做饭？娶回来就得让她干活，等她跑掉那不是太亏了？

爹的脑袋垂下来，丁香，你是大闺女了，咋就不惦记爹的苦处？我忍不住了，说，我尿炕了。丁香突然睁开眼，往我被子里一摸，顺手拧了我一下。

丁香装不下去，就起炕了。她蹲在当院漱口，半个多小时也没打扫完。

刘燕在灶边忙活。她做熟饭，丁香刚好洗漱完。丁香盛了一碗，独自去了西屋。吃饭的时候，刘燕又咳嗽了。这时，爹就放下筷子，在她背上捶着。刘燕咳出满脸红晕。不是看盘子里有几片肉，我早追丁香去了。刘燕似乎看破了我的心思，就把肉夹到我碗里。爹趁机说，看你娘对你多好。爹已经是满脸皱褶了，却没长一点儿记性。他领回的女人哪个对我不好？到头还不是跑了？她们善于用假象迷惑爹，没有一个女人在我家超过半年。与往年不同的是，爹没等到砖厂收工就把女人领回来了。

爹对刘燕说，我出去一趟，你想出去转转就让石头领着，不想出去就歇着吧，两天的路，太累了。刘燕软绵绵地说，我不出去，那些人咋那样看人，好像我是怪物。爹嘿嘿一笑，村里来个生人，稀罕么。

爹轻轻瞟我一眼，我一慌，难道爹要将看守刘燕的重任交给我？这实在是个费力不讨好的差事，丁香不乐意干，我更不乐意干。第一个女人逃走后，爹提高了警惕，领回女人看得死死的。他不在，就让丁香盯着。爹不轻易用我，嫌我靠不住。但我也没闲着，一直给丁香当助手。丁香上厕所，或有其他着急事，就让我盯着女人。

我不愿揽这破事，趁爹没注意，搁下碗就溜到西屋。丁香正对着镜子用火柴棍压眉毛，她的眉毛常常刺猬一样竖起来。丁香问，怎么吃这半天？我说饿呀。丁香骂我小饭桶，又问刘燕说她什么没。我说她夸你的牙白净呢。丁香翻我一眼，你别瞎说，她是不是又给你肉吃了？丁香果然厉害，一下就说中了要害。我当然不肯承认。丁香又问刘燕让我喊娘没，我说没有。丁香问，真的没有？我说你去问她好了。丁香就说，你要坚持住，姐不亏待你。见我盯着她的眉毛，就背过脸。我说，你用糨糊刷刷，多省事。丁香的声音顿时提高了，滚一边儿去！

丁香让我滚，我就有了离开家的理由。我出屋时，正碰上爹背着他的羊皮袋子往外走。爹说，石头听话啊。爹竟然没嘱咐丁香，他真靠给我了？我琢磨了一会儿，悟出爹是要我传话给丁香。他被丁香的冷脸吓住了，还挺顾脸面的，好玩。我只好返回去，对丁香说，爹让你看着她呢。丁香轻轻呸了一声，我才不呢。我问，她要跑了咋办？丁香说，跑就跑，她要是棵白菜，能剁巴剁巴吃了，她是个活人，能拴住她的腿？

我以为丁香只是说气话，刘燕是爹用背砖的钱买的，她能看着刘燕跑掉？可等小英子找上门，她果真跟小英子走了。小英子是丁香的跟屁虫，总是跟在丁香后面，像丁香的影子。丁香往胸罩里垫棉花，她也跟着垫；丁香买双紫袜子，她也买一双；丁香着了凉打嗝，她必定也找理由打几个嗝。那天，丁香没出门就搂住小英子脖子，小英子受宠若惊，连路都不会走了，一跳一跳的。

丁香不管，我才不管呢。我随后也跑出去。七月的阳光淌到脸上，我顿时热燥燥的。过一会儿，就能到河里游泳了。爹说我没出生的时候，河里到处是鱼，一逮一条，现在连蝌蚪也见不着了。但我还是愿意去，因为我没地方玩。

我边走边踢着石子，后来那石子就滚到一双脚边。是穿拖鞋的脚。我抬起头，看见秦寡妇那张雪花粉一样的脸。我想绕过去，秦寡妇拦住我，石头，你爹又给你领回娘了？我不愿理她。秦寡妇说，你怎么不看着她？我从另一个方向绕，秦寡妇说，我家有香蕉，你吃不吃？我飞快地看她一眼，她突然大笑起来，几乎岔气了。我明白她在嘲弄我，就说往你的眼儿里塞吧。秦寡妇想揪我，我狠狠甩开了。我听她在背后说，你爹是条好种驴，就是种不出骡驹子。我猛地回过头，你再乱嚼，我就告丁香。秦寡妇说，告去吧，我还怕个丫头片子。话虽如此，她的声音却小了许多。她不怕丁香？鬼才信。

爹执拗地从外面领女人，并不是在村里找不上，比如，秦寡妇就想嫁给爹。爹领回的第二个女人逃走后，秦寡妇常来我家借东西，和爹扯些废话。丁香摔了两次碗，她才不敢登门了。一天，秦寡妇把我叫进家，给我吃了好几根香蕉。秦寡妇的名声不好，据说那些好吃的都是男人们给她买的。我才不管呢，反正爹和丁香又不给我买。秦寡妇笑眯眯地问我好吃不，我嘴里堵得满满的，就连连点头。秦寡妇说你以后常来吃，我这儿有的是。后来，四爷就替秦寡妇提亲了。爹没同意，他说秦寡妇腿夹得不紧，他不光是找女人，还是给丁香和石头找娘呢。

突然有一天，秦寡妇在街上拦住爹吵起来。我围上去时，秦寡妇正指着爹的鼻子，让爹说清楚。爹涨红了脸，说自己没说过那样的话。秦寡妇让爹伸出舌头，我不明白让爹伸舌头干吗？她还想揪下来？爹让秦寡妇逼得连连后退，丢死人了。丁香就在这个关键时刻冲到爹身边，她抱着膀子，冷冷盯了秦寡妇一会儿，然后点着秦寡妇眼窝子就是一顿臭骂。丁香骂得狠，打蛇打七寸，丁香掐的就是秦寡妇的七寸。

秦寡妇撑了没一会儿，狼狈地逃了。那次丁香可露足了脸。

我本来把刘燕丢到一边了，让秦寡妇一搅，刘燕的影子又在脑里晃了。我有点儿担心，家里没人，她会不会趁机逃走？这个任务是爹亲口安顿给我的，放跑了刘燕，他肯定收拾我。

我在河边遛了一圈，还是跑回家。我跑得上气不接下气，冲进院子，眼睛几乎黑了。

刘燕正蹬着凳子擦玻璃，回头瞧我一眼，石头呀，快给娘扶住凳子。

刘燕的表现与爹前几次领回的女人差不多，她们总是做出死心塌地和爹过日子的样子，一有机会，就溜得鬼影儿不见。

我极不情愿地挪过去。我没扶，而是踩住凳腿儿。刘燕根本用不着擦，丁香早就擦干净了。

刘燕终于下来了，她在我脸上摸摸，瞧你晒得黑的，咋不念书？

我说，没意思。我懒得跟她说，我不喜欢学校那地方，一点儿也不喜欢，成天逃课，爹就干脆让我和丁香盯梢了。

刘燕说，我和你爹说说，你还去念书吧。

她想支走我，我心想，爹不会上你的当。

刘燕又咳嗽了，蜡黄的脸顿时涨得通红。我怀疑她嗓子里卡了什么东西，真想帮她掏掏。

刘燕停止了咳嗽，可能是我吃惊的样子逗笑了她。她说，吓着你了吧，往前站。

我反往后退了两步。

她冲我努努嘴，叫我一声娘。

这女人脸皮真够厚的，我紧咬牙关，一声不吭。

她催促，叫啊，我是你的娘了。

我说，我牙疼。

她又笑了，你喊一声，我给你一块钱。

我慌了，面对诱惑，我从来都是慌乱、软弱的。但我大声说，不……叫。

她似乎识破了我的伎俩，说，喊呀，我说话算数。

我回头瞅瞅，四周除了我和她，再没别人，便蚊鸣似的滑出一个娘。她说，好，一声了。第一个喊出来，就顺溜多了，我连喊了四声，一次比一次响亮。

刘燕笑得眼都没了，行了，行了，我可没那么多钱。然后，摸出皱巴巴的五块钱。

我不再监视她，一溜烟跑进小卖部。

4

爹领回的第二个女人叫陆梅，胖墩墩的，一张赤红脸，像关公的亲妹子。她是个风骚女人，当着我和丁香的面，就敢在爹的某个部位拧一下，撒着三十岁的女人不该撒的娇。这种时候，丁香就哼一声，毫不掩饰她的轻蔑与敌意。爹则红了脸，讪讪地说，别这样，娃看见不好。女人就噘噘嘴，倒不一味和爹使性子。

陆梅嘴馋，爱吃零食，瓜子、麻子、豌豆，凡是能往嘴里填的，她都喜欢。她还爱喝酒，爱吃辣椒，尤其爱吃臭豆腐。我家饭桌上从来没有臭豆腐这类东西，丁香嫌臭，爹怕花钱，我喜欢也只是空喜欢而已。陆梅来了以后，改变了这种局面，我天天有臭豆腐吃了。吃饭时，我看着丁香捂住鼻子躲到一边，咂得越发欢实了。因了我和陆梅的共同爱好，她来我家第二天，我就避着丁香喊她娘了。陆梅不吃独食，吃什么总往我手里塞一把。丁香在的时候，陆梅不敢轻易支使我，如果丁香不在，陆梅说话的声调就很高，石头，给娘打斤酒去。我接过她的钱，飞快跑到小卖部。我打八两酒，然后到井口兑二两水，二两酒钱自是落入我的腰包。陆梅抿一口酒，皱皱眉头，咋味道这么淡？像兑水了。我说我亲眼看着小卖部的独眼儿兑水来着。陆梅就骂奸商，下次依然让我替她打酒。我躲到西屋，享受着自己的胜利果实，有时忘了形，被丁香拧住耳朵，她气呼呼地问我，你又喊她娘了？我说没有……啊哎，疼死我了。丁香厉声问，你没喊，这些东西哪儿来的？我泪巴巴地说，爹拧我耳朵让我喊娘，你又不让喊，你们干脆把我耳朵割下来算了。丁香的手就松开了，她摸摸我的头，将我搂在怀里，叹几口气。因了刚才的粗暴，她会塞几毛钱给我。

　　陆梅和第一个女人一样，总是竭力讨好丁香。丁香没有我那么嘴馋，陆梅用食物笼络不住她，就给她买女孩子的装饰，今天一个发卡，明天一枚胸针，只是丁香瞅都不瞅一眼。丁香说女人是黄鼠狼给鸡拜年，没安好心。陆梅并不气馁，那天又托人买回一块红围巾。她特意在吃饭的时候拿出来，丁香，你试试合适不。丁香正欲离开，看见围巾，顿住了，目光似乎跳动了一下。爹说，看你娘多好。仿佛怕丁香离开，爹挡在门口。丁香缓缓接过来，很快就丢到地上，冷冰冰地说，一股臭豆腐味。爹火了，啪地把丁香的碗摔在地上。丁香冷冷地看着爹，眼里没有泪水，也没有怒火，而后擦着爹的身子出去了。陆梅劝爹，慢慢就好了。看得出来，陆梅怕丁香，爹领回的女人都怕丁香。比如吃臭豆腐，先前陆梅揭开瓶盖，瓶口就敞着，后来她夹一块，马上把盖子扣上。丁香软硬不吃，那些女人和丁香的关系都不好。

在女人面前，爹永远是软骨样。对于陆梅的要求，爹总想方设法满足。她爱吃臭豆腐，他就让她吃；她爱喝酒，他就让她喝。有天半夜，陆梅突然想吃炒大豆，爹敲醒邻居，借了二斤大豆并炒熟。我想象不出半夜三更两个人挤在被窝吃大豆是什么情形，这个女人太能折腾了。爹似乎怕我和丁香有意见，逮住机会就替陆梅找台阶，她是个苦命人，咱不能亏了人家。留住你娘，这个家才像个家。

但不管爹对陆梅多好，他对她是防备的。有了第一次的教训，爹不再轻易让我和丁香盯梢，陆梅走到哪儿都有爹的影子。陆梅噘嘴，你不放心，怕我跑了？爹说，我离不开你呀。陆梅就哼一声，爹什么都依她，就是这个不依。爹实在有要紧事，就将这个任务交给丁香。丁香对陆梅反感透了，但盯梢从不马虎。在这点儿上，丁香和爹倒一致。丁香不屑地说，你以为我盯得是她？我盯的是钱。我不知爹领回这个女人花了多少钱，但绝对不是小数目。

爹领回女人的第三十九天，一封电报传到我家。陆梅一看上面的字就哭了。她母亲得了重病，正在医院抢救，电报是她弟弟拍的。爹对电报内容将信将疑，反对她回去探望。陆梅闹别扭了，她躺着不起炕，饭不吃，酒不喝。爹慌了神，可怜兮兮地向丁香讨主意。丁香让爹陪她回去，并嘱咐爹寸步不离。丁香早不是黄毛丫头了，说出那样的话，她的目光生冷、坚硬。

爹陪着陆梅回去了。走前，还借了不少钱。在县车站，陆梅上了趟厕所，就永远从爹眼前消失了。路费原本在爹身上装着，陆梅靠着爹的脑袋哼哼两声，爹就受不住了，轻而易举让她哄了去。爹身无分文，一路饿着肚子走回来。丁香一瞅爹的架式就明白了怎么回事，可还是盛气凌人地问，人呢？爹哇地哭出声，我把你娘弄丢了。到了这个时候，爹依然称陆梅是我们的娘。他把责任归咎于自己，是他弄

"丢"的。

爹消沉了一段，很快又振作起来。爹的膀子越来越偏了，可眼睛贼亮亮的，像搜寻猎物的狼。

一年后，爹领回了第三个女人。她比爹前两次领回的女人都小，也就二十几岁。爹是从东滩的二皮手里搞到手的。说穿了，爹搞了一个被拐卖的女人。我不知道她叫什么名字，只记得她眉心有颗痣。

眉心痣性子刚烈，一进屋就又哭又闹，还用脑袋撞门。我和丁香听得心惊肉跳。我想过去看看，丁香扯住我，咬牙骂，自找罪受，活该！丁香对爹有怨气，我听见她牙齿撞得咯咯响。

眉心痣从窗户跳到院里，爹眼疾手快，一把拽住她。眉心痣一边甩，一边大声叫骂。

爹满脸涨红，气喘吁吁。我趴在玻璃上看热闹。爹扫见了，叫，石头，给爹拿根绳子来。

我还没动弹，丁香断喝，不许出去！

我提醒她，爹花了钱的。

丁香骂，把嘴闭上，没人当你是哑巴。与前两次不同，丁香是真生气了，她好像不再在乎爹花了多少钱。她青着脸，抱着膀子竖在那儿，像一株没熟透就被冻硬的玉米。

爹终于把眉心痣弄回屋了。那一夜，不知爹和眉心痣折腾到什么时候，我和丁香虽然没当爹的帮手，但也没得消停，从东屋传出摔东西的声音不时割着我的耳朵。后来，我实在困了，用被子蒙住头。第二天，我看见爹的脸上、脖子上有几个血印子。爹没有一点羞愧的意思，他给东屋安了把锁，在窗户上钉了几根木条，眉心痣就是插上翅膀也飞不出去了。

爹把眉心痣关在屋里，只有吃饭和睡觉的时候，他才进去。平时，他就蹲在外屋的门槛上,空洞的目光一寸一寸舔着我家的破院子。我不知他在琢磨啥,有时碰上我的目光——也只能碰上我的,爹领回眉心痣,丁香的眼皮基本上耷拉着——他就嘿嘿笑一两声,你这个娘,不大懂事。

我不知眉心痣在屋里干啥,我很少见到她。她不再大叫大闹了,只有她的哭声从门缝流出来,像只挨了打的小猫。

爹和丁香谁也不理谁,气氛沉闷极了。我不想在家里待着,吃了饭就往外跑。那天,我从外面回来,爹没在门槛蹲着,东屋的门虚掩着,我以为爹在里面。听了听,却是丁香和眉心痣说话的声音。我好生奇怪,丁香去东屋干啥?

我紧着小心,还是弄出了声音。屋门突然打开,丁香站在门口,瞪着我,鬼鬼祟祟的,干啥呢?

我说我以为爹在屋里呢。我扫一眼眉心痣,她双眼红肿,两手使劲绞着。

丁香说,他不在。

我问,那你干啥呢?

丁香气呼呼地说,一边儿待着去,别来添乱。

丁香出来,重新将门锁了。她叮嘱我别告诉爹。我说我偏要告诉。丁香一脸凶相,你说出一个字,我就敲掉你两颗牙。当然,她不光使横的,还塞给我五毛钱,我的嘴巴就这样被封住了。我猜丁香在说服眉心痣,丁香死要面子,做爹的帮凶,却不让爹知道。

几天后的一个傍晚,几个大檐帽冲进我家。爹吓蒙了,半天说不出一句话,直到他们要带走眉心痣,他才反应过来,扑上去奋力抢夺。两个大檐帽毫不客气地将爹拖开。

满院都是爹破锣样的嗓子,我花了四千多块钱呢。

大檐帽说，再拦，连你一块儿带走。

爹叫，我没睡过她，一夜也没睡过哇。

那时，丁香靠门框站着。她脸色煞白，气力不支似的。她没帮爹，就那么站着。眉心痣上车的时候，扭头看了丁香一眼。除了我，没人注意她的眼神，那眼神很特别。

警车走了，爹还在干号。

我和丁香把爹拽进屋。爹重重地拍着自己的脑袋，我赔大发了呀。

5

那天，爹是到镇上抓药去了。

营盘镇有位老中医，医术很高，妇女不孕，他三服药就能让你怀上孩子；而你如果想把孩子拿掉，他一服药就能搞定。他性格怪僻，据说城里的医院花大价钱请他，他不干。他每天看病不超过五个人，这个规矩营盘镇的人都晓得。爹到了镇上，老中医早关门喝茶去了。爹没有知难而退，他扣着门板一口一个米中医。喊了半天，屋内没有任何动静，米中医像仙逝了。爹就靠在那儿，他的声音恬不知耻。米中医，我知道你定了规矩，我明天来抓药也误不了事，可我就是等不及。我是给丁香和石头他娘抓药，她咳嗽五六年了，我可以没女人，丁香和石头不能没娘呀，你就破个例，给我抓几服吧。半晌，屋内飘出一个轻烟般的声音，你早干啥去了？爹怔了怔，突然看到了希望，米中医，我昨天才把她娶进门，五六年以前她还是别人的女人，我没法替她看病啊。然后无论爹怎么说，屋内没有任何动静了。

米中医的住处挨着一家豆腐店，买豆腐的人都看见了爹抵着门板的样子。有位妇女看爹可怜，劝爹早点回去，明天五更来等。她说米中医的规矩坏不得，你就是磕头也没用。

我揣着刘燕给的五块钱，在小卖部买了干脆面、泡泡糖、日本豆、烤黄鱼。小卖部的独眼儿说石头过年了啊，后娘对你不错嘛。我纠正，钱是我爹给的。独眼儿嘿嘿一笑，你爹才没这么大方呢。他还神秘兮兮地问我，听过爹的房没，如果我说实话，他就奖我一袋莲花豆。我承认听过，他就套问爹和后娘说啥。不光独眼儿，人们对爹和后娘的事都特别感兴趣。我接过独眼儿的东西，说爹给娘讲故事呢。独眼儿的瞳孔闪着蓝光，啥故事？你爹千哄万哄也哄不住个女人。爹说一个老汉脱光衣服在地里睡觉，撒尿的家伙让蛇缠住了，老汉的儿子拿镰刀砍蛇，老汉让儿子睁大眼，两个眼的是蛇，一个眼儿的是爹的鸡巴。独眼儿大骂，你个小崽子，撕烂你的嘴。我灵猴一样射出来，几下逃出了独眼儿的视线。

我在河边将那些东西吃得干干净净，躺在那儿睡了一觉。我已将刘燕彻底丢在脑后，往回走的时候，方感到害怕。刘燕会不会逃走？

刘燕没逃，或者没来得及逃。爹已从镇上回来了，他抓着刘燕的手，正给她讲米中医的事。看爹的表情，就像抓了两个牛肉包子。看见我，爹一动没动，倒是刘燕不好意思，将手抽了出去。

爹说，最好的中医也不过悬丝把脉，可米中医不用，一说症状就知道你得的什么病。你放心，他治你的病容易着呢。

刘燕泪汪汪地望着爹，早知道你去镇上，我就拦住你了，我也就咳嗽几声，没啥大事，用不着花这冤枉钱。

爹做出生气的样子，那怎么行？不管大病小病，有病就得治，你放心，我不会让你受罪。你去村里随便打听打听，我丁大山的人品没的说。

刘燕生涩地笑了，我打听啥？信不过你，就不跟你来了。

爹拍拍刘燕的手背，好好和我过。

刘燕似乎生气了，蜡黄的脸掠过一丝阴影，我咋不好好和你过了？不是我信不过你，是你信不过我！

爹连声说，没有，没有，我把你当宝贝呢。

刘燕说肉麻，她大概想做个亲昵动作，有我这个电灯泡在，她抽回手捂住嘴咳嗽起来，屋子顿时扑满蛤蟆的叫声。

尽管刘燕和以前的女人路数不一样，但目的是一样的，哄骗住爹，伺机逃走。连我都瞧得出来，爹竟被眯住了眼。爹的脑子真是有病了，他应该给自己抓几服药。蛤蟆终于消停了，爹从刘燕后背拽下胳膊，像刚刚看见我，怎么才回来？看你娘这罪受的，喊娘呀。

我的嘴唇一碰，那个字就跳出来。

刘燕哎了一声，冲我眨巴眨巴眼。爹满意地点点头，说我懂事了。爹以为只要我喊娘，女人就会留下来，真是笑死人了。然后，他咦了一声，丁香呢？

丁香回来，爹已经不在了。吃过晚饭，爹就去了镇上。他怕抓不上药，决计在米中医门口守候一夜。丁香没看见爹，问爹怎么还没回来。没等我回答，刘燕抢先说，你爹去镇上了。刘燕扑出满脸笑，目光挂在丁香脸上，似乎想和丁香说下去。可丁香冷着脸不理她。刘燕赶紧从锅里端出饭，讨好地说，还热着呢。丁香用筷子一下一下地挑着。刘燕问，干活了？丁香轻轻点点头。这些女人见了丁香就像耗子见了猫，也真是怪了。我明白丁香根本没去干活，地早就锄完了，还不到收割庄稼的时间，这一段正是消闲的时候。她八成和大青约会去了。别看她领着小英子，那是她打掩护呢。

刘燕又咳嗽了，丁香皱皱眉，刘燕马上躲到院子里。丁香不领她的情，一推碗回西屋了。

我躺在那儿，拍着肚子，盘算这一天吃了多少东西。让丁香和刘燕闹别扭吧，我是不让嘴吃亏的。我一得意，就失去了警惕性。丁香在我肚上瞄了几眼，问，你都吃啥？我说吃饭呗。丁香呸了一声，你吃零食了。我说没有。丁香说我现在就去问独眼儿，你要买了东西，我撕烂你的嘴。丁香穿上鞋当真要去。我慌了，平时独眼儿替我保密，今天我咒了他，他不会替我遮掩的。丁香问，到底吃了啥？我吞吞吐吐说出一样。丁香好生厉害，断定我瞒着她，让我老实交代，我只好实说了。丁香问我钱哪儿来的，这才是她真正关心的。我说捡的，丁香照我身上就是一巴掌，钱是土坷垃，你随便捡？说！我说是刘燕给的。丁香咬着牙审我，你是不是喊她娘了？我不承认，丁香说，你不喊她娘，她凭啥给你钱？你个没骨头的东西！我泪汪汪地说，姐呀，我实在想要个娘啊。

丁香怔了半晌，她的手微微抖着。随后，她劈头盖脸就是一顿臭骂，娘是随便喊的？娘就那么不值钱？你恶心不恶心？

丁香是故意骂给刘燕听的，我不再害怕，老实儿躺着。丁香越来越凶了，对前几个女人，她都没这样。

东屋那边没有任何动静。丁香的叫骂倒是治咳嗽的良药，过了很长时间，我听见东屋门响，提醒丁香，她别跑了吧。

丁香说，跑了正好。

我愕然，她跑了，爹的钱不白花了？

丁香说，活该他白花，有钱就让他花吧。反正早晚也是跑，不如早跑了省心。瞧她病歪歪的样儿，没准还要赖在咱家呢。

我说，她不走，爹能攒下钱了。

丁香不屑地哼了一声,之后突然说,石头,她这个样子,咱不能让她留在咱家,一定要想办法气跑她。不然,没咱好日子过。

我吃惊地看着她,爹咋办?

丁香眼里射出凌厉的光芒,他会死心的。

刘燕像没听见丁香的叫骂,第二天我和丁香还睡着,她就喊我俩吃饭。丁香躺着不起,也不让我起。我的肚子咕咕叫着,都撑不住了,丁香依然让我坚持。

院子里传来爹喜滋滋的声音,刘燕哎,我抓回药了。

6

丁香跑起来鞋底几乎不着地,像兔子一跳一跳的,村里的男孩也比不过她。爹能及时从滩里赶回来,在娘身上扎一针,全亏了丁香。丁香和我一样贪玩,娘不发疯,丁香也是满街胡闹。

娘被人领跑,丁香突然就长大了。她不再和女孩子疯玩,她取代了娘的位置,操持着我和爹的一切。清早,我和爹还在被窝里,她就将便盆拎出去,然后扫院、喂羊、掏灰、烧水。她做好早饭,给爹备好中午的干粮。开始她做得一点儿也不好吃,不是过火,就是半生不熟。但她长进很快,一年以后就超过了娘。只是她和娘一样小气,烙饼总要给油里兑水,饼子烂唧唧的。我和丁香曾以罢吃反抗,娘才大方了点儿。现在我用同样的法子对付丁香,丁香一点也不心软,她说你爱吃不吃,将饭盆端走了。我乖乖就范,日后再不轻易地挑三拣四。丁香成了主角,大到家庭决策,小到缝缝补补,可以说除了爹执拗地往回领女人这件事，什么都是丁香说了算。邻居到我家借东西，都向丁香张口，仿佛爹不存在。丁香手里总有活干，实在没事了，就用破布毡对在一块儿，给我和爹缝鞋垫。她坐的位子也是娘过去坐的，我怀疑娘附在了她身上。

丁香的神态、说话的腔调也变了。先前，她站躺坐卧没什么姿势，像一瓢水，流成啥算啥，你分不清她的姿势是躺还是卧，现在她坐就是坐，躺就是躺，一眼就能看出来。她说话的声音还是那么脆，但口气变了，过去我尿了炕，娘在我屁股上拍巴掌，丁香总要劝娘，现在她亲自把巴掌拍到我身上。不光对我，她对爹也是那样，不时唠叨几句，哎呀，你注意点儿，刚洗的裤子咋弄成这样，或，头发都成毡片了，也不懂洗洗。爹不愠不恼，嘿嘿干笑一阵，就干他的去了。

爹对丁香有几分惧怕。那年春节，丁香给我们买回一颗猪头、二斤瓜子。丁香洗猪头，让爹炒瓜子。爹没经验，把瓜子炒黑了，轻轻一捻就成了碎末。丁香将爹好一顿训，爹不安地说，咋就这样了呢？咋就这样了呢？吃猪头肉时，爹吃了几口就搁了筷子。丁香给他夹了半碗，我就说几句，你还生气？爹一面说没有，一面端起碗。他不敢和丁香闹情绪。

丁香像只母老虎，我听见人们这样评价。她是厉害了点儿，可正因为这样，村里没人敢欺负我家。丁香用和她年龄不相称的刁蛮捍卫着我和爹，捍卫着我们的穷家。

村里第一次领教她的厉害因我而起。我和三毛打架，把他的鼻子打出了血，他爹踢了我一脚。踢得一点儿也不疼，可我还是哭着跑回家。丁香放下手里的活计，牵着我的手，怒冲冲地找上门。丁香叉着腰，破口大骂。我不知道那些刻薄话是什么时候装进丁香肚里的，听着就是解恨。三毛那个胖蛋娘听不下去了，冲过来要打丁香。我吓坏了，丁香单薄瘦弱，绝对不是这个老婆娘的对手。我牵了丁香一把，丁香挣脱我，朝那女人的肉胸脯直顶过去。那女人一屁股坐在地上，半天没起来。围观的人把丁香拉开。丁香犹不罢休，躺在三毛家的院里装死。我都没想到丁香还有这手绝活。三毛那个松爹到底服了软，承认踢我不对。

另一次是村里几个男人在场院里取笑爹。那时，爹领回的第一个女人已经失踪了，他们问爹那个女人有什么特殊的地方，夜里叫唤得凶不凶，爹怎么就拴不住女人。三发子闹得最厉害，他问爹一夜搞几次，还有模有样地盘算爹究竟搞了多少次，赔不赔。爹一脸窘态，嘿嘿傻笑。当时，我就在旁边，恨不得爹扇他几个嘴巴子，至少要唾几口才是。可爹没有，他试图逃离，那几个家伙拦着不让走。我跑回家把丁香喊来。丁香一露面，那样家伙都讪笑着散开了。可丁香没放过他们，尽管爹一再声称是说着玩的，丁香依然一顿臭骂。尤其对三发子，丁香更不客气，她跟在三发子屁股后头骂。三发子逃回家，丁香一路追去，站在门外骂了好一阵才作罢。自此，就没人敢明目张胆取笑爹了。

可是丁香无论多凶，也阻止不了爹一次又一次往回领女人。

第二个女人失踪后，丁香和爹有过一次艰难的对话。那时，爹刚刚缓过秧，刚刚从女人的阴影中走出来。丁香特意买了瓶酒，外加一对猪耳朵——我猜丁香是治我的，猪头上的东西我最不爱吃耳朵。

爹惊讶地问，今天过节了？

丁香说，不过节。

爹说，不过节买这些东西干吗？

丁香不动声色地说，要是不花冤枉钱，天天能吃好的。

就这么一句话，爹的嘴就被塞住了，锈脸上卷过一抹灰白。

丁香给爹捡起筷子，总算过去了，以后你可别胡闹了。

爹瞄她一眼，没个女人，不叫家呀。

丁香说，我呢，我不是女人？

爹嘿嘿笑了，你终归要嫁人嘛。

丁香说，我不嫁，就侍候你和石头。

爹说，女大留不住，到时候就由不得你了。

丁香说，我招个上门女婿。

爹愣住了，大概惊讶于丁香的不害羞。女孩子们说到嫁人都羞答答的，而丁香的表情严肃得像木板。

丁香说，这回你该消停了吧。

爹无奈地说，好吧。

丁香漾出一脸灿烂的笑，她以为说服了爹。其实这是爹的缓兵之计，所以爹领回第三个女人，她一下就傻眼了。

第三个女人让大檐帽弄走后，爹还在悲伤、绝望中，丁香就开始了对爹的说服教育。她的口气甚是严厉，你真是不长记性，外头的女人能靠住？

爹拍打着炕沿，我太心软了，早知道……我就……

丁香说，总有一天她要跑的，你能拴住她？

爹说，我倒霉呀。

丁香说，左一趟，右一趟，让人笑掉牙了。

爹似乎被这句话刺着了，灰蒙蒙的目光突地跳了几下。然后，他摇摇头，没女人才让人笑话呢。

丁香生气了，咋？你还想往回领？

爹不说话，眼睛盯着某个地方，好半天，才幽幽地说，我就不信姓丁的土炕拴不住女人。

丁香说，我白费唾沫了？你咋就听不进人话？看她那样子，眼前要不是爹，她就甩他耳光了。

爹说，我给你娶个娘，你就不用天天忙活了。

丁香绝然道，我不要！你要再往回领，她不跑我也把她赶跑。

爹摆摆手，算了算了，我不弄了。

爹依然是缓兵之计，这件事他不会听丁香摆布。丁香也不是省油灯，要气走刘燕，她总有办法。我怀疑第三个女人是丁香给报的信儿，村里的人虽然嘲笑爹，绝不会乱管闲事。向政府报告，除了丁香还能有谁？当然，我仅仅是怀疑。反正不管咋样，第三个女人没了，爹又领回第四个。丁香和爹的较量由暗的变成明的。

7

村子上空飘着苦涩的中药味，浓浓烈烈，如阴雨绵绵中盛开的鸡冠花。

那是从我家院子漫出来的。爹从米中医那儿抓了药，还特意从镇上买了个药壶。他在院里支起炉子，像个道士守在旁边。刘燕嘴上说那些药管不了她的病，可爹抓回来，刘燕眼睛依然亮亮的，问米中医真那么神？爹说当然，镇长的老娘一年四季喘不上气，硬是让米中医治好了。刘燕又假惺惺地问，那药一定很贵吧？爹说，你甭管了，安心养你的病就行。刘燕就擦擦没有眼泪的眼睛说，遇上你，也算我没白活这半辈子。爹美得直咂巴嘴。

爹似乎要将所有的药汁榨出来，每服药都煎四次。最后一次清清淡淡，几乎没有颜色，但他照样搞出一大碗。刘燕倒也听话，爹熬多少，她喝多少。她伸着鸡公样的长脖子，发出咕咕的声响。爹没有把药渣倒掉，而是在锅上焙干，碾成粉末，装进刘燕枕头里。爹说天天闻药味，也治病呢，医生都不得病。我听了直想笑，医生不得病，还能活二百岁？爹痴迷、专注，对药研究了几百年似的。那天，我家的菜汤也有了药味，丁香一口就喝出来了，她皱皱眉，怎么一股药味？爹说，不会吧，药又不是锅里熬的，石头你喝喝，有药味没？我喝了一口，说没有。其实，我看见了爹往菜汤里撒药面，并给了我一块钱让我保密。爹说中药治百病呢。丁香猛地将碗一撂，盯着我的眼睛骂，猪，你整个是猪。刘燕要给丁香另起炉灶，被爹制止了。爹说，不能惯她这个毛病。

九服药喝完了，刘燕并不见好，依然不分时间、地点地咳嗽，我家成了蛤蟆窝。爹再次去米中医那儿抓药，米中医说啥也不抓给他。米中医要见病人，上次如果不是爹苦求，米中医也不给抓。爹嘴唇都磨出血了，米中医还是不理。爹蔫头耷脑地回来。他不敢轻易带刘燕出去，他让女人们"丢"怕了。可不带刘燕去，药就抓不回来。爹权衡再三，还是决定带刘燕去见米中医。

爹和刘燕是傍晚时分离开家的。不一会儿，就有人来我家报信儿了。他们说，你爹咋不长记性，谁知那女人的病是不是装出来的，她说跑就跑了；丁香，赶紧派个人盯住，别让钱打了水漂儿。丁香无所谓地说，跑就跑呗，早晚的事。那些人热脸焐个冷屁股，悻悻地走了。丁香关死门，冷笑着说，她怎么会跑？治不好病，她才不逃呢。

果然让丁香说中了。第二天，刘燕跟在爹屁股后头回来了，鸡公样的长脖子上依然系着蓝色丝巾，我家的院落又弥漫着药味了。

丁香怕爹让她煎药，每日早出晚归，除了吃饭睡觉，基本不在家露面。丁香不煎药，爹不生气，丁香不干活，爹有意见了。那天吃过晚饭，丁香又要出去，爹喊住她。

丁香看着爹，有事？

爹问，你又要去哪儿？

丁香应句废话，出去。

爹说，都这么大了，还疯跑！

丁香反问，我疯跑啥了？

爹鼓动着腮帮子，要发脾气的样子，可最终又低声下气地说，你娘拖着个病身子，你得帮她干点儿。

丁香冷冷地说，你不是说娶回娘就不用我忙了？

爹的脸上有虚汗淌出来，你看你，算爹求你。

丁香似乎被爹的神态触动了，那天晚上没出去，不过早早就睡了。

第二天，丁香很晚才起。那时，爹已将药煎好，正往出倒。听见刘燕咳嗽，爹跑过去，一边拍刘燕后背，一边喊丁香，丁香，帮爹把药倒出来。

丁香慢腾腾走过去，拿起药壶。她似乎被烫了，手抖了一下，药壶摔在地上，裂成一堆，药液往四下流去。

爹嗷地叫了一声，扑过去，跪在地上，要用手捞的样子。可药液已渗得干干净净，爹什么也没捞着。

丁香呆住了，爹的样子恐怖极了。

爹跳起来，血红着眼，重重给了丁香一巴掌，指着丁香的鼻子，哆嗦着嘴唇却说不出话。

刘燕跑过来拉住爹，算了，和孩子生啥气呢。

丁香没哭，也没像电影里挨打那样捂住脸，她盯了爹好一会儿，然后噔噔走进屋，提了菜刀出来。

刘燕松开爹，挡住丁香，颤声道，他可是你爹啊。

丁香狠狠一拨，把刘燕甩到一边。但她不是拿刀砍爹，而是把刀摔在爹脚底。她说，用这个解恨。

刘燕忙把刀捡起来，一个劲地说，都怨我，都怨我，谁让我得病呢。

爹在丁香的逼视下，腰慢慢弓了，然后他蹲在地上，一片一片捡药渣。

丁香昂着头离开院子。

我终于相信丁香往走里气刘燕是动真的了。爹有了这次教训，再不轻易用丁香。在刘燕的劝说下，当天晚上爹就给丁香道歉了。丁香装聋作哑，后来干脆拿被子蒙住头。爹可怜巴巴地看着我，我突然大叫一声，蚰蜒！丁香嗖地坐起来，在哪儿？在哪儿？她最怕蚰蜒了。我说飞了。丁香知又一次上了我的当，没等她拧我，我就躲开了。爹僵硬的表情终于有了裂缝，他说石头别闹了，让你姐睡吧。爹走后，丁香骂我是叛徒。她说，那个女人留下来，有你好日子过！我说，你嫁人的时候把我带走。丁香绷了脸，不让我乱嚼。我只好闭嘴。

过了没几天，丁香又和爹干了一仗。刘燕为讨好丁香，给丁香缝了一副鞋垫。她用的布料是丁香几年前穿的一个褂子。丁香端详了几眼，厉声问，是不是把我的褂子剪了？……谁让你剪的？刘燕慌了，你不是不穿了吗？丁香说，你咋知道我不穿？刘燕赔着笑说，我给你买件新的？丁香冷笑，新的？你哪儿来的钱？刘燕说她自个儿的钱。丁香说，我不要新的，就要旧的。刘燕黄脸上挪闪着斑状的不安。丁香警告，我的东西你不许动，听见没有！刘燕哎哎着，丁香不依不饶，别演戏了，你们这号人！爹从外面进来，声音带着恼怒，丁香！你有完没完？怎么连礼数也不懂？你娘也是为你好。丁香说，你少提娘这个字，我没娘！刘燕拦着爹，不让爹说。爹却吼起来，丁香你生分，你要气死我呀！丁香说，看我不上眼没用，我肯定烂在家里。爹就捆自己的脸，我他妈窝囊呀，我他妈无能啊，自个儿的闺女也欺负我。丁香正眼也不瞧爹，摔上门出去了。

爹确实没筋骨，到了晚上又来给丁香赔不是了。爹对不住你，爹不该冲你发火。我看出来，爹又怕得罪刘燕，又怕得罪丁香，真是耗子钻风箱，两头受气。

丁香没再装哑，你对，懂得心疼女人，你都对。

爹垂下手，你娘她苦命，前边的男人砸死了，孩子出了车祸。

丁香不屑道，她说啥你就信啥？

爹说，她不瞒我。

丁香哼了一声，你相信她，好好和她过吧。

爹说，爹求你了，别再给你娘添麻烦，她又拖着病身子。

我没帮爹说话，爹虽然挺可怜，那也是自找的。他难道看不出来女人是病秧子？还非要牵回来。而且他一口一个娘，终于将丁香说烦了，她又闭紧了嘴。

爹看着没意思，低头出去了。

8

那几天，我被丁香押着上学。爹对刘燕言听计从，刘燕说别让石头这么晃了，送他去学校吧，爹就让丁香押送我了。这是丁香唯一和爹配合的地方。我对刘燕很不满意，我都喊她娘了，又不给她添麻烦，她还算计我。

我对学校厌烦透了。我比别的孩子都高，混在中间，活脱脱是羊群里的骆驼。老师说我这样的插班生没谁愿意要，也就是丁香的弟弟了。

我央求丁香，你就饶了我吧，老师还没我水平高呢。

丁香骂，少说两句，要不扇你。丁香是吓唬我，她从来不真打我。

我威胁，你再送我去学校，我就喊那女人娘。

丁香喝道，你敢？

我发牢骚，你不讲理，太不讲理了，生下孩子没——

丁香叫，我撕烂你的嘴。

把我送进那个监狱样的地方，丁香转身走了。我坐在最后一排的三条腿凳子上——那条让我砸断了，什么也听不进去。老师把我叫起来回答问题：树上有三只麻雀，打掉一只，还有几只？这不是小瞧人吗，这种问题还想考我？我故意说，两只。耳边一阵哄笑。老师得意地说，你还天天装聪明，枪一响，那两只麻雀早飞了。我说老师你错了，那两只麻雀又聋又瞎，听不见也看不见。老师恼羞成怒，让我去院里反省。他辩不过我就罚我。一出门我就逃了，我正愁没机会离开呢。

我遛遛达达往河边来。远远扫见丁香的影子，一闪就没了。河南岸是茂密的杨柳树，是个藏身的好去处。丁香不会一个人钻树林，八成大青在那儿等她呢。丁香嘴刁，但长得蛮好看，村里好多后生都喜欢她。丁香从来不拿正眼瞧他们，高傲得像个公主。爹领回女人后，丁香就是另外一副样子了，她的目光会落在后生身上。后生们都不敢轻易接近丁香，似乎让丁香的厉害和高傲震慑住了，只有大青例外。爹领回刘燕，算是帮了大青的忙。

我悄悄钻进树林，想看看丁香搞什么活动。

走到深处，终于逮住了丁香，果然和大青在一起。两人紧紧抱着，嘴像被胶水粘住了，我看出丁香想拽开，可怎么也拽不出，只是发出一些含混的声音。我伏在一棵杨树后面，抓住丁香的秘密，我就能跟她提条件了。

好半天，丁香推开大青，靠在树上，半喘着说，不要脸，就知道干这个。

大青嬉皮笑脸，这个好么。说着又要动手。

丁香严厉地说，再不老实，不理你了。

大青就老实了。

丁香说，跟你说个事，我出嫁得把石头带上。

大青急了，带他算咋回事？

丁香说，我就这个条件，你不同意就算了。

大青顿了顿，我得和家里商量商量。

丁香说，瞧你这点儿出息，该做主就得自个儿做主。那好，你先商量吧。

大青突然漾出一脸坏笑，手伸到丁香胸脯上。

丁香叫，干吗干吗？

大青央求道，我摸摸，就一下，一下行不？

我想丁香肯定不让大青摸，况且她胸罩里还垫了棉花。出乎我的意外，丁香竟然同意了。大青急三忙四地解丁香的扣子。

丁香说，瞅你那笨样儿。

大青说，我高兴呢，哎哟，真好！

我突地跳出去，大喊一声。丁香满面通红，一边系扣子一边责怪我，咋又逃课了？而大青垂着他的鸡瓜子，一副不过瘾的样子。我说你们跑到树林里耍流氓，真不要脸。丁香装着追打我，我几下就蹿到了树上。

我没把丁香的秘密抖搂给别人，作为交换，丁香再不押送我去学校了，我又成了无拘无束的野小子。碰哪天觉得无聊，不想出去，我就趴在窗口看爹熬药，听他给刘燕讲他放羊时打狼的经历。我没想到爹也学会吹嘘了，好像他多了不起。而刘燕一惊一乍的，似乎狼扑进了院子。我想她不会听不出爹的破绽，只是不戳穿罢了。

米中医说刘燕必须吃七七四十九付中药。吃到三十付时，刘燕的咳嗽减轻了许多，至少吃饭时控制住了。我想，刘燕的病一好，就该离开爹了，根本用不着丁香往走气她。可爹没表现出丝毫担心，他满脸喜色，眼睛发亮，吐痰的声音都大了许多。煎完药，他就一趟趟往外跑，后来我才知道，爹又去找村长了。

爹心里始终拴着一桩心事：请干部来家里吃顿饭。我娘还没跟人跑时，镇上的干部经常下乡，到了哪个村子都是逐户派饭。镇上的干部来吃饭，是天大的荣耀，派到谁家，都要拿最好的东西招待。快派到我家时，娘让人拐走了，这事就搁下来。一个没有女人的家，村里不会派饭。爹耿耿于怀，每次领了女人回来，他都和村长打招呼。村长就拍着爹的肩说，没问题，镇上来了人，我就领到你家，你可得好好准备哟。爹激动得满脸通红，我肯定好好准备，好好准备。可没等镇干部下来，爹的女人就跑了。村长见了爹就责备几句，你看你这事闹的，我都和人家说好了。爹就讪讪的，许诺娶了女人一定请镇干部吃饭。这不，刘燕病一见好，爹那个念头又冒出来。

爹说明来意，村长斜着爹，莫名其妙地笑了。

爹一阵心慌，他说，我准备好了。

村长拉长声调，算了吧，就不给你添麻烦了。村长后来对别人讲，现在镇干部早就不吃派饭了。

爹说，不麻烦，这有啥麻烦的？

村长问，你保证女人不跑了，别又和上几次一样，闪了干部们的嘴。

爹说不跑了，她要死心塌地和我过日子呢。

村长说，听说她有病？我都叫她咳嗽得睡不着了。

爹说，米中医下的药，快好了。

村长说我考虑考虑。然后像往常一样数落爹，丁羊倌，你咋就拴不住个女人呢？

村长没有回绝爹，爹就一趟趟往村长家跑。求别人来家里吃饭，这事也只有爹做得出来。那天，爹起个大早，他没煎药，先去了村长家。村长女人正要倒便盆，爹不由分说抢过去，替村长女人倒了。村长被爹缠得没办法，终于答应了爹的要求。

爹和丁香商量请客的事。丁香让爹想怎么折腾就怎么折腾，但不同意杀羊。丁香说，平白无故的，凭啥杀羊？又不是请神仙，你真是疯了！爹确实疯了，他像缠村长一样缠丁香，丁香无可奈何地同意了。

爹宰羊，让我和丁香按住。丁香扭过脸不敢看，我则心不在焉，结果爹的刀子一挨羊脖子，羊突然挣脱跑了。刘燕正在煎药，她试图把羊拦住。羊擦着她的身子窜过去，炉子被撞倒，药壶摔得粉碎。刘燕想去扶炉子，还没碰着，自己反跌倒了。蛤蟆样的咳嗽再次扑满院子。爹扔掉刀子，抱起刘燕，在她背上奋力拍打。

我和丁香追出院子，那只羊早没了踪影。

那天，爹费尽心机的宴请就这样流产了。村长领人进来，爹正凄凄惶惶地捡药渣。村长不听爹解释，拂袖而去，好你个丁羊倌，就凭你，还想捉弄人？

爹的脸顿时绿了。

9

刘燕吃了七七四十九服中药，咳嗽还没治好。爹去找米中医，打算再抓四十九服。米中医说啥也不抓给爹了，他说他看不好刘燕的病了，再吃九九八十一服也是这个样儿，他已把所有的招数都使出来了，实在是没办法了，让爹另请高明。在爹眼里，米中医就最高明了。爹以为米中医想提高药价，说要么一服药再加三块钱？米中医很生气，你以为我嫌钱少？你这是毁我名声呢。爹苦苦相求，米中医不再理睬他。

爹沮丧地回来。刘燕问明情况，倒松了口气，她说，也好，那药太苦，我实在喝不下了。爹要领刘燕去城里的医院，刘燕不同意，她说我这病就这样了，城里的医院还能咋的？再说咳嗽也不是啥大病，不影响吃不影响喝的，你该忙啥忙啥吧。爹没再坚持，一来凑不起进城看病的钱，二来刘燕的话起了作用，她就是咳嗽几声，也没个大的影响。爹为了让刘燕咳得理直气壮，咳得坦然顺畅，特意给我和丁香开了会。我很少见爹这么严肃过，他说，你娘不是非要咳嗽，她憋不住，你俩别嫌弃她。爹主要是说给丁香听的，刘燕一咳嗽，丁香马上皱着眉头离开。我也讨厌刘燕咳嗽，我没有走开，是想从她那儿搞一两块零花钱。末了，爹不放心地问，记住了？我点点头，丁香始终是那副桦皮样的表情。爹说，等你娘病好了，咱家菜里就能见到肉了。他赤裸裸地诱惑我们。可丁香根本没把爹的话放在心上，刘燕一咳嗽，她依然皱着眉头走开。爹铁青着脸，喉结一上一下地耸动，似乎想做个什么动作，刘燕及时拽住了他。

爹沉寂了两天，又开始频频往外跑。他反常的举动引起了我的注意，平时他很少去别人家，尤其是娘跑了以后，外交上的事都是丁香的。后来我才知道爹是挨家挨户找偏方去了。偏方治大病，爹信。

爹倒腾的第一个偏方是二扁嘴提供的，把川贝、冰糖、梨一块儿蒸熟吃。每天早中晚，刘燕都要吃一个掺着川贝、冰糖的熟梨。刘燕吃了一个星期，除了闹肚子，什么作用也没起。爹就改用王算盘的方子，把鸡蛋、蜂蜜放在羊肚子里，先煮烂然后再蒸。这几样东西我都爱吃，口水流了几尺长。爹怕我偷吃，就锁在柜里。刘燕一天三顿吃的全是这个，后来她说恶心，怎么也吃不进去了。那时，我盼望爹说一声，你不想吃，让石头替你吃吧。可爹说出的却是，刘燕哎，为了治病，你就忍忍吧。刘燕就极其艰难地吞咽下去。爹似乎怕刘燕塞给我，他一直在旁边守着。吃了七八天，也没见效。爹一点也不灰心，又用下一个方子。爹除了在本村找偏方，还去外村找，见着谁家有日历，就一页页翻个遍，抄上面的小偏方。每天等刘燕吃完，爹就出去了。有些药得去镇上买，有些药爹自己搞。不知谁说用马蜂窝熬车前草可以治咳嗽，爹就四处找马蜂窝。他捅下两个，脸让马蜂蜇成了大麻包，整个没了人样。刘燕抱着爹哭，让爹别费心了，她不治了。爹咧着面包样的大嘴嘿嘿笑，没啥，一点儿也不疼。

爹给偏方编了号，专门在小本本上记着，密密麻麻的，有几十页。那句话就在他嘴边挂着，硬让碰了，不能误了，万一治好了呢。就为了这万一，爹几乎着魔了。

吃了不少偏方，刘燕的咳嗽也没有停止。那天，不知谁透露给爹，说秦寡妇那儿有治咳嗽的偏方。那个家伙可能是玩弄爹，爹却当了真。村里他就没找过秦寡妇。爹不想放过这线希望，又怵头秦寡妇，就带了我去给他壮胆儿。

秦寡妇很是意外，神经兮兮地说，丁羊倌，啥风把你吹来了？听说你现在成了医生，我又没得病，你来干啥？

爹嘿嘿笑着往前推我，叫姨，叫姨呀！

我讨厌秦寡妇装腔作势，可还是喊了一声。

秦寡妇问，石头吃香蕉不？斜了爹一眼，意味深长地笑起来。

我没理她，把头扭到一边。

爹低三下四地说，他姨，求你个事。

秦寡妇怪声怪气地说，不是让我给你那病老婆治病吧？治好了，不怕她踹了你？

爹好像听不出秦寡妇的嘲弄，依然摆出贱样子，听说你这儿有治咳嗽的偏方？

秦寡妇一怔，随即很干脆地说，没有！

爹嘿嘿笑着，过去都是误会，这个忙你得帮帮。

秦寡妇瞪着眼说，我说没有就没有，你别把胡说当真……就是有，我也不给你。

爹依然赔着笑，你就让我用用吧。

秦寡妇呸了一声，你真不要脸，我凭啥让你用？

爹的脸腾地红了，我不是那个意思。

秦寡妇一个劲儿骂不要脸。

爹的声音小下去，把你的偏方给我吧。

秦寡妇问，凭啥？

爹说，咱们是邻居嘛。

秦寡妇盯了爹一会儿，我给你偏方，你用啥报答我？

爹稍一迟疑，下了很大决心似的，你提啥条件我都答应。

秦寡妇问，你敢？

爹说，敢！我看见爹的腿抖了一下。

秦寡妇忽然哈哈大笑，你为那个病女人真是啥都舍得出，不过你听清楚了，我没偏方，最好的偏方就是把她打发走。

爹的眼睛几乎红了，他姨，求求你了。

无论爹怎么央求，秦寡妇只说没有，到最后，秦寡妇都生气了。也许她确实没有，我拽爹一把，爹抹抹头上的汗，膀子更偏了。

我和爹正要离开，秦寡妇突然说，你等等……倒是有个方子。

爹的眼睛再次射出惊喜。

秦寡妇说，用尿熬香蕉皮，熬得越烂越好，一天三次，要童子尿。

秦寡妇眼里闪过一丝似笑非笑的东西，我意识到秦寡妇是要爹，这算啥偏方？秦寡妇把吃剩的香蕉皮给了爹，她说爹要是买了香蕉，她吃瓤，皮留给爹熬药，算是她提供方子的报酬。爹连声答应。

我提醒爹，秦寡妇会不会捉弄你？爹根本听不进去，他说不管行不行，先试试。爹不让我告诉刘燕和丁香药方是从秦寡妇那儿搞的，并塞给我一块钱。从那天开始，爹就用尿熬香蕉皮了，我家整天飘着一股尿臊味。刘燕喝得脸越发黄了，她一说喝不进去，爹就眼巴巴地望着她，得病乱投医，万一治好了呢？你就忍忍吧。刘燕拗不过爹，她大概确实想治好病，就捏着鼻子往嗓子里倒。尿自然由我提供，爹为了多让我尿，把我关在家里，不停地让我喝水，我的肚子整天蛤蟆样鼓着。我家四个人，倒有一对蛤蟆。

这个"偏方"还是没治好刘燕的咳嗽，爹不泄气，过了几天又搞来一个。把麻黄、胡椒、车前草、杏仁、生姜、红糖混在一起，捣成粉末，用水拌匀，装进塑料袋，再装进少女胸罩，九天后再泡水喝。

那几味东西好弄，唯一难办的是最后一道工序。爹和丁香商量，想把药放在她胸罩里。丁香不干,她说爹是鬼迷心窍了。爹叹口气,为治你娘的病,咋也得试试。丁香没好气地说,你让她戴,自个儿给自个儿造药多好。爹说,她奶过孩子了,必须闺女戴才行。丁香说,村里那么多闺女,你去找呀。爹说,你就能戴嘛,干吗找别人?那不是找挨骂吗?丁香不屑道,你还怕挨骂?脸都让你丢尽了。爹尴尬地搓着手,爹拖累你们了,只要治好你娘的病,爹不怕人说三道四。

丁香不答应,爹天天到西屋做丁香工作。爹不像个爹了,他的背犁弯一样。爹求你了,帮帮爹这个忙。丁香先是不说话,之后硬邦邦地说,装了那些东西,我咋见人?丁香大概是怕大青抓坏了。爹说,你在家里待几天。丁香说,那不憋死了?爹说,你就忍忍。爹总是劝人忍忍。那天我实在忍不住了,劝丁香,反正你胸罩里也是垫棉花,垫上那个撑得更高。丁香大怒,闭上你的臭嘴!

爹走后,丁香点着我脑门骂我叛徒。她说爹为了这个女人,要把家折腾垮了。我张着臭嘴说,爹怪可怜的,你瞧他越来越矮了。丁香愣怔了半晌,说你去把那东西拿过来吧。不知为啥,丁香眼里竟有一层泪光。

10

爹终是没治好刘燕的病,第二年春天,一次剧烈的咳嗽之后,她的眼睛就没再睁开。我一直猜想,如果爹治好她的病,她是否也像别的女人那样逃走?她的死使这件事成了一桩悬案。逃也罢,死也罢,爹身边反正是没女人了。刘燕是在我家待得最长的。爹悲恸欲绝,那么能折腾的一个人，突然被抽去了筋骨，他不吃不喝，好像刘燕把他的魂带走了。爹的样子是预料中的，我一点儿也不担心，每次没了女人，他都要绝望一阵子，用不了多久，他就会恢复过来，然后给我和丁香寻找下一个娘。

丁香又成了我和爹的家长。吃喝拉撒睡，油盐酱醋柴，都是丁香说了算。我尚在睡梦中，丁香的吆喝就在头顶飘了，起吧，石头，天不早了。我懒一会儿，屁股就会挨她的巴掌。她对爹温和极了，但爹做了错事，她也会训斥。爹出去转一圈，头发弄得脏兮兮的，丁香就数落，这么大岁数了，怎么也不看着点儿，快洗洗吧。随后将一盆水搁在爹面前。爹不好意思地笑笑，乖乖洗头了。

丁香也不再出去疯跑，她和大青的关系疏远了。有一阵子，丁香每天都在说服大青，她出嫁时一定要带上我。大青的父母坚决反对，丁香那么厉害，娶过去就够他们受了，再带过去石头，家还不成土匪窝了？有娘出嫁带儿的，还没有姐姐出嫁带弟弟的。丁香和大青就这么来回拉拽着。丁香不钻杨柳林，大青急了，那天径直跑到我家。丁香把我支出去，我躲在门后，两人的话听得清清楚楚。

丁香：啥事？

大青：我想你么。

丁香呸了一声，哄鬼去吧。

大青，真的，要不你摸摸，想你都想瘦了。

丁香：你爹娘同意了？

大青：你爹孤单单的，留下石头和你爹做伴不好？

丁香：我说呢，你屁颠屁颠的，原来打的这种算盘，出去！

大青：一个村里，带不带还不一样？

丁香：瞧你肚里那点儿货水。

大青：你同意了？

丁香：这事往后推推吧，我得照顾爹和石头。

大青：你别让我等空地吧？

丁香：那没准儿。

大青嘿嘿笑。

大青要想改变丁香的态度，除非爹再领女人回来。不过，也用不了几天。

丁香执政后的第一件大事是请镇干部来家里吃饭，以了却爹的心愿。爹持怀疑态度，问人家能来吗？丁香满有把握地说，让他白吃白喝还不容易？丁香办事干练，说干就干。她和村长一说，村长很痛快地答应了。上次逃脱的那只羊这回没能改变它的命运。

那天，村长领着毛镇长和秘书一进院，爹的眼珠都快掉出来了。镇长驾到，爹做梦也没想到。丁香瞅着爹慌乱的样子，一脸得意。爹领回的女人哪个有丁香能干？没有！丁香虽然也有些紧张，但举手投足稳稳当当、大大方方的。

毛镇长和秘书下午方恋恋不舍地离去。他说他好几年吃东西没这么香了，肚子都快撑破了。丁香除做了手把肉、杂碎汤、羊血饼，还做了莜面窝窝、雀舌面、荞面丝。毛镇长夸丁香利落手巧，窝在村里可惜了。毛镇长唯一没夸丁香的俊俏。他在丁香身上瞄来瞄去，却把这个忽略了。毛镇长问丁香愿不愿意去镇上找份工作，丁香犹豫了一下，摇摇头，我得照顾爹和石头呢。毛镇长连声说，难得啊，难得啊。

过了几天，毛镇长还是派秘书把丁香接走了，据说毛镇长给丁香找了个差事。丁香临走安顿我和爹，你俩互相照顾点儿，我去几天就回来，毛镇长安排了，我不去不合适。

我是个没心没肺的家伙，不可能照顾爹。爹已经从悲痛中走出来，开始去东窑背砖了，每天走前先给我做饭，然后带上中午的干粮。爹雄心勃勃，两眼有神，想来已有了再给我和丁香找个娘的计划。我已经麻木了，爹爱领多少就领多少吧，不就喊几声娘吗？我还能套出些钱呢。我自在极了，每天想睡到几点就睡到几点，想怎么尿炕就怎么尿炕，没人再拍我的屁股了。

尽管这样，我还是挺想丁香。除了我，还有大青。大青一见我就问，你姐怎么还不回来？后来不问了，狠狠盯我一阵，说些莫名其妙的话。

丁香说过几天就回来，可直到一个月后她才露面。她比过去有派头了，把一个装满各种食品的塑料袋往炕上一扔，说吃吧。我扑过去，眼睛都看花了。她还给爹带了烟和酒。爹不住地责备她，买这些干啥？怪贵的。

丁香把我和爹召集到一起，说那份工作还不错，她准备先干一阵儿。爹眼窝子里都是笑，你好好干，别辜负了人家毛镇长。丁香严肃地说她这次回来，一是看看爹和我，二来也是处理处理家里的事。她说她走了，没人照顾我俩，所以她让爹再续个女人。

我大大吃了一惊。丁香简直疯了，她怎么冒出这么个念头？她可是一直反对爹娶女人的。

让我更为吃惊的是爹的态度。他生气地说，你娘刚死，我娶什么女人？她死了，也是你们的娘，我不会再娶了。

这恐怕也是丁香没想到的，她迟疑了几秒，耐着性子说，总得有个女人照顾家呀。

爹坚决地说，不用。

背过爹，丁香对我说，咱爹脑子是不是有病了？

我说，你们都有病了。

丁香无奈地说，我不能守你们一辈子，我不去挣钱，谁给你买吃的？

我的舌头顿时短了半截。

丁香分析说，爹可能是不好意思，这事由她来操办。这次一定找个靠实的，没病的，她也就能安安心心在镇上工作了。

我相信丁香的能力。过了几天，丁香果然领回个女人，是镇上的寡妇，她老相了点儿，穿戴倒还利落。爹沉着脸，一言不发，实在耐不过才唔一声。丁香对女人解释，爹不喜欢说话，心里啥都明白。她生怕女人把爹当成傻子。女人是个急性子，问爹对她有啥看法，都是过来人，有一说一，有二说二。爹说，我不打算娶了。女人尴尬地定在那儿，直拿眼睛戳丁香。丁香说，爹，你这么大个人，咋不懂事？爹一反往常的温顺，我有一个女人就够了。女人嘴上说没关系，脸色却极为难看，饭也没吃就走了。

丁香抱怨爹，不让你找，你三天两头往回领，现在找个照顾你的，你倒把人家气走。

爹霍地站起来，我不用谁照顾。偏着膀子出去了。

丁香叹口气，那个女人把他搞出病了。

夜色一层层厚了，爹还没回来。丁香不住地看表，一脸焦急。后来她不满地训斥我，你就知道个吃。我说，你着急有啥用？丁香说，这么晚了，他能去哪儿？我见丁香嘴唇起泡了，才说，跟我来。

爹一准去了那个地方，这些天他常去那个地方。我带着丁香出了村子，跌跌绊绊向野外走。丁香问，你往哪儿领我，黑灯瞎火的？我说你不是想找爹吗？那就别害怕。

爹坐在刘燕坟前，黑暗中，唯有他的烟火一闪一闪的。刘燕没像别的女人那样逃走，爹终于留住一个女人。

丁香下意识地抓住我的胳膊，我都让她抓疼了。然后，她牵着我，慢慢退回来。

灯光下，丁香脸色惨白，像挨了打。我问她没事吧，丁香摇摇头。我说，那就睡吧，咱爹说不定啥时候回来。丁香摸摸我的头，以少有的温柔口气说，石头，你先睡，毛镇长可能要来接姐。

半夜，我一觉醒来，摸摸身边，没有爹，也没有姐。我翻个身，又昏沉沉睡了。

像水一样柔软

1

直到离开村庄，罗盘依然想着数日前的那个黄昏。

当街站的人都听到了宋如花的尖叫。罗盘自然也听到了，但他只是回头瞥了瞥。宋如花总是一惊一乍，四十多岁的人了，没一点儿定性。罗盘不，心慌脚不乱。呛死了，呛死了。宋如花一路走一路揉眼睛，风把她的声音荡过来，如同飞扬的空壳谷子。宋如花就这样把众人的目光拽定。人未站稳，话已离开舌根，烟不往外冒，往家里扑，呛死了。罗盘料定她没什么事，不就是烟囱倒扑烟么？马上有人说，炕堵了，掏吧。宋如花犯愁道，这顿饭咋办？像问罗盘，又像问众人。罗盘没说话，别人遇到难事都是找他拿主意，自家的事还要人教？罗盘知道问题出在哪儿。他从不在琐事上和人废话，表情往往更有力度。果然，没人再搭茬了。

宋如花跟在罗盘身后，征询地问，要不，掏掏？罗盘不答，走了几步，突然回头，什么饭？宋如花说，莜面饺子，馅都剁好了，就差和面……你瞅我的眼熏成啥了？罗盘并不看她的眼，他说，炸几个辣椒搁进去。

罗盘找根竹竿，在竹竿一端绑上旧布条。随后爬上房，把绑布条的一端插进烟囱，反复抽动几次，烟灰扑出来，啄着他的头发眉毛。罗盘对院里的宋如花说，你再试试。几分钟后，宋如花跑出来，行了，不冒了。

罗盘没有急着从房顶下来，他在房顶没什么目的，就是想坐一会儿。罗盘家房子地势高，目光拉出去，整个村庄尽收眼底。房屋不整齐，前一户后一户，像一群没垄行的蒜头。烟囱七高八低，有的冒烟，有的没冒。没烟的多数是到城里去了，门窗也都用泥巴糊了。风一阵比一阵软，拂在脸上，像一只毛绒绒的手。一只燕子从罗盘眼底掠过，罗盘的目光追着它，可很快它就没了影儿。燕子把一个新的季节捎来了。罗盘想，明儿得把化肥拉回来。

罗盘闻到莜面饺子的香味。罗盘被香味勾起来，不经意地往远处瞟瞟，目光突然冻住。罗盘看见了侯夏。准确点儿，是看见了侯夏院子里的侯夏。侯夏和罗盘家隔两户人家，屋顶上的罗盘把侯夏家的院子看得清清楚楚。侯夏在自家院子并不奇怪，问题是罗盘看见王丫进了侯夏的院子。罗盘听不见两人说什么，只看见侯夏在王丫后腰拍了拍。这个亲昵的动作硌疼了罗盘。侯夏和王丫进屋，罗盘仍然是那个僵硬的姿势。宋如花喊他，罗盘醒过神儿。

饺子是锅巴的，干的一面平平整整，另一面鼓涨涨的，像丰满的鱼肚子。宋如花茶饭好，尤其擅长做锅巴饺子，因为罗盘爱吃。罗盘没像往常那样一口大半个，吃得很慢，而且不声不响。宋如花哟了一声，怎么变成小丫头了？罗盘看看宋如花，眼神却是空洞的。宋如花问，犯什么呆？罗盘说没有啊，谁犯呆了？宋如花说那我考考你，问罗盘饺子像啥。罗盘说，能像啥？像饺子呗。宋如花问，除了饺子，还像啥？罗盘偏头看看，说，像枕头。宋如花追问，还有呢？罗盘说了几样，宋如花用别样的眼神斜着他，有一样儿最像，你没说。罗盘问，哪样？宋如花骂，呆瓜！罗盘突然明白她指的是什么。罗盘说，没正经。宋如花说，两口子，哪来那么多正经？宋如花嘴不饶人，脸却红了。

  罗盘没把房顶上看到的跟宋如花说，宋如花藏不住话。而且，罗盘对自己也有些怀疑，他是不是看错了？王丫怎么会和侯夏混在一起？侯夏游手好闲，还好赌，女人和他过不下去，离了。侯夏快四十的人了，王丫不过十八九岁，还没对象，她怎么能看上侯夏？侯夏有什么好？想想，又不是没可能。侯夏虽不务正业，却有一副好嗓子，鼓匠班揽了活儿常喊他去。王丫野性大，行事不管不顾。要说侯夏王丫与罗盘没什么关系，两人厮混也碍不着罗盘，但罗盘心里堵了烂棉絮似的，又闷又胀。不看见就罢了，看见了，就不能再把眼睛闭上。

  第二天，罗盘雇吴四的三轮车去镇上拉化肥。化肥是去年冬天订好的，罗盘年年买，和老板已混得很熟。孰料店里没货，老板说昨儿个有人把存货全买走了。老板说你稍等等，一会儿咱的车就回来了。罗盘不好说啥，可一等就等到了下午。罗盘毛躁了，他嘱咐老板给他留着，改日再拉。老板给司机打电话，说再有一个小时就到了，罗盘说什么也不等了。吴四也劝，现在回去，不白跑一趟么？罗盘说，就算是空车，我照样付你钱。吴四说，罗哥说哪里话，我不是担心你不付钱。罗盘说家里有事，吴四便发动了车。

  罗盘没什么事，他惦记着侯夏王丫。到家，水没喝一口便爬上房。他的目光像一张大网将侯夏的院子罩住。没看见侯夏。侯夏的院子破败不堪，甭说牛羊了，鸡也没一只。一个猪食槽斜在当院，像个醉汉。

院角窝着一堆陈年柴,已霉成黑色。霉柴边丢落着数个颜色鲜艳的方便面袋。村里,也只有侯夏这样的人常吃方便面。

罗盘躲在烟囱后面。

黄昏时分,侯夏终于出现。他从外面回来,手里提个绿书包。侯夏进屋,几分钟又出来。他来回踱着,显然在等人。又过了一会儿,王丫出现在门口。侯夏抓了她的手,似乎捏疼了,王丫用另一只手打侯夏一下。两人进屋,侯夏警惕地扫扫身后。

罗盘暗暗骂娘。狗日的侯夏,王丫还是黄花闺女呢。

吃了晚饭,罗盘去了王宝生家。罗盘很少像宋如花那样串门,除非别人主动找他。所以王宝生两口子大为意外,甚至有些慌乱。王宝生女人让王宝生买烟,罗盘说他晚上不抽烟。王宝生女人是个病秧子,怕烟,王宝生是村里唯一不抽烟的男人。王宝生女人歉意地说,你是稀客,也没啥东西招待你。罗盘说,抬头不见低头见的,客气啥,在家待得闷了,出来走走。王宝生附和,是呀,忙起来倒不觉得,一闲下来就慌。罗盘一边说话,一边琢磨。王宝生两口子肯定还蒙在鼓里,他不说出来,王丫就得毁在侯夏手里。可这话实在难以出口。罗盘犹豫着,直到王丫回来,话仍在舌根底压着。王丫和罗盘打声招呼,进了西屋。罗盘将话引到王丫身上,闺女大了,能指望上了。王宝生女人说,指望啥?一天到晚疯跑,嘴又馋,一点儿没跟我俩。王宝生责备,闺女是你养的,气啥?罗盘看出来,王宝生面子过不去了。王宝生虽憨,却好面子。这点儿和罗盘有几分相像,这也是罗盘犹豫不决的原因。王宝生女人无奈地叹气。疯跑、嘴馋就气成这样,若是知道和侯夏厮混……还是算了吧。

睡觉时,罗盘没头没脑地骂句脏话。宋如花咦了一声,你这是咋了?谁惹你了?罗盘说谁也没惹。宋如花说没惹你骂什么人?罗盘问,我骂了么？宋如花肯定地说骂了。罗盘说我骂侯夏这个狗日的。宋如花追问，侯夏惹你了？罗盘说了。宋如花呆了半晌，骂，侯夏这头猪。罗盘突然意识到什么，嘱咐宋如花，可不许乱说。宋如花说，我不说。罗盘不放心，千万不能说啊，说出去王丫就毁了。宋如花说，这话我敢乱说？只是……要不和王宝生两口子说说？罗盘讲了去王宝生家的经过，宋如花问，这可咋办？不能眼看着侯夏胡来。罗盘说，我再想想。

思量半夜，罗盘还是决定告诉王宝生。拖下去，王丫会出事。再者，宋如花已经知道，三五天还行，时间长了，她那张嘴难免露馅儿。罗盘改变了策略，单独把王宝生约出来。罗盘说，不说对不住你啊，不过你得瞒着女人，她闹点儿病，挺不住。王宝生紧张得眉毛都竖直了，啥事，啥事嘛？听罗盘说完，王宝生第一句话是，不可能！侯夏什么东西，王丫哪能和他混？罗盘僵了僵说，我是说胡话的人么？我无缘无故胡说王丫干啥？王宝生的眼睛瞪得又圆又大，眼球上的血丝蝌蚪一样跳着，蝌蚪很快没了踪迹，甩下一层灰白。他恼怒地骂，这个死丫头，我揍扁她。罗盘一把拽住他，你这么闹，能瞒住你女人？她那个病，怕是撑不住。王宝生呼哧半天，我找侯夏算账。罗盘摇头，更不能去，你没证据，侯夏能承认？嚷嚷开，就更不好了。王宝生嗨了一声，抱着脑袋蹲在地上。

过了一会儿，王宝生仰起头，这可咋办啊。

罗盘犯难地说，是挺麻烦。

王宝生脸上扭出一片片紫青，仿佛挨了打，你得帮我拿个主意。

罗盘就等王宝生这句话。他说，你信得过我，我就帮你想个办法。第一，不能报官，除非王丫咬定是侯夏强迫，不然，治不了侯夏的罪，还弄得谣言满天飞。我看王丫不会这么说，这招不能用。第二，得现场捉拿,有了证据,侯夏王丫都反不了口。第三,对付侯夏打骂不是办法,打骂还是搞得全村都知道,让他赔王丫损失费,没钱让他打条子。另外,尽量瞒着你女人。王宝生频频点头,罗盘让他回去等消息。

罗盘早早爬上屋顶,伏在烟囱旁。罗盘有点儿紧张,还有点儿担心。怕王丫不来。这担心挺不地道,可已经和王宝生说了,就得给王宝生证据。其实,让王宝生把王丫锁屋里也是个办法,可罗盘怕王宝生撬不开王丫的嘴。王丫死不承认,王宝生会怀疑埋怨罗盘。罗盘管是管,但不能把自己扯进去。

看见侯夏王丫,罗盘麻利地溜下屋。宋如花想跟,罗盘狠狠瞪她一眼,你以为看戏?宋如花定在地上。

罗盘在门口喊王宝生,王宝生两口子同时出来。王宝生女人灰白着脸,目光飘飘忽忽,如飞扬的柳絮。罗盘看王宝生,王宝生说,她知道了,走吧。王宝生女人恨恨地说,看我不扒他的皮。罗盘不知她要扒谁的皮,说,不能嚷嚷,千万要冷静啊。

门朝里插着,王宝生撞两下没撞开,王宝生女人抓起石头击碎门旁的玻璃,王宝生抓住窗框一扯,窗户整个掉下来。王宝生手割破了,红了半个手掌。王宝生从窗户跳进去,罗盘叫他先把门打开,王宝生根本没听,径直跑进去。王宝生女人也要跳,可爬不进去,两条腿甩来甩去。罗盘托她一把,她总算进去了。

待罗盘进去,屋里已乱成一团。侯夏缩在墙角,王宝生女人叫骂着,又撕又抓。王宝生想拽女人起来,几次被女人甩开。王丫呆站着,傻了一样。罗盘和王宝生合力拉开王宝生女人,侯夏的脸成了地图。

2

　　事情暂时平息了。侯夏发誓不再招惹王丫，并当面给王宝生写了一张两万块钱的欠条，算王丫的赔偿。王丫也被王宝生关起来。王宝生一再向罗盘致谢，要不是罗盘，王丫不知被侯夏祸害成啥样呢。罗盘说你别客气，看到我就要管，王丫不懂事，我不能看她受骗。嘴上谦虚，罗盘心里颇得意。如果不是他偶然发现，后果难以想象，王丫搞大肚子，怎么嫁人？当然，罗盘并不指望王宝生谢他。换了张宝生李宝生，他也会这么做。
　　几天后，王丫突然失踪，同时失踪的还有侯夏。
　　那个夜晚，王宝生敲开罗盘的门，惊慌失措的说王丫不见了。罗盘边穿衣服边问怎么回事。王宝生说这几天王丫挺规矩，他也就大意了，没再锁她，谁知她就没了影儿，他也是刚发现。罗盘劝，别急，也许她串门去了。王宝生说，这么晚了，她去谁家？罗盘和王宝生去侯夏家，门上也吊着锁。罗盘情知不妙，陪王宝生去邻村亲戚家，说没见王丫。
　　王丫和侯夏私奔了。侯夏把王丫拐跑了。
　　那天捉住侯夏，侯夏咬定和二丫是两厢情愿，是爱情，王宝生女人要扯他的脸，被罗盘和王宝生拽住。罗盘损侯夏，王丫还是个孩子呢，你咋有脸说？侯夏不吭声了，对赔偿的事答应得特别痛快，那时侯夏心里怕就有了鬼念头。其实，罗盘该想到的，他大意了。
　　王丫失踪第二天，王宝生女人就大躺了。王宝生去镇上抓了几服药，女人死活不喝。没办法，王宝生求罗盘，让罗盘劝劝。罗盘便拉了宋如花，去王宝生家当说客。

王宝生女人拥着被子半仰半躺，怀里揣着一个枕头，见了罗盘宋如花，咧咧嘴，似乎要笑的，末了只抽出一口寒气。宋如花握住王宝生女人的手，王宝生女人的眼泪唰地下来了。宋如花劝，你想开些，王丫那么大了，不会有事。王宝生女人拧着脸说，我没这种闺女。宋如花说，也怪不得她，她让侯夏哄了。王宝生女人骂，别提那头猪。宋如花跟着骂，连猪都不如，难怪女人和他离婚。两个女人你一句我一句骂侯夏。罗盘给王宝生使眼色，王宝生把药端进来。王宝生女人还是不喝。宋如花说，喝了吧，别跟自个儿怄气。罗盘也劝，身子要紧，别落下病。王宝生女人说破罐子破摔，活着也没什么意思，爱咋咋吧。罗盘严肃地说，可不能这样，王丫咋错也是你闺女，哪有妈和闺女记仇的？王丫说个回来就回来了，落下病可不是三天两天能好的。你作践自个儿王丫看不见，只是苦了宝生。王宝生女人软软的目光在王宝生身上摆了摆，罗盘忙对宋如花说，你喂她。宋如花从王宝生手里接过碗，王宝生女人顺从地张开嘴。罗盘听王宝生喉结重重响了一下，似乎裂开了。

罗盘宋如花回家不久，王宝生就来了。王宝生神色凝重，愁眉不展，让他上炕不上，给他凳子不坐，只在地上蹲着。似乎出了这档事，他就矮人一等了。罗盘劝，女人家想不开，你可得撑起点儿。王宝生叹气，都怨我，该把那死丫头好好锁着，我哪能想到她会跟侯夏跑了呢？罗盘道，这是意外。王宝生道，我该想到的，我咋就大意了呢？你说侯夏能把王丫带哪儿？罗盘眼珠子错动，脑里却是一片空白，是啊，他能带哪儿？按说他没地儿去，你没再打问打问？王宝生摇头，我问过了，都说不知道。罗盘骂，侯夏这狗日的。王宝生又捡回话头，你说，侯夏能把王丫带哪儿呢？罗盘斟酌着，这也说不好。王宝生揪着自己的头发，揪一下，举在眼前看看，揪一下，举在眼前看看，仿佛要揪出一个答案。过了一会儿，王宝生再次道，你说，侯夏能把王丫带哪儿呢？罗盘说，慢慢打问吧。王宝生看着罗盘，那眼神很难判断他是否在听罗盘说话，是否听懂了罗盘的话。

第二天晚上，王宝生又来了，依然心事重重，往地上一蹲，摆出一脸愁容。罗盘看王宝生蹲着，心里别扭，又不好说啥，问道，吃过了？王宝生说，吃过了。罗盘问，你女人喝药了？王宝生说喝了。顿顿，王宝生说，这事怨我啊，我要是一直锁着王丫，她就不会跟侯夏跑了，我哪里想到呢？罗盘说，这不是你的错，也不能老锁她。王宝生叹息两声，问，你说，她和侯夏能跑到哪儿呢？罗盘想了整整一夜，现在能回答王宝生了。他俩肯定去了城里，城里混饭容易。王宝生目光灼灼，是啊，城市多了去了。罗盘问，王丫没留下啥？王宝生说没有。罗盘说你好好想想，关她那几天，她说过什么话没有？王宝生缓缓摇头。罗盘问，她没留下信什么的，哪怕一个纸片呢。王宝生说，她写字比锄地还难受。罗盘想想也是。王宝生问，你说，她会去哪个城市？罗盘说，我长千里眼就好了。

王宝生蹲到很晚，直到罗盘问你女人一个人在家行不，他才如梦方醒，站起就走。一晚上，王宝生反反复复那几句话。

送走王宝生，罗盘拍拍脑袋，这事闹的。宋如花边拉被子边打呵欠，困死了。罗盘又说，这事闹的。宋如花斜着他，你怎么成王宝生了？罗盘说，这事……顿住没往下说。宋如花说，王宝生没怪罪咱的意思。罗盘说，越这样我越不安，他怪我倒好了。宋如花说，这怨不得你，睡吧。宋如花躺下，罗盘仍坐着发呆。宋如花拽拽罗盘，罗盘哦了一声，脱衣服。脱一件，停一停，好一会儿才脱完。宋如花横过一条腿，见罗盘没什么反应，她将整个身子伏过来。宋如花似乎要用这种方式把罗盘拽回来。她的努力终于让罗盘兴奋起来。忽然间，罗盘停住。罗盘盯着宋如花的眼睛，你说，王丫和侯夏能去哪儿？宋如花没好气，你是能人，你掐算呀。罗盘说，这事闹的。

　　第二天，王宝生进来，宋如花躲出去了。两人说了些客套话，便默然相对。王宝生手没闲着，仍一下一下揪头发，罗盘忍不住说，别揪了，揪光也没用。王宝生伸出两手左右看看，缓缓搁在膝盖上。他问，你说，她进城了？罗盘说，绝对是。王宝生问，你说会去哪儿呢？罗盘说，难说啊，你没打算出去找找？王宝生说，她在炕上躺着，我哪儿走得开？罗盘问，她好点儿吧？王宝生说，心病，吃药效果不大。罗盘说，你多开导她，和自己闺女生什么气？王宝生黯然道，生什么气呀，她现在想王丫呢，一天到晚抹眼泪。罗盘觉得某个地方被烫了一下，想说什么终是没想出合适的话来。

　　到罗盘家串门成了王宝生每晚必不可少的活计，而等待王宝生则成了罗盘的任务。王宝生没怪罗盘什么，从来没有。甭说言语了，王宝生的神态表情也没有怪罗盘的意思。王宝生只是自责、检讨。可是，罗盘越来越不安了。没有那个黄昏，一切都不会发生，至少，与罗盘无关。每个晚上是那么漫长，难熬，到后来，罗盘有点儿怕见王宝生了。

　　罗盘决定躲王宝生。王宝生扑几次空，该不会来了。那天晚上，他和宋如花在吴四家坐到很晚。吴四刚买回一张二人台光盘，看得宋如花屁股都不想动了。罗盘瞪她，她才下炕。吴四咬罗盘耳朵，改天你自己来，我这儿有三级片。

　　王宝生竟然在大门口蹲着。看到那个黑影，罗盘的心就直下坠。问声谁，王宝生霍地站起来。罗盘故作惊讶，宝生呀。王宝生委屈地说，我等你一晚，以为你出门了。罗盘解释，找吴四拉化肥，顺便坐了一会儿。他让王宝生进屋。王宝生说，不早了，我回去了。孑孑地走了。宋如花说，回来早了吧？罗盘没好气，还在别人家住下？他看出来了，回来多晚王宝生也会等。

就那么一晚，罗盘没再躲。但是面对王宝生，竟然有恐慌感，而且，听到侯夏王丫的名字，就会被刺一下。仿佛侯夏王丫是马蜂屁股，他们的针会从某个遥远的地方甩过来。

一天，罗盘从街头上走过，王丫两字忽然飘进耳朵。他皱皱眉，想躲开，腿却被牵着似的，顺着声音寻过来。几个人在碾台旁说话，其中有宋如花。碾房废弃后，碾台便成了村民的聊天场所。罗盘走过去，几个人都不说了。但罗盘知道他们在议论啥。罗盘狠狠瞪宋如花一眼。一个人和罗盘打招呼，问今年种啥好。罗盘说去年莜麦便宜，今年肯定贵。在这方面，罗盘总是有先见。那人似乎还有什么话，罗盘已转向宋如花，让她回家。宋如花说，又不到做饭时间，回去干啥？罗盘大声说，让你回你就回，哪那么多废话？罗盘很少当着外人训宋如花，但此时有点儿控制不住。

宋如花跟在罗盘身后。

进门，罗盘便瞪住宋如花，谁让你把王丫的事嚷出去的？宋如花委屈地说，哪是我嚷的？王丫一跑，全村都知道了。罗盘说，别人嚷是别人的事，你别掺和。宋如花说，我不过是听别人议论。罗盘绷着脸，那也不行，听别人嚼这话头你趁早躲开。宋如花不满了，我又没做啥事，干吗……早知这样，当初就不该告诉王宝生。罗盘骂，闭住你的嘴就不行？谁还把你当哑巴卖了。宋如花扭过脸，她生气了。

晚上，王宝生进屋，见宋如花在炕上躺着，问罗盘，怎么？闹病了？罗盘说，没啥事，身子不舒服。王宝生劝，有病可要早看啊，千万别拖着，王丫妈生生是拖的。罗盘问，怎么样？好点儿了吧？王宝生愁眉苦脸地说，光吃药哪行呢？她心重，王丫不回来，药其实是白吃。罗盘问，还没消息？王宝生摇头。罗盘说，其实，能出去找找就好了。王宝生为难地说，她闹这么点儿病，我哪走得开？都怨我，不关王丫就好了。罗盘暗想，王丫想跑不关也会跑，但他没说，只能由着王宝生说。王宝生说一句，叹息一声，每声叹息都像锤子击在罗盘心上。

　　王宝生走后，罗盘说，我得把王丫找回来。宋如花猛从炕上弹起来，你没疯吧？罗盘说，我好着呢。宋如花叫，凭什么？你又没欠他。罗盘说，我受不了啦，再拖，没准我真疯了。罗盘一旦做出决定，宋如花根本无法更改。她嘟囔，眼看就种地了，丢下我一个人咋办？罗盘说，雇人种嘛，你看着就行。宋如花问，你知道他俩在哪儿藏着？去哪儿找？找也不一定找见。罗盘说，找和找不见是两档子事，我总得试试。宋如花又想到一个问题，出门要路费，谁出？罗盘说，咱先垫上吧，还能找王宝生要路费？王宝生也没逼咱去。宋如花不甘心，真要去？罗盘说，我跟你瞎说啥？

3

　　罗盘没把真实想法告诉宋如花，他所谓的寻找只是做做样子。没有一点儿线索，寻找王丫不是嘴上说说那么简单。不是三五天的事，得几十天几个月甚至几年。如宋如花所说，要花钱，路费住店费吃喝费，那是无底洞，丢进多少钱也没个响声。儿子去年刚娶过媳妇，罗盘的钱已花去大半。还没到结婚年龄的儿子和女方已同居半年，女方没提过分的要求，否则罗盘攒的那点儿钱根本不够。要是告诉宋如花，说不定哪天她就说漏了。罗盘不是成心骗王宝生，没这个必要。甭说王宝生没怪他了，就是打官司罗盘也输不了。罗盘绝对占理，可占理不等于心安理得。王宝生每天串门对罗盘是一种折磨，罗盘宁愿王宝生揪他罗盘的头发，可王宝生不，连一句重话都不说。罗盘实在受不了啦，找个借口躲几天。

罗盘说要找找王丫，王宝生并未表现出意外，但他的态度却很坚决，不行，怎么能麻烦你呢？你这儿还有一大摊子呢。罗盘说，你走不开，我替你找找吧，没准能打问见呢。王宝生无措地说，这怎么行呢？已经给你添够多麻烦了，这……真是不合适。罗盘说，有什么合适不合适的？王丫还叫我大爷么，王丫不回来，你女人的病怕是腻歪。王宝生低头寻思一会儿，说，我和王丫妈商量商量。罗盘说，没必要，就这么定了。王宝生满脸歉疚，哎呀着，似乎想说什么感谢话，却不知怎么表达，来了突然大骂起王丫来。罗盘制止他，王丫还小，错的是侯夏。王宝生站起来，让你受累，我实在过意不去。你放心，家里的活儿我帮嫂子干。罗盘点头，让王宝生一早把王丫的照片送来。

王宝生走后，罗盘让宋如花拿钱，宋如花数出五百，罗盘说不够。宋如花不情愿，五百还不够？罗盘说，现在的钱不经花，多带几个吧，你想让我要饭？宋如花嘟囔，又不是村长，什么事都想管。但还是给罗盘拿了。

刚睡下，王宝生又敲门了，罗盘披衣出去。黑暗中，王宝生的眼睛闪闪发亮，好像抹了磷火。罗盘觉出王宝生脸上的热气，显然他是跑来的。王宝生说，我翻了半天，总算找齐了。王宝生抓了厚厚一叠照片。罗盘说，用不着这么多，王宝生说，放家里也没用，留你这儿吧，万一用上呢。

王宝生没有马上走开，罗盘问，还有事？

王宝生突然抓住罗盘的手，动作又快又猛，罗盘吓了一跳。

王宝生说，让你受累了。

罗盘吁口气，还说这客气话干吗？

王宝生保证，家里的事我一定帮嫂子。

罗盘说，不早了，回吧。

王宝生执拗地让罗盘先关门，罗盘关了。

罗盘没在意王宝生是否在门外站着，他不想再说什么客套话。宋如花瞅着罗盘手里的照片说，不是让他明早送来吗？半夜三更的，着什么急？罗盘说，闺女跑了，搁谁头上不急？罗盘把照片摊开，足有二三十张。有王丫的单人照，也有合影。宋如花拥着被子坐起来，和罗盘一块儿翻看。宋如花说，王宝生的脑子是不是糊涂了，拿小时候的照片干啥？罗盘说，他是怕我认不出王丫嘛。

第二天，罗盘未能走成。一大早，宋如花的弟弟宋如兵来了。罗盘一瞅他脸上的血印，知道他又和媳妇吵架了。两口子一吵架就往罗盘这儿跑，要么是宋如兵，要么是媳妇。罗盘几乎成了调解员。宋如花要看宋如兵的伤，宋如兵扭着脸不让。宋如花说，打人不打脸，没见过这么狠的女人。宋如兵媳妇是刁了点儿，可一个巴掌拍不响，宋如兵也不是善茬。宋如兵蔫头耷脑的，罗盘猜不只是吵架这么简单。果然，宋如兵说媳妇要离婚。宋如花顿时哑口。她很明白，离婚宋如兵肯定惨。罗盘自然走不成了。匆匆吃了口饭，罗盘随宋如兵回家。宋如兵在杨柳村，离营盘村二十多里。路上，罗盘问明两人打架的原因。宋如兵一个朋友说能买假币，拿到僻远的村子花，根本认不出来。宋如兵便从家里偷了三千块钱，换回一万假币，被媳妇发现了。宋如兵埋怨女人眼光太浅。罗盘训斥，亏得她眼光浅，由你，早撞大狱门了。谁是傻子？能让你骗了？宋如兵嘴巴狠硬，我想拿到蒙古地买两头牛，听说那地儿人好哄。罗盘生气了，你和你媳妇商量吧，我不去了。宋如兵忙说软话。

宋如兵媳妇和罗盘打过招呼，便开始罗列宋如兵的不是。末了说，这种东西，我还能跟他过？离定了。罗盘说，是啊，换个女人早跟他离了，还能过到这会儿？亏得你老是迁就他，这也是他的福气呢。我路上还说，要不是你，他早撞大狱门子了。宋如兵媳妇骂，整个一头猪。她这么骂，罗盘心里就有数了。他陪着她一块骂。宋如兵倒是老实了，不吱声。宋如兵媳妇骂了一阵，把一万假钱丢到炕上。罗盘捻捻，若不是事先知道，还真认不出来。罗盘说，这事是他不对，不过本意是好的，想给你弄几个钱花花呗。谁也难免犯个错误，你给他个改过机会。宋如兵媳妇说，姐夫就是偏向他。罗盘笑笑，我当然有私心啦，他离婚，我就少个兄弟媳妇。宋如兵媳妇轻轻一笑，你是为这个劝我的？罗盘说，这门亲不能断呀，给我个面子吧。宋如兵媳妇说，我要不给呢？罗盘说，不给我也没办法，你没错。宋如兵媳妇说，我真是气死了。如此一说，意味着罗盘的任务完成了。平时，宋如兵媳妇也蛮听罗盘的话。罗盘说，我一会儿走了，你好好教训他。宋如兵媳妇说，我稀罕他！她问那些钱怎么办，罗盘说，当废纸烧了吧，别搁着，也别交派出所，那会惹事。宋如兵媳妇遗憾地说，真是可惜了。罗盘说，就当丢了，破财免灾。以后抠他点儿，一天给他吃一顿饭，争取把三千块钱抠回来。宋如兵媳妇神色暖了许多，姐夫教的，我就这么做。

罗盘回村已是下午。罗盘看见王宝生，想躲已经来不及，硬着头皮迎上去。罗盘心虚虚的，仿佛欺骗了王宝生。罗盘解释，本来今天要走，但小舅子家出了点儿事。王宝生忙说，不急不急，事从紧处来。罗盘生怕王宝生不信，说了劝架的过程，亏得我去了，不然两口子就散了，凭小舅子那样，下半辈子打光棍吧。王宝生点头，是呀，男人就得有个女人管着，不然就坏了。

王宝生目光迟缓，可罗盘总觉得他眼底长着毛刺样的东西，扯了几句话，匆匆离开。罗盘暗骂小舅子，不迟不早，偏在这当口儿吵架。

次日，罗盘离开村庄。他走得早，到镇上商店还未开门。他没有急着赶上县的车。侯夏女人在镇上卖瓜子，他想见见她。两人虽离了婚，但侯夏女人毕竟了解侯夏，罗盘想从她嘴里掏点儿有用的。等了一个多小时，看见侯夏女人推小车出来。罗盘喊她一声，侯夏女人说，哥啊，这么早就来了。罗盘说，等你半天了。侯夏女人脸红红的，今儿起晚了，有事？罗盘笑笑，我打算到县里，王宝生闺女王丫跑了，王宝生女人有病走不开，我帮他找找。侯夏女人吃惊地说，是吗？罗盘说，侯夏把她拐跑的。侯夏女人稍一怔，破口大骂，这个不要脸的，一点儿好事不干。忽然意识到什么，我早和他没关系了，你找我干吗？罗盘说，当然和你没关系，打扰你也不合适，我琢磨着，这世上只有你把侯夏看透了，我是想让你指点指点，我想不出侯夏会带王丫去哪儿。侯夏女人神色缓和了些，山旮旯他不去，肯定找红火热闹去了。罗盘说，你说得有道理……红火热闹的地儿多了去了……他在城里有亲戚吗？侯夏女人寻思了一会儿，说，大同有他个姨姐。罗盘忙问，你有她地址没？侯夏女人摇头，我没见过她，只听侯夏说起过，好像开个粮店。罗盘说，你这个线索很重要，真是谢谢你。侯夏女人又骂，这个东西，尽干丢人现眼的事。罗盘嘱咐她，有什么信儿，往村里捎句话。

到县城正是中午时分，罗盘在车站喝碗羊杂汤，吃了两个烧饼。

然后掏出王丫的照片,到售票处问见过没。售票的女人轻轻瞟了一眼,说没见过。罗盘怀疑她根本没看。罗盘把照片从取票的口子递进去,你再看看。结果照片掉了下去。售票员不耐烦了,没见就是没见,不是跟你说了吗?罗盘赔笑,麻烦把照片给我。售票员没好气,谁拿你照片了?你这人怎么回事?罗盘解释,不是你拿了,掉地上了。售票员捡起来丢给罗盘。周围的人都看罗盘,罗盘尽量装出不在意的样子,脸还是憋得通红。在村里,谁用这种口气和罗盘说话?罗盘想,这是何苦?凭啥替王宝生受这个气?他冒出放弃的念头,可转身一想,已经出来了,怎么也得打问打问。随便转一圈回去,那就真是哄王宝生了。这和装样子是两码事。他安慰自己,这是县城,不是营盘村,谁认得你罗盘是老几?

罗盘拿着照片到车跟前问。侯夏和王丫肯定得坐车,说不定哪辆车拉过他们。这样,罗盘至少知道两人逃跑的方向。如果王宝生出来,绝对想不出这招。王宝生种地是好手,动脑子远不行。问了几个,都说没见过。要么说,每天拉的人多了,谁能记住?

半下午,罗盘离开车站,去日日红饭馆。儿子在饭馆当厨师,儿媳当服务员。估计这个时间饭馆没生意,罗盘一来看看儿子,二来找个住处。这样,店钱就省下了。

两男两女正在饭桌上麻将,其中有儿子。儿媳站在儿子身后。儿子看见他,只说你怎么来了,便让儿媳带他回家。儿子屁股动都没动。罗盘对儿媳说,你把他叫出来,我得让他带我去医院。儿媳惊问,你咋啦?罗盘严肃地说,没事,你叫他出来。儿子出来,儿媳跟在身后。儿子疑问,你一直好好的吗,咋就病了?罗盘骂,少废话!儿子没再问什么,打车送罗盘去医院。罗盘说回家,儿子糊涂了,看病不去医院,回家干吗?罗盘说,让你回你就回。

到了儿子租住的地方，儿子仍不明白，爸，你咋回事？罗盘绷着脸，你还认我这个老子？我以为你只认麻将呢。儿子品出味儿了，却没一点儿内疚，反而抱怨罗盘，你生哪门子气，我今儿正手气好。罗盘说，看来我碍你事了，我走。儿子拦住罗盘，笑嘻嘻地说，我哪舍得你走，要不，你打我两下？罗盘瞪他一眼，你这个样子，早晚也得让老板炒了。儿子说，打麻将的就有老板，炒了我，谁陪他玩？罗盘无语。儿子问，你上县干吗？罗盘说，没事，看看你。儿子鬼精鬼精的，不大像啊，你准有什么事，不是看病就好，我得走了，晚上让小红请假回来做饭。罗盘说，不用了，你把钥匙留下就行。他不愿给儿子添什么麻烦。

天色还早，罗盘再次去车站打问。直到所有的车走光，还是一无所获。罗盘又拿照片让车站附近摆摊儿的人辨认，万一王丫到过车站，万一王丫买过货呢。摇头。摇头。摇头。摇头。有一个问，是你闺女？罗盘说不是。那人满有把握地说，那就是儿媳妇了，这年头娶个媳妇不容易啊，我儿子也这命，八万块钱娶个媳妇，结婚不到半年跟人跑了。

罗盘回去已经很晚，儿子儿媳还没回来。罗盘吃了两个烧饼，无事可干，就打开电视，拿着遥控器来回换台。眼珠子忽然粘屏幕上不动了，一个想法冒出来。儿子儿媳进门，罗盘说了来县的目的。儿子瞪大眼，王宝生闺女跑了关你什么事？罗盘说王宝生走不开，我能眼睁睁看着吗？儿子没好话，啥事都揽，村长也没你管得宽。罗盘提高声音，乡里乡亲的，谁没个难事？儿子的脸马上就变了，我不过说说，也挺好，拿他的钱四处逛逛。如果不是儿媳在身边，罗盘非给儿子一个嘴巴。儿子变得越来越陌生了。儿子看罗盘不高兴，赔着小心说，这跟海底捞针一样，除非你给提供线索的人钱。罗盘咬咬牙，要是说出王丫的去向，给钱。儿子问，找谁联系呢？你又没手机。罗盘说，打你手机吧。儿子差点儿把脖子摇断，那可不行，接电话不少钱呢，除非王宝生出话费。罗盘重重咽口唾沫，话费你垫着，到时我来跟你算。儿子说，这还差不多，劳务费就免了，算给王宝生做贡献吧。

电视寻人广告挺简单，不到一小时就办完了。只是有点儿贵，三百块钱，才播六天。花钱像打水漂一样，几个泡泡就没了。之后，罗盘又去了车站。罗盘本打算在县里住一阵就回去。找见找不见，罗盘尽力了，也对得起王宝生了。可两晚他就待不住了。儿子儿媳夜间折腾的声音太响，睡在外屋的罗盘面红耳臊，贼一样不敢吭气。狗日的，也不懂避讳点儿。现在回村有点儿早。罗盘寻思一阵，决定去大同。

4

罗盘不在，宋如花早早睡了。宋如花喜欢枕罗盘胳膊睡觉，二十年了。一个人睡不踏实。营盘村怕是没一个女人有宋如花的习惯。一次，几个女人洗衣服，宋如花不小心说走了嘴，她常犯这种错误。当然对宋如花已算不上错误。几个女人挤眉弄眼，一个还说宋如花骚。宋如花顶她，你不骚，儿子咋出来的？

宋如花没贪床，躺躺便爬起来，家里养两头奶牛、二十只羊，罗盘一走，喂养任务自然落在她身上。

屋门一响，院外便传过问话，嫂子吗？宋如花听出是王宝生，忙拢拢头发，把扣子系好，打开院门。王宝生叫声嫂子，几乎不由分说挤进来。宋如花哎呀，你这么早……王宝生说，罗大哥不在，家里的活儿就交给我吧。宋如花说，那怎么行，我干得了。她想拦，王宝生已经忙活开了。王宝生好像对这个家很熟悉，先把羊圈清了，给羊添了草，把牛粪铲到院门外，又把牛牵到门口，拿出取奶器给牛挤奶。宋如花要帮他，罗盘干这些活儿宋如花也常打下手。王宝生不让，他说你忙你的。宋如花就由着他。挤完奶，王宝生揭开缸盖瞅瞅，提了两桶水，又扫了院子。宋如花忽然想到一个问题，你出来，王丫妈怎么办？王宝生头也不抬，我早侍候她吃过了。干完活，王宝生在院里转了一圈，屋里转了一圈，觉得暂时没啥活儿，方洗手离去。

中午，王宝生扛来一把铡刀。宋如花愕然，问干啥？王宝生解释，青玉米秆子太长，整个儿喂都糟蹋了。宋如花说费那个劲儿干吗，罗盘一直这么喂。王宝生说，铡和不铡不一样。铡草得两个人，一人往刀垛上送一人铡，宋如花只得戴了套袖帮他。王宝生不让她干，抓着她胳膊说，我一个人来，你干不了。宋如花拗不过他，便站那儿看。王宝生左手抓青玉米，左手握铡刀，反复蹲站。两人不说话，只有铡刀嚓嚓的声响。不一会儿，王宝生脑门上就出汗了，阳光下闪闪发亮。王宝生不像村里的男人用袖子擦，而是掏出手绢。宋如花抿嘴笑了，一个大男人装块手绢。王宝生不知宋如花笑，他的眼睛吊在铡刀上。宋如花憋不住了，她已经憋了很久，嘴唇都要粘一块儿了。宋如花说，有意思。王宝生没听懂，停手问，什么有意思？宋如花说你的手绢啊。王宝生脸涨红了，没接茬。宋如花说，你用不着这样。王宝生动作慢下来，罗大哥替我找王丫，我就得替他干活。宋如花劝他歇歇，王宝生说，不累，再干也没罗大哥累。宋如花说，累倒没啥，就怕白跑一趟。王宝生说，那怪不着罗哥，怪王丫。同时瞄宋如花一眼。宋如花觉出，王宝生大约嫌她说话不吉利，他似乎认定罗盘会把王丫带回来。宋如花问，王丫妈好点儿没？王宝生说，听说罗盘哥进城找王丫,她的病就好多了。宋如花暗想,一对实心眼儿。想到这儿,咯咯笑了。王宝生再次停下,嫂子笑啥呢?我铡得不好?宋如花说,笑我自个儿呢,我先前担心你铡了手,没想到你干活这么利索,不长不短好像机器弄出来的。王宝生受了鼓舞,更加卖劲。宋如花说,吃坏我家的牛,你可得赔。王宝生嘿嘿笑了。宋如花一本正经,我可不是说着玩的,全靠这两头牛挣钱呢。王宝生认真地说,牛懂得自个肚里装多少东西。宋如花眯眼斜斜他,我开个玩笑,看你把吓的。王宝生说,我没吓,你和罗盘哥是什么人,我心里有数。

每天下午,奶站的老王都来收奶。老王在当街一吹哨子,养奶牛的人家就把牛奶提过去。验奶过秤开票,每到月底,凭老王的票去奶站兑钱。宋如花不愿王宝生帮她卖奶,在家里干也就罢了,折腾到街上怪不好意思。可老王哨子还没响,王宝生就来了。宋如花板着脸不让提。两人抢来抢去,牛奶洒了。宋如花生气了,挺大个男人,你这是干啥呢?我说不用就不用。王宝生傻住了,怯怯地看着宋如花,眼里有亮闪闪的水光。宋如花心软了,你这是何苦呢,我又不是没长手。王宝生小心翼翼地恳求,还是让我来吧,我过意不去呀。宋如花说,你家里还有一摊子呢。王宝生说,我都干完了,不信你去看。宋如花想,不是你过意不去,是我过意不去。王宝生再次央求,就让我干吧。王宝生软沓沓的目光望着宋如花,像等待宋如花施舍。宋如花叹气,好吧,不过得等会儿,老王还没来呢。

哨子一响,王宝生提起奶桶就走,走得飞快。宋如花喊,你慢点儿,等等我。王宝生没听见似的,斜着膀子猛走。宋如花不放心,跟在王宝生身后一溜小跑。到了街中心,宋如花后背全湿了,老王边验奶边说你俩跑啥,我还以为捉贼呢。宋如花反应快,那个贼就是你。老王的目光在宋如花胸上瞄瞄,我倒是想偷,没那个胆啊。宋如花笑骂，烂嘴，该撕。老王很冤枉地对王宝生说，你评评这个理，我没偷，凭啥撕我嘴？王宝生聋了一般，两眼盯着老王的每一个动作。老王甚是无趣，问，写谁的名字？王宝生抢着说，罗盘。

　　交完，宋如花说，空桶给我，你回吧。王宝生胳膊一甩，桶到了另一只手上。两人边走边扯，宋如花说，空桶，我拿得动。王宝生连声说，不碍事，不碍事。便有长舌的人问宋如花，罗盘呢？王宝生抢着说，替我找王丫了。虽然王丫私奔已不是秘密，但王宝生不加遮掩地挂在嘴上，宋如花还是吃了一惊。有人追问，你呢？你怎么不去？王宝生做了亏心事似的，满脸不安，老婆闹病，我走不开么。

　　第二天，王宝生早早就过来了。宋如花有心不开门，他一口一个嫂子叫得宋如花心慌。宋如花没想到王宝生这么拗。她软不行硬不行，只得随他。早中晚一天三趟，所有的活干得利利落落，强过罗盘。比如青玉米，罗盘从来不铡，比如院子，脏了罗盘才扫，王宝生每天一扫。过了两三天，宋如花就习惯了。王宝生干活，她在一旁说话，或者边嗑瓜子边远远瞧着。有时，她丢下王宝生去串门子。不用惦记给罗盘做饭，她想几点回就几点回。原先不行，饭做迟了，罗盘的脸就裹了黑麻布似的。

　　一天晚上，宋如花正洗脚，王宝生扑进来，叫着，看见了，看见了。宋如花吓了一跳，问他看见什么了。王宝生挥着胳膊说，电视播了，寻王丫呢。目光灿烂地扑闪着，像一群飞舞的彩蝶。宋如花也很兴奋，忙打开电视。寻见本县节目，两人眼睛紧盯着屏幕，电视里是售酒广告，之后是药品，治中风偏瘫的，不孕不育的，再后是驾校招生，饭店开业。王宝生脖子渐渐拉长，几乎要钻进去……砰的一声，王宝生狠地缩回头。电视机稳稳的，电视里的楼爆炸了。播上电视剧了。王宝生失望地说，怎么不播了，我明明看见了。宋如花安慰，今儿不播，明儿肯定播。王宝生点头，还是罗盘哥有招，换了我，借个脑袋也想不出来。

王宝生没走，蹲在那儿自言自语，也不知王丫看到看不到。宋如花却在琢磨播一次花多少钱。宋如花盼罗盘找回王丫，但花钱她心疼。又一想，她只给罗盘拿了一千，撑死也就这个数。于是笑问，这下你放心了吧。王宝生声音很高，原先也放心，罗盘哥是能人。宋如花撇嘴，能什么能？能还没当个村长？王宝生说，他不愿意干哩，他干还能轮到别人？王宝生边和宋如花争论，边盯着宋如花的脚。宋如花感觉到了，想他别是要给她洗脚吧，这么一想，便把脚抽出来。

王宝生端起洗脚水就往外走。

宋如花叫，别，别……

王宝生已经出去了。

王宝生返回，宋如花的脸依然发烫。责备道，你看你这人，你看你这人。王宝生憨憨地笑笑，我回去了。

次日晚上，王宝生早早来到宋如花家。两人盯着电视，像等待一个隆重的节目。宋如花给王宝生沏杯水，想想，又加了勺糖。王宝生出进惯了，不再拘谨，喝完自己倒了一杯。他对宋如花说，你也喝呀。宋如花说自己不喝，王宝生说，倒一杯吧。宋如花没动。

终于等到了。

王宝生一脸喜色，我没骗你吧。宋如花说，那个手机号是我儿子的。王宝生又不安了，麻烦多少人啊，该死的侯夏！宋如花劝，气也没用。王宝生说，是啊是啊，是自家闺女不争气。不争气也是手心的肉，你猜我那口子怎么说，王丫要是有个意外，还不如让她跟了侯夏。宋如花吃惊地张大嘴巴，她真这么说？王宝生挺难过，那还有假，她是想闺女想疯了，我不好说她。要不是知道罗盘哥出去找，她非寻了短见不可。电视一播,她又好了几分。罗盘哥是我的恩人,你们一家都是我的恩人。宋如花说,别快这么说,谁还没个难处?心下寻思,花完钱罗盘就该回来了。

自看见电视里的寻人启事,王宝生干得更欢了,而且搜寻着干。进了院子,王宝生的目光就左钩一下左钩一下。有一天,宋如花忘了叠被子,王宝生挤完牛奶,看见了,上去就要叠。宋如花狠狠扯他一把。王宝生大概没防住宋如花这么大劲,从炕沿摔下来。王宝生龇牙咧嘴地捂着腰,宋如花紧张地问,摔哪儿了?王宝生摇头,不……碍事。宋如花搬个凳子让他坐,王宝生还是摇头。宋如花担心他摔断腰,那是天大的麻烦。她说,你走走,看有事没?王宝生走了走,扭扭腰,噌地上了炕。宋如花吁口气,没敢再拦他。这个王宝生啊,宋如花不知说啥好了。

5

罗盘到达大同是下午,阴天,灰蒙蒙的。罗盘只知道大同产煤,此外一无所知。站在火车站广场,罗盘颇犯踌躇,这么大地儿,粮店怕有上百家吧。这时,一个胖胖的妇女问罗盘住店不,罗盘问多少钱,妇女说三十到一百什么价位都有,二十四小时热水。罗盘嫌贵,女人问想住多少钱的,罗盘说二十。妇女一副嘲弄表情,什么年代了,二十块钱想住店?一斤猪肉多少钱?罗盘拔腿就走,他可以不住店,但不能受嘲弄。一个稍年轻的瘦女人跟上来,大哥,我那儿便宜。还未等罗盘说话,胖女人追过来,说就按你说的价,便拽罗盘胳膊。瘦女人说，大哥，咱不是说好了吗，抓住罗盘另一只胳膊。罗盘说我不住了，两个女人不但没松开，反撕拽起罗盘。罗盘一会儿偏向这边，一会儿偏向那边，胳膊疼得要断了。罗盘大叫一声，放开我。两个女人不理罗盘的愤怒，争吵起来。罗盘灵机一动，叫，钱，谁的钱掉了？两个女人同时低头，罗盘抽出胳膊，跑开。

罗盘出了一身汗，淹过一样。仍有女人问他，他再不敢搭理。罗盘决定自己找。转了两个小时，终于选定一家。在巷子深处，一天二十五，还算便宜。罗盘买一张市区图，伏在床上，试图找粮店的位置。他想自己出来确实比王宝生强，王宝生怕是地图也认不来。

屋内光线很暗，罗盘打开灯，并没起多大作用。地图像一张巨大的网，罗盘则是一只陌生的蜘蛛，一根线一根线地爬，一个角落一个角落地走。一遍又一遍。地图上什么都有，就是没有粮店。罗盘眼睛酸胀酸胀，一碰便叭嗒叭嗒掉泪。还是没有。

地图上没标记，只能自己找了。罗盘把地图划成几块，打算一块一块找。屋内住四个人，鼾声一个比一个响，罗盘一夜没睡好，一早就出来了。找到第一家粮店，还未开门，罗盘便门口等。罗盘有点急，城里人太懒，要是自己的店，天亮就开。又想，着什么急呢？他答应替王宝生找，并没答应替他找见。当然找见更好，问题是找不见啊，至少，罗盘心里没底。找和找见是两个概念。终于开门了，是个碌碡一样的男人，罗盘想店主倒像个卖粮的。男人问跟进来的罗盘，米？面？罗盘尽可能让自己的脸带出笑容，我打听个事，你是侯夏的亲戚不？男人问，什么人？罗盘说，营盘村的侯夏。男人很干脆，不认识。罗盘提醒，也许你女人认识。男人立刻瞪了眼，我女人早他妈死了！罗盘忙说对不起对不起，又问男人附近还有粮店没，男人蹦出三个字：不知道。罗盘暗想，他女人肯定是跟人跑了。

一小时后，罗盘找见第二家粮店。不认识侯夏。一家一家问下去，罗盘变换着不同的表情。态度好点儿的，罗盘赔着笑感激人家；粗鲁不耐烦的，罗盘依然挤出笑脸，转身会骂句脏话。你认识侯夏吗？罗盘反复着这句话。

一天下来，罗盘仅找见九家粮店，腿几乎累断。这一天收获也不小，粮店一般在什么地段，心中有了底儿。第二天多跑了两家，依然没有消息。罗盘走得远，回去已经半夜。旅店关了门，罗盘敲半天才开。看门老头儿没好脸色，让他以后早点儿回。罗盘争执，我花了钱，还把我锁在外面？老头儿说我按规定办事，十一点关门，丢了东西算谁的？有意见找老板去。罗盘憋了半肚子火，想自己几时受过这种窝囊气？他又没欠王宝生的，王宝生也没监视他，何必这么遭罪？一个看门的也这么凶。次日起晚了些，他决定休息一天。躺到下午就躺不住了，花钱闲待着，怎么也不划算啊。王宝生是没监视他，但王宝生是一根刺，在他肉里扎着。他没疼到哪儿去，那感觉却比疼痛难受。

晚上，罗盘又在地图上爬行，邻铺问罗盘整天在地图上找啥，罗盘说找粮店。邻铺说市区图不标，再说粮店多了去了，你找哪一家？罗盘说所有的都找。邻铺问推销大米？罗盘说找人。邻铺说你找粮食局，全市有多少粮店，都在什么位置他们肯定清楚。罗盘拍一下脑袋，自己咋就想不出来？他的能也仅仅在营盘村，在外面终归差点儿。

罗盘找见市粮食局，让他到区粮食局问；找见区粮食局，说粮店多了去了，让他到工商局问；找到工商局，让他去邮局买本黄页，上面都有。罗盘没听懂，问什么是黄页。费了两天时间，罗盘终于弄到一本黄页。所谓黄页其实就是电话簿。果然有大大小小的粮店名称，后面写着电话。罗盘欣喜万分，决定打电话问，这样省事。罗盘不再问你认识侯夏吗，这么问太生硬，让他摸不着头脑，他说我是侯夏的亲戚。如果对方认识侯夏，自然和他答腔。一上午电话就打完了，没一个认识侯夏。罗盘对侯夏前妻的话产生了怀疑，难道她诓他？又想不大可能。

　　罗盘数数身上的钱，再住两天就得回去。快种地了，出来的时间不短了，也对得起王宝生了。他完全可以在店里坐着，或者闲逛。他没有，他实实在在找了。找不见，那怨不着罗盘，只怪这个世界太大了。侯夏王丫不是名人，不会在电视报纸露脸；他俩也不是逃犯，充其量是王宝生的逃犯，公安局不会给王宝生的逃犯发通缉令；侯夏王丫就是大海里的蝌蚪，罗盘没本事捞出来。

　　两天他也没闲着，仍出去寻找。粮店有大有小，未必所有粮店都安电话。就像一个村，总有穷的富的，有的烧大同煤，有的烧本地褐煤，有的烧羊砖牛粪；有安电话的，有不安电话的，有白安也用不起的。侯夏姨姐可能开家小粮店呢。

　　回家前一天下午，罗盘在一条杂乱的旧街找见一家粮店。一个正在算账的女人抬头问，要点儿什么？罗盘说，我是侯夏的朋友。女人的目光忽然紧了，盯着罗盘，你说什么？罗盘重复一遍，女人哦了一声。罗盘有种感觉，这个女人正是他找的人，她的脸盘和侯夏真有几分相似哩。罗盘声音里带出了激动，你是侯夏的姨姐吧？女人反问，侯夏让你来的？罗盘愣了愣，觉出女人怀着戒备，多了个心眼儿，点头。女人追问，让你来干啥？罗盘机械地说不干啥。女人追问，他在哪儿？罗盘愕然，女人卖的什么药？如果知道侯夏在哪儿，他费这个劲干吗？女人忽然一笑，你等一会儿，边往外走边掏手机。

　　罗盘心跳加快了，看来，他真是侯夏姨姐。他不知她的电话打给谁，也许是侯夏。他回味着她刚才的问话，寻思她的拷问怕是装糊涂，怕露了侯夏的信儿。这么一想，罗盘紧张了，她是不是给侯夏报信儿？

罗盘正要出去，女人进来了，她让罗盘稍等一会儿。罗盘问，侯夏过来吗？女人含含糊糊应了一声。

来的不是侯夏，是两个警察。罗盘蒙了，警察要带他走。罗盘的眼睛飞出绿毛样的东西，叫，我没偷没抢，凭什么带我？又冲女人嚷，你说，我干什么了？女人冷着脸一言不发。

罗盘被带到派出所。警察问罗盘从哪里来，来干什么，侯夏是他什么人，他找侯夏干什么。罗盘想，要么侯夏和警察伙穿一条裤子，知道他来要收拾他——侯夏未必和警察有多大交情，但侯夏姨姐有面子；要么侯夏出了什么问题。不管什么原因，在这个陌生的地方，罗盘觉得不能隐瞒。于是详细讲了侯夏怎么拐走王丫，他如何从侯夏前妻嘴里掏信儿，怎么找到这儿。两个警察相视一眼，其中一个说，这样的话，与你无关。

罗盘没吃苦头。罗盘又返回趟粮店，证实女人确实是侯夏姨姐，数日前侯夏确实来过，住了一夜，偷五千块钱没了影儿。女人大骂，我好吃好喝招待他，谁知他是个贼。说到激愤处，女人嘴角旋出两团白沫。罗盘小心翼翼地问，他没说去哪儿？马上意识到问了句废话。果然女人气愤地说，他连人都不是了，还能说人话？

好歹逮住点儿侯夏的消息，没白跑，该回了。

6

罗盘回到营盘村，依然是在下午。远远地，罗盘就闻见村子的树香，看见了十字街的收奶车。王宝生和老王正在争吵。王宝生说秤错了，老王说王宝生看走了眼。王宝生面红耳赤，非让老王再过一下秤，老王说都倒进大桶了，你不是故意找碴吗？王宝生说我的奶也就罢了，我是替别人卖，亏了我怎么交代？老王一扭头看见罗盘，哟，主人回来了。王宝生的眼睛突然被点亮，扑过来抓住罗盘胳膊，另一只手似乎要做个什么动作，绕了几绕，慢慢掐定罗盘。老王让罗盘评理，罗盘说算了算了，开票吧。王宝生顾不上和老王吵了，一手捏票一手拎桶，跟在罗盘身后。

怎么样？找见了吗？王宝生问。罗盘想，这么两天能找见，我成神仙了！罗盘没敢在街上说，应道，先回。可王宝生等不及，嗖地蹿到前面，拦住罗盘，罗盘哥，你倒是说呀。王宝主喘气粗重，两眼溜圆。罗盘摇摇头，王宝生顿时定住。

罗盘走了一段，王宝生又追上来，他不再问了，影子一样拖在罗盘身后。

宋如花一脸意外和惊喜，呀，回来啦？找见没？罗盘皱皱眉，让宋如花赶快弄饭，饿死了。宋如花系围裙的工夫，王宝生也麻溜坐到灶坑。罗盘说，宝生，让她一个人弄，你歇着。王宝生说没事没事，宋如花倒没说什么。

吃过饭，宋如花又问，罗盘说，我没那么大能耐。然后讲自己怎么寻找、怎么找见侯夏姨姐，还差点被警察戴了铐子。宋如花骂，这个侯夏，到哪儿也不学好。王宝生一脸无望地说，是难呢，城市那么大，谁知他们藏在哪个旮旯？王丫算是让他坑了。罗盘劝，想开点儿，慢慢打听吧，混不下去，早晚要回来。王宝生头更垂低了，似乎被砍了脖子。罗盘想王宝生还当真了，自己并没保证给他找回王丫。安慰几句，见王宝生不开口，也便作罢。一时冷场。宋如花打破沉默，你不在，宝生把咱家的活儿全揽了。罗盘望望王宝生，想说谢字。王宝生突然开口，罗盘哥，谢谢你了，让你费心了，找见是王丫的福，找不见是她命苦，我不怪你。也亏得你去，找见了侯夏的姨姐，要是我出去，怕是自个儿也弄丢了。罗盘想，你没理由怪我。王宝生说你也累了，早点儿歇着吧。罗盘站起来，说那好。王宝生却没有一点儿走的意思，罗盘只得坐下。

罗盘终于想起一件事，问宋如花，儿子没打电话？宋如花摇头。罗盘推断，看来电视播没起多大作用。宋如花说，钱白花了，那得多少钱呢？罗盘狠狠瞪宋如花一眼，同时瞄瞄王宝生。王宝生像没听见，蹲在那儿，一点点萎缩下去。罗盘本想解释几句，见王宝生如此，把话藏回去。

王宝生不走，也不说话，眼睛呆滞，不知在嘟囔什么。

罗盘说，宝生，炕上坐。

王宝生不答。

罗盘说，喝点水。示意宋如花端过去。

王宝生碰也不碰。

罗盘问，王丫妈一个人在家？

王宝生浅浅唔了一声。

罗盘和宋如花面面相觑。

好一会儿，王宝生方站起来，说我走了。罗盘说慢走，同时给宋如花使眼色，宋如花悄悄跟在王宝生身后。

罗盘大大松口气。他去羊圈看看，羊都低头吃草，没理他。过去他一露面，那些羊就咩咩叫着和他打招呼。他去牛栏瞅瞅，牛心满意足地嚼着嘴巴，看样子早吃饱了。他又转了一圈，看到新起的羊砖整整齐齐码着，青玉米秆被切成一截截的，那个烂了沿的筐他本来想扔，现在用新柳条补好了。王宝生倒是用心，罗盘沉甸甸的，又有几分难过。

　　宋如花进院，罗盘问王宝生回去了？宋如花说回去了。罗盘环顾一圈，都是王宝生干的？宋如花说进屋吧，我跟你细说。宋如花讲了王宝生怎样和她抢活儿，但没讲王宝生叠被子。罗盘埋怨，你拦着他么。宋如花挺不高兴，王宝生像个疯子，我能拦住他？我怕他挫断我骨头呢。你替他找闺女，他还不替你干点活儿？罗盘忧心忡忡地说，以后怕是麻烦呢。宋如花说，他是没少卖劲，你还花一千块钱呢，还是他划算。罗盘反驳，闺女跑了，划什么算？宋如花说，也是，不过，这不是咱的错，王宝生也没怪罪你。罗盘想，王宝生要怪罪倒好了，可以和他理论。王宝生不怪他，他反而不安。又想，自己找也找了，于情于理都说得过去了。

　　宋如花催罗盘睡觉，别让王宝生搅得颠倒了。罗盘看着宋如花，心痒痒了。是啊是啊，该把王宝生丢到一边。便有些猴急。刚抱到一块，王宝生敲门，宋如花吐吐舌头，怎么办？罗盘说，不理他。宋如花似乎比罗盘还了解王宝生，不理，他会一直敲。罗盘骂这个猪脑子，悻悻起身。

　　罗盘打开门，语气含了些不满，什么事？王宝生说我早该过来的，进去说。罗盘用身子挡了一下，王宝生一挤，罗盘闪开。罗盘不忍把他堵在外面。王宝生丢下罗盘，往里急走。罗盘大声说，宋如花睡了！王宝生这才驻足，从怀里掏出一个纸包，我糊涂，早该把钱送过来。罗盘明白了，说，算了算了，没花几个钱。王宝生执拗地说，这怎么行？不能让你出钱，你替我找，我就感激不尽了。罗盘不要，王宝生死活要给，两人推让半天，罗盘累出一身汗，不得已接了。王宝生想必也头昏了，出门脑袋撞了墙。

　　宋如花知道王宝生来送钱，说，他总算识趣啊。罗盘打开纸包，厚厚一沓，竟然三千块。宋如花问，他没问你花多少钱？罗盘摇头。宋如花又问，他怎么不问问？罗盘呆呆地应，问就不是王宝生了。宋如花说，明天再说，别犯呆了！良久罗盘才缓缓地说，我快顶不住了。

第二天，罗盘还睡着，宋如花摇醒他，快起吧，王宝生又来干活了。罗盘忙爬起来。王宝生正在挤牛奶。罗盘说，我来！王宝生说，你刚回来，太累。罗盘说，我不累，歇一夜了。说着打个呵欠。王宝生责备，还说不累，歇着去！罗盘铲牛粪，王宝生似乎想拦，目光一直追着罗盘。他丢不开手里的活，最终没说什么。罗盘挺不自在，不敢贸然和王宝生对视。

干完活儿，罗盘叫住王宝生。王宝生一瞧罗盘手里的钱，叫，你这是干啥？罗盘耐心地说，宝生，你听我说。王宝生马上道，不能让你垫钱。罗盘说，只花了一千，这两千你拿回去。王宝生说，哥，别骗我，这年头钱不经花，一千哪够？罗盘说，真的，不信你问宋如花，她只给我拿一千。宋如花插话，真的。王宝生说，你俩都是好人，我不能让好人吃亏，我没穷到这份儿上。罗盘说，我没吃亏。王宝生说，你肯定哄我，三千也不一定够。罗盘有些急了，我真没哄你。王宝生想逃，罗盘抓住他的胳膊，往他身上塞。王宝生坚决不要，由于用力，脸涨得像风撑开的红布兜。不行，不行！声音极高。两人拱到墙角，王宝生几乎哭出声，罗盘哥，你这是作践我么。罗盘愣住，王宝生跑了。

半晌，罗盘缓过神，那两千块钱被攥得变了形，水嗒嗒的。宋如花劝，管他呢，他愿意给就给，你又没跟他要，权当工钱。罗盘白她一眼，什么混账话，这钱你能花？宋如花嘀咕，发什么火嘛，当我稀罕！

晚上，罗盘和宋如花去王宝生家，一来看王宝生女人，二来送还那两千块钱。无论如何不能要,不是偷的抢的,但比偷的抢的更扎手。

王宝生女人见两人进屋,便要往起爬。宋如花摁住她,躺着吧,又不是外人。王宝生也劝,躺着,谁还怪你?宋如花问,前几天不是好了么?王宝生神色凝重,是啊,前几天是好了,谁知昨天又重了。罗盘、宋如花相视一眼,罗盘吭吭嗓子,说道,你可得想开些,王丫说到底是不懂事,早一天晚一天都会回来,等她回来……你说她待候你还是不待候你,不待候你你是她妈,待候你什么时候是个头?你不能一辈子把她拴在身边,哪个父母也不能这么做,你得养好身体。王宝生女人有气无力地说,就怕她回不来了。罗盘笑笑,你别胡思乱想。王宝生女人眼角溢出泪水,早知这样,还不如让她跟了那个畜生。罗盘僵了僵,说,我知道你想王丫想得心疼了,可不该有这个念头。且不说侯夏人品,就他的岁数,和王丫差的不是一星半点儿,那不让人笑话么?王宝生女人说,现在还不是让人笑话?罗盘正色道,这又是乱猜,我没听哪个笑话,只听骂侯夏的。父母把孩子往雪窟窿塞,那可真让人笑话了。王宝生女人叹口气,也许我是糊涂了。罗盘适时转移话题,和王宝生说些墒情调种之类的事,宋如花和王宝生女人聊些家长里短,她擅长这个。

临走,罗盘掏出钱,王宝生脸色紧紧的,膀子架高,似乎要跳起来。罗盘忙说,这个留给你女人看病,我帮不上别的忙,表示点儿心意,你的钱我收下了,这是我的钱。王宝生女人说,怎么能要你们的钱?王宝生也说,不能留!罗盘语气坚决,必须留,这是我送你的一个吉利。这个理由不容辩解,王宝生两口子似乎被遥远的希望震住了,痴痴的,没再争执。

宋如花对罗盘此举甚是佩服,出门就说,你还真有两下子,王宝生眼睛都直了。罗盘颇为得意,不这么说,王宝生会和我打起来。

罗盘以为王宝生该消停了，晚上，王宝生又把钱送回来。罗盘不由瞪了眼，不是说好了么？王宝生憨憨一笑，你的吉利钱我收下了，这钱是另外的，我不能亏你。罗盘哭笑不得，随后绷了脸说，我说不亏就不亏，要不我给你拉个账单？王宝生似乎生气了，让你拉账单，我成什么人了？我还信不过你？罗盘说，信我就把钱拿回去。王宝生执拗地说，不行，不能让你亏了。罗盘最终没拗过王宝生。

王宝生还像往常一样过来替罗盘干活。罗盘委婉地劝他不要来了，他自己干得了。王宝生似乎听不懂，罗盘便干脆地说，你别来了，用不着你了。王宝生说，闲着也是闲着，你帮我多大忙，我才帮你多大忙。罗盘说，这不是帮不帮的问题。王宝生说，是啊是啊，干这么点儿小活，什么帮不帮的。王宝生的逻辑让罗盘头疼。说话不行，罗盘便给他冷脸，王宝生视而不见，仿佛他干活上瘾，无可救药。那天两人因挤牛奶抢来抢去，结果把挤奶器拽坏。罗盘火了，你怎么回事？自己没家？王宝生的脸突地煞白，怯怯地看着罗盘，眼里似有泪光。罗盘摆摆手，走走。王宝生踉踉跄跄地离开。宋如花责备他不该发这么大火，罗盘也感觉自己过头了，王宝生并无恶意。又想拉下脸也好，早晚也有这么一次。上午，王宝生又来了，而且拿来个新挤奶器。罗盘不悦，你这是干吗？修修还能用。让王宝生退了，王宝生说退不了。罗盘无奈地说，你这是何苦？王宝生蹲在地上，罗盘哥，我是有家，可我没奶牛啊，羊也没你多，那点儿活撑不住我干，不干活我烦得要命。算你帮我忙，好不好？王宝生几乎是乞求了。罗盘无力地点头，一种从未有过的失败感笼罩全身。

晚上，王宝生还是喜欢到罗盘家串门。王宝生没什么话，只是蹲着发呆，仿佛他就为发呆而来。罗盘不理他，和宋如花说别的事。可突然间，王宝生会扔出一个问题，如，侯夏姨姐咋不把侯夏留住？罗盘答，他偷了钱，还敢待？王宝生应，狗改不了吃屎。又是沉默。

王宝生离开，罗盘、宋如花一个字也不提他。王宝生成了极敏感的三个字，甚至成了忌讳。罗盘、宋如花都没明确说，但两人不知怎么就达成默契。宋如花那样一张嘴也学乖了，只有一次，宋如花说出个"王"字，罗盘扫她一眼，她立刻把后边的话咬断。王宝生就这样在两人的空间蒸发，就算他刚刚还在场，一转眼便成为一缕烟。但烟气消散并未让罗盘、宋如花轻松，相反，虚虚浮浮的轻松更让人压抑。

几天下来，罗盘就憋不住了。他到小卖部给儿子打电话，问有没有王丫的消息。儿子说我正要找你呢，我的手机快打爆了，你得让王宝生替我交手机费。罗盘不耐烦，少废话，有王丫的消息没？儿子说有是有，我琢磨没一个有准儿，要么说王丫让绑架了，拿钱赎人，要么让给他账号上打钱，钱到再说王丫的下落。亏得我知道王丫是让侯夏拐跑的，没上当。罗盘说我还以为你的脑子让麻将堵了呢。

那天夜里，罗盘在宋如花身上趴了很久，宋如花腿都麻了。之后，罗盘翻出王丫的照片。宋如花不笨，一看就明白罗盘要做什么。罗盘的话掷地有声，我得把王丫找见！

7

王宝生一定要把罗盘送到镇上。这几天，王宝生就像充气的皮球，走路都有些跳了。但他诚恳地阻劝罗盘，说已给罗盘添了太多麻烦，再让罗盘跑，实在过意不去。王宝生又提出所有费用由他出，并很快凑了三千块钱。罗盘嫌多，王宝生说，出门在外，多预备几个好。要是心疼钱，就不这么折腾了。找见人比啥都强，罗盘说那我把账记上，王宝生急得脸都红了，你现在就是我，自个儿花钱还记什么账？一路上，王宝生没少说感谢话，并说家里罗盘尽管放心，如果哪点儿没干好，罗盘抽他大嘴巴子。

罗盘上车，看到王宝生追车跑了一段，边跑边挥手。这个镜头电视里常有，车上的人似乎都有些动容，罗盘无动于衷。与上次相比，罗盘有种无形的压力。上次只是寻找，这次得有结果。这些年，村里的青壮年多数外出打工，罗盘本子上记着他们的地址。有的地址很清楚，还有电话；有的只是城市名。第一步跟这些人打听。侯夏那几个钱经不住花，没钱自然要找事干。至于怎么找，罗盘暂时没想好。这些人分布在七个城市，罗盘分别标了号。

罗盘决定先找马三定。罗盘找马三定有自己的考虑。马三定嘴长，消息多；马三定是光棍，罗盘想借宿。省几个算几个。马三定接到罗盘电话，甚是热情，一口一个罗哥，让罗盘尽管找他。罗盘到那儿是在夜里，他被人流挟裹着涌入地下通道，迈不开步，只能一点点挪。半夜三更，竟然这么多人，罗盘颇为感慨。出了站口，终于透上一口气。看看表，已经一点多。住旅店不划算，在候车室挨到天亮，出来找公交车。辗转到马三定所说的白城，已是九点多钟。几年不见，马三定竟然胖了，腮帮子有了肉。马三定领罗盘回家。罗盘调侃，你小子牛啊，城里有了家。不过是客套话，租个房子临时住，算不得家。不料马三定竟然一脸得意，尽管嘴上说凑合。罗盘说给你添麻烦了，马三定说客气什么，你找我是看得起我。这倒是实话，在村里，罗盘很少理马三定。马三定手贱，经常小偷小摸，罗盘根本瞧不起他。

马三定租住在一个大杂院，四周全是鸽子笼般的小房子，对面相隔不过五米。马三定推开一间，嘿嘿笑着让罗盘进。屋里很暗，床上乱扔着被子，还躺着一个人。是个女人，粗长的头发团在被头。罗盘纳闷，马三定找上女人了？马三定拍她一下，还睡，看谁来了？女人打着长长的呵欠坐起来，上身只穿着背心。罗盘正要掉转目光，她先说话了，罗盘啊，几时到的？罗盘看清了，竟然是吴志成女人。一刹那间，罗盘大脑里一片糨糊，吴志成女人怎么和马三定住一块儿？马三定只对罗盘笑笑，让吴志成女人去买菜，特意强调，弄一个肘子几根口条。

吴志成女人出去，马三定解释，我俩都夜班。罗盘一脸疑惑，你俩……？马三定嘿嘿一笑，说和吴志成女人一块两年了。罗盘虽然瞧出些眉目，经马三定证实，还是惊愕不已。吴志成是村里的羊倌，女人外出他守家，每年春节吴志成女人都回家一阵子，吴志成肯定不知道女人早和马三定同居了！罗盘语气里带了责备，你怎么能这样？马三定装糊涂，罗哥，我怎么了？罗盘说，吴志成没惹你啊。马三定笑了，你说这个啊，我可没强迫她。她自愿，撵都撵不走。在城里合住有好处，省房租。罗哥，你老在村里，落伍了，城里这根本不算啥。罗盘甚是恼怒，轮着谁也轮不着马三定教训啊。罗盘忍着，没再说难堪话。

马三定和吴志成女人倒是热情，一个敬酒，一个夹菜。吴志成女人问罗盘最近见吴志成没，罗盘瞥马三定一眼，天天见，他没给你打电话？他崴了脚。吴志成女人神色甚是关切，真的？厉害不？她着急的样子让罗盘发蒙。罗盘犹豫一下，说好像不太厉害。吴志成女人吁口气，那家伙就知道死受，从来不懂打个电话。罗盘心想，吴志成打电话能阻止你跟马三定同居？现在，罗盘吃惊倒不是马三定和吴成志女人同居，而是两人的态度。甭说马三定，吴志成女人也没一点儿避讳的意思。他们那么坦然，那么理直气壮，没有丝毫羞愧，仿佛本该如此。

喝到一半，马三定突然问，你找我什么事，不是也想打工吧？罗盘这才想起正事。马三定听完，破口大骂，侯夏这个王八蛋，不干一点儿好事。吴志成女人附和，我早看侯夏不是个东西。罗盘暗想，你们有什么资格说侯夏？你们比他强不到哪儿去。如果在村里，罗盘会说。在这儿，罗盘舌根终是软些。吴志成女人问，王宝生怎么不出来找？罗盘还是那句话，王宝生走不开。马三定和吴志成女人大夸罗盘人好，王宝生出门，怕是东南西北也分不清。他俩倒真像两口子，一唱一和。罗盘不接茬，马三定这儿住不成了，他打算吃了就走。马三定喝得兴奋，一只手搭罗盘肩上，哥长哥短的。过去马三定不敢这么放肆，再喝二两也不敢对罗盘拍拍打打。罗盘轻轻拨一下，马三定很快又搭上来。罗盘皱眉，马三定视而不见。睡本村的女人，对罗盘指手画脚，谁给马三定这样的胆子？罗盘无暇去想，他待不下去了。马三定摁住罗盘的肩，别急，我不晓得侯夏王丫在哪儿，咱村在这儿打工的多，我带你去找他们，说不定有信儿。罗盘说，不用了，你还要上班。马三定说，我请几天假，也算帮王宝生忙。罗盘再次道，我能找见。马三定说，你没我熟。吴志成女人也劝，让他去吧，他就是个热肠子。罗盘看看马三定，再看看吴志成女人，没吭声。

那几天，马三定一直领罗盘转悠。他对村里出来打工的人确实熟，有时到居住地找，有时直接到干活的地点找。侯夏王丫来找过没？有他俩消息没？怎么了？侯夏把王丫拐跑了。这头猪，黄花闺女也敢拐。没有。没听到。每次看见对方摇头，罗盘的心便往下沉一沉。这么网一遍，如果捞不见一丁点儿消息，那就说明罗盘思路错了。侯夏肯定躲避村里人，他怎么敢露面呢？但已经这么做了，就一定得网到底。找见王丫，他好回去交差。王宝生没强迫他，没差遣他，但在罗盘心里，这是个比差事还重要的差事。

　　马三定每天晚上都回去。他让罗盘跟他住，说挤一挤么，怕啥？罗盘坚决不去，宁可糟蹋王宝生的钱住旅店。马三定先请三天假，之后又请了几天。马三定的热情倒让罗盘不好意思。一天晚上，马三定没来得及赶回去，和罗盘住店。他劝锁着眉头的罗盘，找不见就找不见呗，还把你愁成这样？罗盘不愿和他深讲，敷衍，王宝生给我拿了盘缠，找不见咋交代？马三定嘻嘻笑，也就是你了，换成我，先找个好地儿玩一趟，反正王宝生也不知道。罗盘白他一眼，抛下悬在心头的疑问，你就不怕我回去告诉吴志成？马三定大咧咧地说，这有啥可怕的？怕也是吴志成怕。罗盘闻言一愣。他以为马三定这么卖劲是堵他的嘴，看来并非如此。马三定没有丝毫担心，好像已经掐中吴志成死穴。罗盘有些郁闷，想知道的没音讯，不想知道的偏撞进眼眶。

　　第七天，马三定回去上班。也就在那天，罗盘终于捕到侯夏王丫的消息。

8

　　夜里落了场春雨，空气格外新鲜。宋如花和王宝生一前一后出了村。地种完了，很顺利，宋如花没插手，只往地里送了两趟饭。还有半亩多小片田，宋如花打算点红豆。夏天摘豆角，秋天剥豆子，干豆角冬春熬菜，一菜吃四季。宋如花想悄悄自己干，可王宝生似乎是狗鼻子，宋如花一出门便撞见他。王宝生执意要去。宋如花无奈地说，你这个人，让我怎么说你好呢。不过宋如花警告，要干一块儿干，可不许你一个人霸了去，我怕身子荒了。

那块地不规则，中间大，两头小，像个胖乎乎的饺子。点红豆是要技巧的，深不行浅不行，至于多深多浅，全靠经验。宋如花点了几下，王宝生瞅着地垄问，怎么深一颗浅一颗的？宋如花说，能长上来就行呗。王宝生说，那不一样，有的长高了，有的还没顶芽呢。宋如花心想，我这么多年都这么点。暗笑王宝生迂，辩论却是一本正经，一个娘胎出来，还七高八低的，何况红豆？王宝生说，他们出来的时候是一样的。宋如花抓住他这句话，你怎么知道？你量过？王宝生红着脸说，都这么说嘛。口气软了许多。宋如花还想逗他，王宝生不再接招。过了一会儿，王宝生又嫌宋如花垄不齐，东丢一颗西丢一颗，他说，你别干了，还是我来吧。宋如花绷起脸，我可说好的，不许和我抢。王宝生别别扭扭地瞅着宋如花，宋如花故意乱丢。王宝生看不下去了，宋如花丢一颗，他拨正一颗。宋如花加快了动作，她不知怎么想气气他。两个人比快慢，结果铁锨碰王宝生手上了，王宝生哎呀一声缩回胳膊。宋如花吓坏了，碰哪儿？我瞅瞅。王宝生捂着手腕不让看，连说没事。宋如花强行掰开，王宝生的手腕渗出了血，一片片洇开。宋如花心疼地责备，你这人真是，抢什么抢？搜遍全身，没有可包扎的东西，忽然想起王宝生的手绢，问，你的手绢呢？王宝生说一包就弄脏了。宋如花说脏了我赔，硬从他兜里掏出来。宋如花给他包扎好让他回。王宝生梗着脖子，这算啥？我没那么娇气。不但不回，还不让宋如花干。宋如花不同意，王宝生央求，让我一个人干吧，我答应罗盘哥的。宋如花说，他也没说必须你一个人干呢。王宝生的样子可怜巴巴，一个人干我踏实，你别干了好不好？要不，你在边儿上看着。宋如花突然心软，闪到一边。

田野上，两人的样子显得奇怪。一个专注地干活，一个漫不经心地乱瞅。王宝生确实干得好,一招一式像经过严格的训练。王宝生埋头干活不再说话,宋如花有些憋闷,便挑起话头。

宋如花:这场雨真及时,看来收成错不了。

王宝生:嗯。

宋如花:现在种地方便多了。

王宝生:嗯。

宋如花:这两年可没少受累啊。

王宝生:嗯。

宋如花:你的手绢手挺好看,自己买的?

王宝生:嗯。

宋如花火了,耳朵聋了?王宝生吃惊地看着宋如花,我不嗯了么?宋如花说,你就不会说别的?王宝生道,别的?别的说什么?宋如花说算了算了。她意识到自己过头了,她没理由对王宝生发火。可是,不说话,宋如花又很难受,不,是痒痒。嘴上痒,身上痒,心里也痒,如同掉进蚂蚁窝。这时,她就想起罗盘。罗盘总是有话,他的话能把她压住。情不自禁地,她说,也不知罗盘在哪儿?王宝生说,他去找王丫了么。宋如花用目光剐他一下,我没问你。王宝生并不计较宋如花的态度,他说,我干这点活儿还不及罗盘哥一半。顿顿又说,在外受罪呀,找见王丫就好了,他出去这阵子,王丫妈能坐起来了,人没个盼头不行。宋如花想坏了,王宝生收不住了。别看王宝生是闷葫芦,提起王丫闸门就开了。她几次岔开,又几次被王宝生揪回。宋如花说,你用不着我,我回了。王宝生摆摆缠着手绢的手,你放心好了。

又一日,宋如花去挖田韭菜。刚顶芽的田韭菜又嫩又脆,经开水浅烫,用醋和蒜泥拌了,味道极好。宋如花从小就喜欢吃。宋如花刚挖一小把,王宝生突然出现在面前,像从天下掉下来的,宋如花吓一大跳，你怎么来了？王宝生憨憨地笑笑，蹲下去。宋如花又问，你怎么知道我在这儿？王宝生不正面回答，我就知道么。宋如花责备，这是女人干的活，你跑来干啥？王宝生说，两个人挖，快。宋如花说，罗盘从来不挖这个。王宝生笑笑，闲着也是闲着。宋如花叹息一声，妥协了。她清楚，就是拖也不能把王宝生拖回去。王宝生表面是绵羊，骨子里是倔牛。

西边飘过黑云，风一下紧了。宋如花说要下雨，催促王宝生回。王宝生正在劲儿上，非要再挖一把。他挖野菜不是宋如花对手，似乎心有不甘。宋如花不好丢下他，结果半路遇了雨。王宝生脱下上衣让宋如花顶在头上，宋如花还是淋透了，王宝生就更别说了。宋如花埋怨，王宝生低头不说话。走到家门口，宋如花说，你回去换衣服呀，跟着我干啥？王宝生哦了一声，往自家方向走去。宋如花刚换完衣服，王宝生又来了，还是湿淋淋的。宋如花问他怎么不换，王宝生说王丫妈还在睡觉，我回去就把她吵醒了。宋如花突然有些感动，她看看王宝生，再看看，削长的脸，塌陷的两腮。宋如花扭过头静静心，找出罗盘的衣服让王宝生换。王宝生不换。宋如花厉声道，你这样会弄出病，知道不知道？王宝生连说没事。宋如花生气却无奈，她不能把他的衣服扒下来。

可能是王宝生的样子令宋如花怜悯，宋如花主动说起王丫，王宝生灰暗的眼睛顿时溅出光彩，一条条清晰可见。王宝生问，你说罗盘哥找见找不见？宋如花犹犹豫豫地说，这说不好，罗盘也是个庄稼人，没多大能耐。王宝生反驳，庄稼人能一样？罗盘哥就是个能人，全村公认的。宋如花说，就是找见，怕也不是一时半会儿的工夫。王宝生说，一月不行两月，一年不行两年，我就不信找不见她，她还能钻地缝里？王宝生几乎在宣誓。宋如花愕然，他自己找也就罢了，问题是罗盘在替他找,难道让罗盘没有止境地找下去?宋如花不好这么说,旁敲侧击道,这得花多少钱,你那家底儿经得住折腾?王宝生提高声音,就是砸锅卖铁,也得把王丫找回来。宋如花的心不由颤了。顿了顿,王宝生自言自语,也不知罗盘哥在哪儿?宋如花说,放心吧,只要有信儿,他肯定往回打电话。王宝生四外瞅瞅,家里没电话。宋如花不由笑了,给小卖部打呀。王宝生使劲摇头,宋如花不知他在琢磨什么。

过了两天,王宝生领两个陌生人上门,要给宋如花安电话。宋如花叫,使不得。王宝生说,钱都交了,不安就作废了。安了电话,罗盘哥往回打电话方便。宋如花说那也得安你家呀。王宝生说王丫妈闹那么点儿病,电话一叫她还不得疯了?王宝生总有一种软沓沓的理直气壮。

安了电话,王宝生来得更勤了。王宝生的希望拴在电话线上,他守在电话旁,等待罗盘的声音,等待他自己的希望。宋如花暗示,罗盘不可能打电话,他不知道家里安电话。王宝生似乎没听懂宋如花的话,宋如花干脆说,别等了,根本没这必要。王宝生腼腆地笑笑,万一他打回来呢?王宝生等,宋如花只得陪他。两人守着一部不说话的电话,说着与王丫有关的话题。当然,也说别的,那大约是宋如花烦了的时候。但王宝生对别的话题没兴趣,有一搭无一搭地应着。宋如花怎么受得了?好几次,宋如花丢下他出去串门,王宝生一个人傻等。王宝生成了宋如花家一件可以移动的家具。

一天晚上,宋如花从外面回来,王宝生兴奋地告诉她,电话响了!宋如花忙问,谁打来的?你没接?王宝生丧气地说,只响一下,我一碰就没声了。宋如花哦了一声。王宝生很是遗憾,怎么就断了?是不是我碰了什么地方?宋如花笑说,可能打错了。王宝生点头,马上又摇头,我看不会,这么几个数还能按错?宋如花说管他呢,要是罗盘,他还会打来。突然意识到这话不妙。果然，王宝生眼睛亮光了，我也这么想。宋如花更正，肯定不是罗盘。王宝生反问，不是罗盘哥是谁？宋如花哭笑不得，我怎么知道？王宝生说，等一等，看还响不了。宋如花想，坏了，王宝生的迂劲儿上来了。

半个小时过去，电话没响。

一个小时过去，电话哑着。

宋如花困了，连打几个呵欠。王宝生有些焦躁，但没有离开的意思。宋如花说，你一走一晚上，家里放心？王宝生说我都安顿好了。宋如花说，不会来了，别等了。王宝生说，再等等，万一来呢？宋如花想不能因为这个不睡觉吧？她干脆说，你回吧，来了我接。王宝生寻思半天，说还是我接吧，我看你困了，你睡吧。宋如花差点儿嚷起来，你戳着我怎么睡？王宝生的样子让她克制住自己。

王宝生是后半夜走的，彼时，宋如花正趴炕上打第二个盹。王宝生推醒宋如花，让她听见铃响接着点儿。宋如花胡乱应着，往身上拽了个被子。第二天一早，王宝生进门就问，响没？宋如花说没——后边的话被呵欠冲掉了。

晚上，王宝生给宋如花拎包瓜子，说嗑点儿瓜子就不犯困了。宋如花瞪大眼，她被王宝生吓住了。

9

罗盘回村，小麦已经抽穗。田间小路弥漫着野蒿和油菜花的清香，虫鸣鸟鸣不绝于耳，蝴蝶不时扑到脸颊。时间真是飞快，罗盘抽抽鼻子，竟然酸酸的。

数十日，罗盘奔走于几个城市，追寻着侯夏、王丫的踪迹。他以为有了两人的消息，找见会不费什么劲儿，没想到影儿也没瞥见。侯夏、王丫似乎知道罗盘在找他们，故意和罗盘捉迷藏。罗盘刚探到两人的住处，他们就搬离。一次，罗盘探到侯夏住在尖岭，是个被城市包裹起来的村庄。他没顾上吃午饭，匆匆赶到，一家一户问，傍晚，终于寻到，房东指着王丫照片说，两小时前退了房。罗盘问他们去了哪儿，房东摇头。罗盘还去两人的屋里瞧了瞧，屋子已被房东清扫，侯夏、王丫没留下任何线索。罗盘又赶到火车站，并在车站逗留数日，没逮住侯夏、王丫。一次次希望和失望，令罗盘万分焦躁。一天洗澡，还跟人打了一架。那人说罗盘溅了他，罗盘没情绪，说话也不客气，洗澡还怕溅？那人扑过来就打，旅店老板叫来警察才把两人分开。罗盘多处受伤，生疼。罗盘没少骂侯夏的娘，骂王丫蠢，甚至产生放弃的念头。第二天，他的怨气便消散了。他答应王宝生，要把王丫找回去。王宝生那张脸像一枚瘦瘦的图章悬在罗盘头顶。

钱花完，罗盘终于有理由回家。罗盘没糟蹋王宝生的钱，每天都精打细算。罗盘也没偷懒，像找自己的女儿一样找王丫，他对得住王宝生。罗盘回家是坦然的、放松的。可闻见野蒿和油菜花的味道，罗盘突然犯难。村庄近在眼前，他怎么见王宝生？怎么向王宝生交代？花王宝生那么多钱，却没带回王丫任何消息。罗盘发愁的还不止王宝生，没找见侯夏、王丫，但罗盘找见了散落在各个城市的乡亲。罗盘知道了他们的真实生活或者说秘密。吴志成女人和马三定同居；刘保说二女儿在服装厂，其实是在夜总会，描眉画眼，干的肯定不是正经营生；杨文广两口子在城里捡破烂，并非杨文广父亲炫耀的替人看家；马结巴干着偷盗的勾当，还买了车。没有谁让罗盘打探，可罗盘带回了他们的消息。如果有人问，他怎么说？不知道就罢了，偏偏知晓，这令罗盘灼心。罗盘更想不通的是，他们不管干啥，在罗盘面前都有优越感。像杨文广两口子，眉飞色舞地讲述在垃圾里捡到了什么，除了用的，还有现金。杨文广还提出给罗盘捡个手机，好像罗盘是向他乞讨去了。要不是打听王丫，罗盘早就甩手走了。

当然，王宝生最令他头疼。王宝生在等结果。罗盘在路边坐下，琢磨该怎么和王宝生说，直到天黑也没想出来啥。不管怎样，不能在地里过夜，总得和王宝生见面。罗盘悄没声息，想回家睡个好觉。罗盘自嘲，偷偷摸摸，贼一样。

院里静悄悄的，偶尔有一声羊的咩叫。罗盘插了大门进屋，想给宋如花一个惊喜，所以轻手轻脚。一个瘦长的背影撞进眼睛，罗盘以为自己走错了门。犹豫间，王宝生回头，大叫，你回来了？随即抓住罗盘摇晃两下。罗盘愣了，片刻，辨清这是在自己家里，问，她呢？王宝生不答，上上下下打量罗盘，我不是做梦吧？罗盘机械地摇头。王宝生说，我还以为你从电话里跑出来的。罗盘这才看见那部红色电话机，知道是王宝生安的，罗盘责备，花这个冤枉钱干啥？村里有电话嘛。王宝生说往家里打方便。罗盘再次问宋如花哪儿去了，王宝生傻傻的，我不知道啊。罗盘沉着脸骂，真是不要脸，让你看门，她倒去闲逛。王宝生说，不怪她，我在等你的电话。罗盘诧异道，我连家里安电话都不知道，怎么可能？王宝生不好意思地笑笑，我是怕万一……

王宝生的笑声、王宝生的表情令罗盘紧张。尽管他安慰自己，他没坑王宝生，他很对得起王宝生了，心还是忽悠忽悠地颤，好像在树上挂着。王宝生没有询问，而是直盯着罗盘。罗盘觉出来，王宝生也有点儿害怕，他不敢问，他在等。罗盘头皮阵阵发紧，抽得他都要缩了。王宝生小心翼翼地问，还没吃饭吧？我去买瓶酒。罗盘拦住他，我不饿。事实上，他早就饿瘪了。王宝生目光始终缠绕着罗盘，似乎一眨眼罗盘就飞了。罗盘终于耐不住，宝生啊，你怎么不问王丫的消息？王宝生一脸愁苦，我过意不去啊，哪能一进门不让你歇歇就问这个？我不问你也会说嘛。罗盘歉意地说，还是没找见。王宝生的脸咕咚一下硬了，身子摇了摇，差点儿摔倒。罗盘扯住他胳膊，你没事吧？王宝生慢慢竖直，费劲地挤出些干巴巴的笑，我没事。罗盘说，我对不住你啊。王宝生苦苦一笑，你说这话就不对了，你扔下家费力流汗地找，是我对不住你。罗盘说，白花那么多钱。王宝生道，可不能说这个，我自己找不花钱？罗盘说家里让你受累了。王宝生说，哥，可不能这么说，要不我就得钻地缝儿了。

有人敲大门，王宝生欲动，罗盘道，别管她，让她敲！王宝生迟疑一下，说可别这样，迅速出去。宋如花责备王宝生，插什么门？敲半天也不开，你这人真是。宋如花进屋，惊喜地说，你回来了？找见没？罗盘狠狠看她一眼，宋如花瞅瞅霜打了的王宝生，明白了。罗盘发脾气，你这个臭毛病改不了，大半夜的乱跑，要不是宝生看着，房子也丢了。宋如花也不示弱，两个月不着家，回家就骂人。王宝生道，这不怪嫂子，我同意她出去的。罗盘愣愣，看宋如花。宋如花不高兴了，谁用你同意了？罗盘用眼神制止她。王宝生尴尬地说，我就是同意了么。

王宝生离开时，罗盘嘱咐，先别说我回来了。王宝生说，没事，她撑得住，再说她早晚得知道。罗盘严肃地说，等她病好点儿再说嘛。王宝生一脸愁苦，不见王丫，她的病没个好。罗盘说，别再加重了哇。王宝生点头，我不告诉她。

罗盘让宋如花快弄饭，饿得眼都花了。宋如花埋怨，早说呀！罗盘说你不在家，我跟谁说？宋如花委屈地说，你不知道王宝生有多烦，我在家待不住，怕变成哑巴。罗盘挥手，行了行了，不是王宝生同意你出去的么？我还说啥呀？宋如花憋不住，扑地一笑，掐罗盘一把。

两人折腾一会儿，躺在被窝里说话。宋如花说你够狠的，这么长时间不打个电话。罗盘叹道，我打也不能只跟你说，还得跟王宝生说，我说啥？宋如花说，看见了吧？王宝生给安了电话，就等你往回打呢。罗盘说，我不出去了，花那么多钱，有点儿冤。宋如花问，花完了？罗盘说，光光的，要不我也不回来。宋如花说，没找回王丫，这可咋办？罗盘气冲冲地说，什么咋办？王丫不是我拐走的，我尽力了，王宝生清楚。之后，又叹口气，你明儿去劝劝王宝生女人。宋如花问，你不是不让她知道么？罗盘说，你瞧瞧王宝生那张脸，女人还看不出来？

第二天，宋如花去王宝生家，果如罗盘所料。王宝生女人知道罗盘无果，病一下加重了。本来能在地上转悠，现在又大躺了。罗盘心事重重，王宝生女人要是有个好歹，他就成了罪魁祸首。

王宝生仍和过去一样准时准点来干活，罗盘怎么撵都不走。因点子多而备受村民尊重的罗盘束手无策。王宝生每天的光临，对罗盘是一种难以言说的折磨。

一天晚上，罗盘和王宝生对坐，罗盘把准备好的账目递给王宝生。罗盘自己留了底账，这份是刚誊好的。上面记着每天的开销，精确到了毛。

王宝生问，啥？

罗盘说，花销账目。

王宝生脸一抖，几下把账本撕碎。

罗盘叫，你这是干吗？

王宝生脖子一抽一抽的，神色甚是激动，你不是寒碜我么？我就是信不过自个儿，也信你。

罗盘说，亲兄弟明算账，让王丫妈也看看。

王宝生的手空劈一下，咱别说这个好不好？再说就是打我脸了。你在外面我惦记，是担心你吃不好睡不好，可不是心疼那几个钱。

罗盘惭愧地说，我没用。

王宝生神色严峻，这怨不得你，你尽力了，怪只能怪王丫，她可真会藏。她忘本了，把老子娘忘了。说着说着，王宝生情绪就失控了，这种闺女，养她有什么用？白养一场啊！要不是她妈闹那个病，就是她回来我也不要她！要她干吗？你说我要她干吗？我一杖把她脑仁杖出来！

罗盘劝，你消消气，孩子嘛，总不懂事。

骂了一会儿，王宝生破轮胎一样瘪下去，垂着头说，就算她有千错万错，也是她妈身上掉下的肉，我不和她计较，当父母的不和儿女计较。而后目光灼灼地瞪着某一处，就是砸锅卖铁我也要把她找回来。

罗盘忽地一哆嗦。

罗盘开始躲了，他不像宋如花一躲一晚上，在村里转几圈就回了。丢下王宝生一个人，罗盘终是过意不去。每次回去又很后悔。那天晚上，罗盘转到吴志成家门口。脑里除了王宝生，吴志成也挥之不去。他总觉得吴志成冤，不知道也就罢了，问题是他亲眼看见吴志成女人和马三定同居。罗盘几次举手敲门，又几次缩回。如果没有王丫这档事，罗盘一定会告诉吴志成。当然，没有王丫，罗盘也不可能知道吴志成的事。现在，罗盘有点儿怕了。马三定说得没错，他无所顾忌，倒是吴志成可能毁了。罗盘最终逃开。

罗盘决定请王宝生吃顿饭。王宝生不肯，你帮我那么多，倒让你请我，我没脸。罗盘说，你也帮了我呀，你我客气啥？你家里有病人，吃饭也不方便，就这么定了。吃饭那天，王宝生还是提一瓶酒过来。罗盘责备，他傻笑，应该的应该的。王宝生说已经侍候女人吃过，罗盘还是让宋如花送一份过去。

罗盘敬王宝生一杯，王宝生马上回敬一杯。罗盘再敬一杯，王宝生照旧。喝了一会儿，罗盘看王宝生情绪还行，抛出主题，宝生啊，这些日子让你受累了，你家里躺个病人，难呀，从明儿你就别过来了。王宝生表情马上凝固，你请我吃饭就为这个？罗盘忙说，和这没关系，不过——王宝生打断，我没干好？罗盘说这倒不是。王宝生问，我碍你事了？罗盘摇头。王宝生说，那你是干吗？算了，饭我不吃了。罗盘、宋如花好说歹说才把他摁住。罗盘说，想干就干吧，我不拦你。王宝生说，这还差不多，顿顿又说，不干活，我心里烦啊。

罗盘无言。

场面便寡寡的。王宝生不再敬罗盘，自斟自饮。罗盘说你也甭担忧过度，虽然没找见王丫，不过我知道她好好的。王宝生的目光网一样罩过来。罗盘便讲他怎么打听到侯夏、王丫的消息，怎么一次次追寻，一次次扑空。罗盘本不想告诉他具体过程，可看王宝生忧伤的样子，觉得还是说出来合适。至少可以说，罗盘没白糟蹋那些钱。王宝生紧张地盯着罗盘，罗盘稍一停顿，他便问，后来呢？罗盘说最后一次打探到侯夏、王丫的消息是在D城。王宝生问，后来呢？罗盘说我没钱了。王宝生重重在腿上击一下，可惜了。罗盘说就算追也不一定追上。王宝生说，也可能追上呀，都怪我，给你带的钱少了。我都联系好了，明儿卖羊，卖了就有钱了。罗盘阻劝，不能再扔钱了。王宝生眼睛血红，我豁出去了！

第二天，王宝生果然把羊卖了。罗盘帮他捉羊看秤，十五只羊，卖了四千多块。王宝生数了两遍，又让罗盘数一遍。羊咩咩叫着，罗盘忽然抓住车栏杆，摸摸一只羊的头，而后挥手大叫，快走，快走。

第三天，王宝生卖了那头半大猪。

第四天，王宝生卖了仅有的二十只鸡。

罗盘终于沉不住气了。

10

罗盘再次回村已经是秋天。田野满荡荡的金黄，罗盘却闻不到麦子的香味。罗盘脸瘦了，颧骨上趴着块块紫色的斑痕。从后面看，罗盘走路还有点跛，这使他的肩忽高忽低。罗盘当然不知道自己的怪样子，只觉得脚隐隐作痛。由于不停地走路，罗盘的脚不停地起泡，一次次肿胀。有一天回到店里，竟然脱不下鞋了。他不敢硬拽，怕把脚拽断。打来热水，鞋脚一块泡进去。鞋扒掉，他被自己的脚吓了一跳，像灌了气一样鼓溜溜的，一片白一片粉，似乎一捅就破。罗盘躺了一天两夜，起身时脚刚刚能挤进鞋。他不敢多躺，他的头顶悬着利剑。必须把王丫找回，罗盘没有退路。离开村庄时，罗盘发誓，找不回王丫就不回来。没找见王丫，他还是回来了。钱花完了。尽管有这样一个理由，他还是心虚。可是他实在太想家了。想宋如花的叽喳，想宋如花的莜面饺子，还想那两头奶牛。

虽然没找见王丫，但找到了侯夏。这是此次出行的重要收获。大约是离开村庄二十天后，罗盘在一处工地找见侯夏。侯夏正和一个女人筛沙子，他戴着黄色安全帽，罗盘还是认出了他。罗盘激动得腿都抖了，差点儿扑上去掐侯夏脖子。罗盘瞅了瞅，工地不大，只有一个出口，于是躲在出口对面的角落里，准备跟踪侯夏。估计王丫在侯夏住处。侯夏这么个腰软肚硬的家伙也卖苦力，肯定是缺钱花了。没钱又没样儿，王丫图他什么？罗盘想不通。

收工后，陆续有人出来，但不见侯夏。罗盘瞪得眼睛都疼了，侯夏还是没影儿。罗盘慌了，难道侯夏看见了他，溜了？于是大步冲进去。侯夏和数个民工蹲在工棚前吃饭，侯夏面前放着一瓶啤酒。妈的，倒会享受。罗盘扑上去，抢过侯夏的饭碗摔了。侯夏正要发作，认出罗盘，慌了慌，又笑了，罗盘哥，怎么是你？罗盘揪住他，少废话，王丫呢？侯夏装糊涂，王丫，我不知道啊。罗盘骂，你是不见棺材不落泪，走，去公安局。侯夏欲挣脱，罗盘死死抓住他。罗盘叫，住哪儿？走！侯夏说就住工棚。罗盘吼，你老实点儿！旁边有人证实，侯夏确实住工棚。罗盘问，王丫呢？她在哪儿？侯夏说不知道，二十多天前就跟他分开了。罗盘急了，我把她弄哪儿了？然后对围观的民工说，这个狗东西，拐卖了一个女孩。侯夏忙说，别嚷，我带你去。

罗盘押着侯夏走过一条街，拐进一条巷子，之后又从巷子拐出来。罗盘警告，你别耍花招，不然我饶不了你。侯夏干脆不走了，蹲地上说，我真和她分开了。末了马上改口，不，是她和我分开了，我不知道她去哪儿了。罗盘踢他一脚，侯夏往旁边挪挪，有一句假话，我不得好报。罗盘感觉侯夏不像撒谎。侯夏说王丫新鲜劲儿一过，对他就厌烦了，他哄了又哄，她终是离开。她在一个理发店干过，后来他去找她，她已经不在那儿了。罗盘骂，你干的缺德事，她有个意外，非把你送进牢里。侯夏说,王丫野,出不了意外。欸?我就奇了怪了,又不是你闺女,你急啥?罗盘瞪他一眼,侯夏不吱声了。

罗盘把侯夏押到店里,让侯夏和他一块儿找,如果找不见,就把侯夏押回营盘。侯夏不坐牢,也得被撕烂。罗盘说,你好歹也披张人皮呢。侯夏答应得很痛快,说他已经后悔了,一定帮罗盘找。他问为什么王宝生不出来,反而是罗盘。罗盘重重地说,对付贼,谁抓都行。侯夏道,我和王丫的事是你告诉王宝生的?你看,你把自个儿套进去了。罗盘骂,你小子倒有理了?

第二天,侯夏带罗盘去王丫曾经待过的发廊。侯夏没撒谎。罗盘问王丫可能去什么地方,侯夏说也许还在这个城市也许去了别处,不过,她肯定在发廊干,她就喜欢这种地方。这也是罗盘的判断。

罗盘押着侯夏开始寻找。白天,两人挨个儿找发廊询问,晚上住小店。罗盘不让侯夏离开半步,防他逃跑。罗盘让侯夏自己出住店钱,侯夏说他在工地干了不到一个月,还没领到工钱。满打满算,全身还不到二十块钱。罗盘暗暗骂娘,还得管侯夏吃住。罗盘逼侯夏讲这几个月的经历。侯夏讲,罗盘骂。罗盘心里有气,数月的奔波辛苦全因侯夏而起。侯夏狡辩,我没拐她,她自愿的,又不是你闺女。罗盘恨不得甩他嘴巴子。

找遍那个城市的发廊,没有王丫的踪影。罗盘押侯夏去另一个城市,一个月就这么过去。罗盘有点儿吃不消了,两个人吃住,花销翻一倍。侯夏开始发牢骚,嫌罗盘吃得太差,走路又太长,甭说人了,牛马也累死了。一次借上厕所溜了。罗盘想,走了也好,侯夏提供不出有价值的消息,只会糟蹋王宝生的钱。罗盘原打算把侯夏押回去,这样可以向王宝生交一部分差。后来打消了这个念头,押回侯夏,万一王宝生两口子情绪失控,会闹出乱子。他们是想找回王丫,而不是惩罚侯夏。

罗盘一个人找了些日子，终是无果。罗盘往回打过两次电话，第一次是傍晚，王宝生接的。王宝生说他把贮存粮卖了，新粮下来还能卖不少钱。村里王宝生存粮最多，似乎前世是饿死的。现在，他竟然把存粮卖了。第二次是在黎明，宋如花接的。罗盘想问问家里，孰料宋如花说的还是王宝生卖东西，他把那个祖传的铜盆卖了。罗盘再不敢打电话，听王宝生卖东西，心惊肉跳的。他不知王宝生还会卖什么，还能卖什么。除了房子和生病的女人，一个没有踪影的闺女，王宝生还有什么？

见到王宝生，罗盘仍心虚得要命，不等王宝生问，罗盘先说，我回来看看，很快就走。王宝生说，你看你，着什么急，回来一趟不易，多待几天。罗盘再三强调，只是看看。王宝生直搓手，把你拖累了。罗盘说，哪里，花了那么多钱，我怪不好意思的。王宝生生气了，怎么说是你花的？那是我自个儿花的，钱再好也没闺女重要！罗盘苦苦一笑。

罗盘讲了找侯夏的经过，王宝生瞪着眼珠，问为什么不把侯夏带回来。罗盘说，侯夏穷得只剩一张皮了，带他回来有什么用？他回来只怕要加重你女人的病，咱的目的是找王丫。王宝生点头，倒也是，便宜了这狗东西！罗盘说，这笔账以后再算，现在有两点你放心：王丫已经和侯夏分开，王丫在理发店学艺呢。虽然不清楚在哪个理发店，总算有谱了，不像过去东一头西一头瞎撞。城市再大，理发店总是有数的。王宝生频频点头，你说得对，说得对。眼睛灼亮灼亮的，仿佛王丫正向他走来。

只两天罗盘就待不住了。他其实是想歇一阵，他实在太疲惫了。宋如花也劝他好好歇歇，找见找不见不在乎这几天。可看着王宝生忙忙碌碌的身影，罗盘的心被绞了一样，坐卧不宁。他对宋如花说，我得走了，错过这几天，也许就错过了王丫。

罗盘带着王宝生七拼八凑的钱，还从自家拿了两千。王宝生那几个钱花不了几天。罗盘对宋如花解释，已经找成这样了，不能半途而废。宋如花这次倒是痛快，花就花吧，找见完事。

又两个月过去了。

罗盘的小本上记着他寻找过的理发店：环球造型、爱你一族、卫红发廊、经典人家、红日发廊、老王理发店、爱爱发屋……各种各样的名字，密密麻麻挤在一起，宛如发廊大会。没有王丫的音讯。有一个理发店叫王丫发廊，罗盘兴冲冲扑进去找王丫。一个女孩从沙发上站起来，你找我？我不认识你呀。罗盘紧紧盯着女孩，你叫王丫？女孩点头。罗盘恍惚了，你怎么会是王丫呢？女孩沉下脸，你有毛病吧？出去出去！罗盘被轰出来。罗盘没有失望，叫王丫的理发店他都找见了，王丫还能躲多久？

初冬时节，罗盘回了趟家。天冷了，身上得加衣服。还有，得凑钱。王宝生拿出七十块钱，罗盘知道他肯定榨不出来了。七十块钱罗盘咋拿？他说自己有，这个留着给女人买药。王宝生死活不肯，说这一段女人根本不用吃药，王丫有信儿她就好多了。王宝生还说罗盘贴的钱他早晚会还上，让罗盘放心。罗盘说找人要紧，你甭惦记这个。王宝生强调，那可不行！罗盘和宋如花相视一眼，苦笑。

出来二十天后，罗盘往回打电话。宋如花告诉罗盘，王宝生准备借高利贷，二分利贷不上就贷三分的。罗盘脑袋砰的一响，险些摔了电话。他让宋如花拦住王宝生，他近日赶回去。宋如花说我哪能拦住？罗盘说，必须拦住！

罗盘是半夜回去的。宋如花说好歹把王宝生拦住了，不过恐怕是暂时的，王宝生这个人哪听别人的？她忧心忡忡地问罗盘，这可咋办呀？罗盘把想好的计划说了：带她一起离开，不见王宝生的面。宋如花问，让我和你一块儿找？家里怎么办？罗盘说，咱也去城里找个营生干，我看出去的都混得不错，至于找王丫，以后再说，当前的事是赶快离开。宋如花不同意，说不能因为王宝生就不在村里待了，又没欠他的债。罗盘说就这么下去，会毁了王宝生，那就真欠他了。宋如花说在村里住了二十年，舍不得走。罗盘说以后想回来还可以回来，我估摸着王丫一年半载就回来了。宋如花问，要是王丫再也不回来呢？咱就甭回村？罗盘横他一眼，嫌她嘴臭。宋如花气鼓鼓地说，要走，牲畜都得处理，再回来咋办？罗盘说有钱飞机都能买，还怕买不上牲畜？宋如花还是不乐意，罗盘有些恼火，说再这么下去，王宝生毁了不说，他和她也甭想再到一块儿。宋如花窝在罗盘怀里呜呜哭。罗盘松了口气，摸着她的头说，城里光景比村里好，几天你就习惯了。其实，他心里更难过。

第二天，罗盘对王宝生说了。罗盘说，找王丫不是一天两天的事，我俩就在城里住了，这样能省不少路费，让你女人安心养病，有信儿我就告诉你。王宝生脸涨得紫红，结结巴巴地说，这……咋行？罗盘拍拍他，放心，我会好好找。王宝生提出替罗盘伺养那些牲畜。罗盘说现在贼多，卖了好，叫王宝生别操心了。

接下来的一周，罗盘卖掉了奶牛、羊、猪、柴草。鸡给了王宝生，粮食在王宝生那儿存了一些，余下的全卖了。锅碗瓢盆铁锨锄头畚箕钗子都存在房里，罗盘带的只是衣服和两套行李。

最后的工序是封门窗。门窗先用砖垒好，再从外面抹泥。宋如花给罗盘打下手，两人默默干活，谁也不说话。封好，罗盘爬上房，盖了烟囱。然后，他望望村子。数月前，罗盘就是在房顶发现了王丫、侯夏的秘密。冬天的村庄枯黄枯黄的,罗盘感觉自己的心也枯了。

罗盘的目光一点点摆过去,猛就看见了王宝生。王宝生正往这边跑,他的样子慌慌张张,由于跑得急,两条胳膊像溺水一样没有章法地挥舞着。罗盘不知发生了什么事,呆了呆,腿忽然就软了下去。

牙 齿

1

　　第二次见面在大桥下。

　　周枫沿着水泥台阶,缓缓走下去。站到桥底,才意识到这不是个见面的地方,更不适合约会。她明白罗小社的声音为什么浮着疑问了。桥下。她几乎是脱口而出。多年后她才明晰,当年的自己揣着怎样复杂的心思。北方的春天依然臃肿,干涸的河床裸露着粗糙的皮肤。风硬飕飕的,空中飞舞着塑料袋、枯叶。

　　周枫看看表,竟然提前半个小时。绝对是个错误。犹豫了一下,她还是决定等。那只风筝滑进周枫视线,受了伤似的,摇摇欲坠。但并没有掉下,就那么在灰蓝的天空中挣扎。周枫有些冷,再次看看表。表是新的,戴了不到一个月。之前那块周枫仅仅戴了二十天,便成了嫂子的私人物品。

　　罗小社老远就看见桥下的周枫,他的心慌得要飞起来。罗小社和不下十个姑娘见过面,个别能相处数月,多数只是一面。罗小社第一次看见周枫，立刻就冷了，容不得心底的种子有发芽的迹象。周枫的容貌超过他的想象。但周枫竟然约他见面。罗小社有足够的时间提前，他没资格迟到。可红姐孩子病了，罗小社等她给孩子打过针才抽出身。因为着急，罗小社骑出一身汗。桥这一侧没有台阶，罗小社扛着自行车上桥，跑到对岸。站到周枫身边，额头水洗了一样。罗小社喘息着检讨，我迟到了。周枫说，我也刚到。罗小社偷偷溜周枫一眼，立刻移开，顺着她的目光，看见一只摇摇晃晃的风筝。罗小社想提议到个暖和点儿的地方，但他不敢。罗小社往后撤撤，替周枫挡些风。

周枫起初并不明白，突然之间，一片暖意从胸中腾起。她看得没错，罗小社是她要找的那种人。她的心实实在在地疼了一下。

周枫问，冷吗？

罗小社说，不冷。

周枫问，你不是第一次相亲吧？

罗小社窘红脸，老老实实地招认，深怕周枫追问。

周枫说，我也不是第一次。停停又说，没有合适的。

罗小社的目光又细又长，想探到周枫心里。

周枫说，我一直想找个老实靠得住的男人。

罗小社说，我……

周枫说，我觉得你靠得住，你喜欢我吗？

惊喜让罗小社傻住，张着嘴巴说不出话，他怀疑自己听错了。他盯住周枫，似乎期待她重复。

周枫说，你不愿意咱们就算了。

罗小社马上说，我愿意。声音听起来不像他的。

周枫说，我有头疼病，你嫌不嫌？

罗小社说，怎么会？人吃五谷杂粮，谁都会得病。周枫说自己有病,倒让罗小社松口气。

周枫说,不管什么时候,不管发生什么事,你都不能欺负我。

罗小社急得搓手,不会的,不会的,我发誓。

那一幕没半点风月味道。过程简短,但目标明确,像谈判。没有开花的艰难,果实突然就悬挂在枝头,罗小社如坠梦中。离开的时候,罗小社提出送周枫回去。周枫答应嫁给他,他就有责任送。周枫说什么也不用,她说坐公交很方便。罗小社把周枫送到站点。周枫上车。车喷出一股黑烟。车淹没。罗小社缩回目光。

周枫只坐了一站地。这趟公交不是她乘的线路。周枫往回走了一段,找见电话亭。拨通,说,成了。一阵刺耳的鸣笛,周枫没听见那边说啥,追问。大街声音嘈杂,她还是听清了。她怔怔的,机械地挂掉电话。周枫脸色不大好看,但她强迫自己的思维往另一个方向滑翔。她的脸渐渐红润。

周枫住在书院巷。穿过堡子里长长的青石板路,几乎走到尽头,南边叫状元巷,北面叫书院巷。百年前,堡子里是皮城中心,饭馆、商铺、茶舍、妓院,大户人家的住宅。现在差不多是贫民区,一个院里挤着几户甚至十几户。这边打个喷嚏,对面听得清清楚楚。走到巷口,周枫想起母亲让她买糖葫芦。嫂子爱吃。周枫想了想,还是扭回身。她不怕嫂子,但受不了母亲的唠叨。嫂子是家庭中心,她吃糖葫芦等同杨贵妃吃荔枝。母亲说,你嫂子家庭不一样,别委屈人家。其实,嫂子父亲不过是橡胶厂工会主席,嫂子是厂办打字员。可在母亲心中,嫂子俨然是高干子弟,处处端着她。更让周枫受不了的是,嫂子总是端着千金架子,咬文嚼字,却又错误百出。嫂子说堡子里水质不好,她原本白义(皙)的皮肤都变粗了;吹嘘她父亲能干,厂工会事多人杂,依然被她父亲管理得有条不序(紊)。一次次令周枫起鸡皮疙瘩。骨子里则是小市民的斤斤计较，给家里买一棵大白菜，至少在嘴边挂三天。还好，她不骄横，除了吃饭睡觉，周枫一刻也不想在家。好了，她就要离开了。

周枫买了两支，照例，她先吃掉一支。她也爱吃，但嫂子喜欢，她就不当嫂子面吃，似乎那是嫂子专有的权利。

他们正吃饭。开饭时间以嫂子到家为准。有一次嫂子在外面吃饭，他们等了两个多小时，周枫饿过劲儿，一口没吃。母亲照例给周枫盛出一份，可即使这样，周枫仍觉母亲偏心。母亲对嫂子说，你妹别的记不住，给你买糖葫芦可记得清呢。早上母亲嘱咐周枫两次。嫂子装出难为情的样子，又让小妹破费，而后对埋头吃饭的哥哥说，记着把钱给枫儿呵。母亲马上接口，她当妹子的心意，一家人还见外？嫂子说，也是，我一直把枫儿当亲妹妹。

周枫洗过脸，坐在桌边。嫂子吃惊地哎了一声，新表？什么时候买的？周枫怕嫂子看见，往常回家前就摘了，今天因为相亲，心里乱，疏忽了。哥哥瞪嫂子一眼，管你什么事？一块还不够啊？嫂子说，我不过问问，我要了么？你牛了啊，嘴也不让我张了？母亲忙训哥哥，哥哥埋头吃饭。母亲揣测着周枫脸色，却对嫂子说，你想换，就和你妹换换。嫂子说，夺人之爱，那多不好意思。她还真顺竿爬了。母亲和嫂子都看着周枫，哥哥也觉出异样，抬头盯住周枫。周枫说，我要结婚了。

2

周枫的声音像白色的墙壁一样冷。

周枫对面的老人昨夜去世了，现在我就坐在那张空床上。床上铺着土黄色的褥子，褥子装的似乎不是棉花，而是一枚枚铁钉，我的屁股被硌疼，不时欠挪。周枫觉察到了，说，你老实听，不要问，我不喜欢被打断。周枫大概不知道我有猎奇癖，对个人隐私尤其着迷。关于她和罗小社，我问过她，她每次都是冷脸。她突然主动讲述，我怎会错过？禁止我问可不行，我做不到。她嫌我多嘴，恼火地说，舌头咋这么长？我把嘴巴捏成鸭嘴状。她极其难得地笑笑，但我还是没忍住。她无奈地叹口气，你想问什么？想知道什么？

3

半个月后，罗小社把周枫娶进门。

罗小社二十八岁，婚姻路上没少征战，却无任何成果，罗小社母亲愁得半死。周枫照亮了罗小社母子黯淡的生活。罗小社和母亲进行了一次声势浩大的改造和清扫。罗小社住食品公司家属房，父亲在的时候分的，排子房，两大两小，独门独院。母亲住小房，大房自然是罗小社的婚房。原先铺的是红砖，罗小社换成水磨石。罗小社看似木讷，手却巧，那些活儿他一个人干的。一干就是半夜。母亲则忙着剪囍字——每个窗户都贴也用不了，她似乎不识数，似乎要把别人家的窗户也贴上。被褥早就缝好了，每年夏天都要晒几十次，可母亲还是发现一床褥子蛀了洞，她换了床新的。依母亲，婚事要好好操办操办，但周枫不让，她不喜欢热闹，吵闹会让她犯病。结果，罗小社骑自行车把周枫驮进了婚房。

婚后，罗小社仍然有梦里的感觉，就算周枫有头疼病，她也有一百个理由看不上他。他相了那么多亲，已心灰如泥，可馅包子突然就掉进嘴里。母亲则说佛祖显灵了。她信佛，是她的诚意感动了佛。

那是罗小社最幸福的日子。每天下班，他用最短时间赶到公路站牌。周枫在五毛（第五毛纺厂）上班，坐公交，下了车，离家还有一里左右。罗小社想到五毛门口接她，她不让，罗小社便在公路站牌等。周枫有时从后面搂住罗小社，将头轻轻贴在他后背，罗小社就喝了蜜一样。他屏住气，仿佛背上长了花，一不小心花就凋谢了。什么时候进家，什么时候吃饭。母亲早就准备好了。每餐至少两个菜，一荤一素，母亲吃素，荤菜给罗小社和周枫。为了省钱，母亲每天走老远的路到蔬菜市场买菜。洗洗涮涮，母亲更不让周枫插手。周枫对母亲也孝敬，每次拎回水果，先拿给母亲。周枫喜欢吃水果，有时自己买，有时是厂子分的。买水果周枫很大方，三块钱的草莓说买就买，母亲只舍得买三毛一斤的苹果。草莓，罗小社和母亲绝对不吃一颗，他们多吃一颗，周枫就少吃一颗，这个账最容易算了。

一天黄昏，罗小社像往常那样赶到公路站牌。自行车链子松了，刚才掉了好几次，罗小社从几米外的自行车摊儿借了扳子，边拧边张望着到站的公交，生怕周枫看不见他。其实，这个钟点儿周枫到不了。但谁能说准呢？万一周枫提前回来呢？罗小社的交通工具是自行车，很少乘公交，公交车和他没关系。可婚后，公交车在他眼里不是一个喝油的冷家伙，而是一匹热情的骆驼。周枫每天要在它背上度过近两个小时，罗小社有些嫉妒。当然，更多的是亲切。公交车亲，1路车亲，3路4路5路都亲。一辆车到了，又一辆车到了……没有周枫。暮色一层层厚了，罗小社不由担心起来，她早该回来了，出了什么事？目光如断线的风筝，飘忽不定。她会不会离开自己？他打个寒战，强迫自己站定。路灯依次亮起来，罗小社再也沉不住气，匆匆跨上自行车。

罗小社去了周枫家。周枫家人不喜欢他，罗小社第一次去就觉出来了。周枫不让他去，可罗小社觉得一个女婿不招岳母待见不光彩，所以偷偷去了两次，一次送去一颗猪头，一次送去五斤油。还好，岳母收下了。这是罗小社背着周枫干的最大勾当。喘着粗气、急巴巴的罗小社一头撞进去，岳母和舅哥都是一愣。岳母反应快，问，出了什么事？周枫呢？罗小社说，我也找她，她没回来？似乎怀疑岳母把周枫藏了，还往里屋瞅了瞅。岳母说，这么晚了，她来这儿干啥？你和她吵架了？罗小社说没有。岳母说，一定和她吵了，不然她怎么不回家？罗小社一边后退一边辩解，舅哥提醒，也许在外面吃饭呢。罗小社退到门口，绊了个跟头，起来就跑。

罗小社去了五毛。路远，骑得又快，到那儿衣服几乎湿透。罗小社拍着门房玻璃，那个中年汉子正沉浸在戏匣子里，被打断很是不快，极不友好地问罗小社找谁，罗小社说找周枫。中年汉子说早下班了，说着就要关窗户。罗小社用胳膊撑住，你看见她什么时候走的？中年汉子说下班就走了，而后狐疑地问，你是她什么人？罗小社说是她丈夫。罗小社转身，听得汉子嘀咕，结婚了？

到家已经很晚，罗小社一路乞求奇迹出现。奇迹果然出现了，周枫在家。罗小社又是惊喜，又是委屈。周枫确实和人吃饭去了。周枫知罗小社去过她家，马上挂了脸，乱找什么？我还认不得家？罗小社没想到周枫生这么大气，他只不过去问问，他都快急疯了。罗小社小声辩解，天黑得这么厉害。周枫说，以后不要接我了！罗小社蓦地瞪大眼，周枫可以骂他打他，但不能惩罚他。惩罚他也行，但不能用这种方式。不让接，这对罗小社太残酷了。罗小社老老实实承认错误，下次不了。没你的同意，我肯定不去了。周枫的脸终于转了颜色，好了好了，快吃你的饭吧。罗小社忐忑地问，你不生气了？周枫说，我有那么大气吗？

　　周枫第二次和罗小社生气与红姐有关。罗小社在食品公司下面一个门店当售货员，红姐是他搭档。红姐缺少女性的柔劲儿，颇有男人的豪爽。邻居夫妻常吵架，一吵男的往死里打女的。红姐看不惯，一次拉架竟然和男人打起来，把那男人抓得满脸花。男人嫌丢人不上班，邻居女人哭哭啼啼找她要误工费。红姐气得大骂。红姐心肠热，整天给罗小社张罗对象，和罗小社见面的女孩九成是红姐牵的线。以至于和女孩说什么话，红姐都要教他。红姐把罗小社的事当成自己的，当然，也把自己的事当成罗小社的。她洗头，毫不客气地吆喝罗小社倒水。也不避讳罗小社，只穿一件背心，光着膀子，两团巨乳在胸前颤动。倒是罗小社害羞，目光躲躲闪闪。红姐发觉，轻轻踢罗小社一脚，小毛孩儿，懂个啥？她大不了罗小社几岁，竟然叫罗小社毛孩子。

　　罗小社把处了对象的事告诉红姐，红姐相当高兴，详细问了周枫的个人情况，如家庭、工作单位、相貌、脾性等。并让罗小社把周枫带店里，她要看看。罗小社为难了，他试探着问过周枫，如他所料，周枫不肯。罗小社左推右推，直到结婚第三天才告诉红姐。红姐很不高兴。不带周枫来就罢了，结婚这样的大事也不通知她。罗小社再三解释，没告诉任何人，周枫有头疼病。几天后，红姐给罗小社买了一床被罩。她说一生就这么一次，姐咋也得表示表示。红姐仍要罗小社带周枫来，她要看看。罗小社心中愧疚，想和周枫商量请红姐一家吃顿饭，谁知话还没提，红姐突然跑家来了。比罗小社和周枫先到。罗小社看见红姐，呆了一下，正要介绍，红姐已开口，我是红姐，小社的搭档。哎呀，新娘子真是漂亮，我说呢，小社相一个不中相一个不中，福相在后头呢。坐呀，我也是刚进屋。周枫浅浅笑了笑。罗小社问红姐怎么找见的，红姐说，我长着嘴嘛，食品公司不就这一处家属房么？又对周枫说，小社条件好，我住的差远了。母亲留红姐吃饭，红姐毫不谦让地说，没参加上小社的婚礼，今儿就凑个热闹。红姐直夸罗小社，说他不言不语的，善良，仁义，手巧，仿佛给罗小社做保证。红姐不住地问周枫的个人问题，如五毛哪个部门，家里都什么人。知周枫家在堡子里，红姐眼睛顿时放光，是吗？我二舅就在堡子里，卖豆芽豆腐，你认识不？周枫摇头。红姐说，他有点儿瘸，大高个儿，大嗓门儿。周枫还是摇头。红姐说，下次回去你肯定认得他了，你提我的名字，他会按批发价卖你。罗小社拦不住红姐，紧张得直瞅周枫。红姐绝无恶意，就这么个人。周枫没吃几口就放下了，红姐瞅着周枫肚子说，那怎么行，你将来是有任务的。周枫淡淡地说，今儿胃口不好。红姐严肃地说，小社，可得照顾好媳妇呀，而后又自嘲，我是瞎操心，小社最会疼人。

送走红姐，周枫皱着眉说，一嘴酱油味。周枫这样评价红姐，罗小社不悦，他解释，她就这么个直性子，心眼蛮好。周枫说，以后别让她来了。罗小社说，我没让她来。可能是他说话速度快了，语气也硬了些，周枫提高声音，你没让她来她怎么就来了？罗小社语气已相当绵软，是她自己来的。周枫说，我不信她那么贱。罗小社说，腿是她自己的。母亲听到两人争吵，站门口喊罗小社出去，责骂罗小社不懂事，并让他给周枫赔不是。返回屋，罗小社耷拉下头，我错了。周枫没理他。罗小社又说，我错了，你别生气了。周枫摸摸罗小社脸，我生什么气呀，其实是我的毛病，一时半会儿我改不过来，你别计较。罗小社眼睛突然一湿。

如果说有矛盾，也就这点儿，家里的气氛是温馨的。

那天吃饭，周枫突然丢下碗筷，跑到院里呕吐起来。先前，周枫似有恶心的表现，但没那天那样强烈。从驮她进屋算起，一个月了。罗小社拍着周枫后背，被周枫推开。罗小社提议去医院，周枫摇头，没关系，过几天就好了。罗小社让她早点儿睡，上床前，周枫说，我可能有了。罗小社惊喜得鼻孔都大了。是吗？他不知怎么表达自己的喜悦，捏捏手，挠挠耳根，跷跷脚尖。周枫淡淡地说，还不一定，你别乐早了。

罗小社冲进小房，对念佛的母亲说，她有了。母亲脸肌动了动，仍沉浸在自己的意念中。罗小社等了一会儿，母亲终于做完功课。罗小社又说，她有了。母亲问，她说的？罗小社点头。母亲眼睛奇怪地一闪，说，好。声调是冷的。罗小社说，以后得让她注意了。母亲欲言又止，罗小社觉出来了，盯住母亲。母亲问，她对你还好？罗小社不知母亲为什么问这样一个问题，答案在那儿摆着么。母亲一脸祥和地说，这就好，小社，早点儿睡吧。

罗小社想着母亲奇怪的眼神，母亲怎么……突然，罗小社被剑刺穿了一样，不由抽紧身子，越抽越小，几乎成一个球。他奋力伸出胳膊，想抓住点儿什么。周枫在他身边，可他不敢也不能抓。两只手无望地在空气里挠着。

4

我打量着罗小社。这个男人个儿不高，淡眉圆脸，神情和善。他的摊拉前摆着花椒、大料、桂皮、八角、茴香等调料。市场里弥漫着鱼腥、烂菜以及说不出味道的味道。罗小社不和别人东拉西扯，总是规规矩矩的。若看见我，他一定很高兴。我不肯过去，是因为我没想好怎么开口，罗小社会不会合作。我不止一次跟踪罗小社和周枫，想窥探二人的秘密。请原谅我的无聊。我说过，我对别人的隐私总是很感兴趣，尤其是周枫和罗小社的。我的跟踪一半成功一半失败，不得不靠推测和想象填补。周枫坦白了——我喜欢这个词，尽管它不准确——我要撬开罗小社的嘴巴。我没像过去那么冒失，耍了点儿心眼。我把罗小社请到酒馆。除了我，谁会请他喝酒？罗小社眼睛迷离之际，我小心翼翼地抛出心存已久的疑问，罗小社眼睛突然瞪圆。我看见吃惊和慌乱在他脸上奔跑，他还做了逃离的架式。但他还是稳住，一阵痛苦的痉挛之后，神色恢复平静。我立刻明白，我的阴谋得逞。

5

  周枫是怀孕了，但孩子不是罗小社的。
  周枫急于嫁给罗小社，与此有关。妊娠反应早就有了，但周枫一直压着。她的一些举动当然可以解释了，比如她买了收音机，每天晚上听几首歌，据说音乐会使孩子聪明；她舍得吃水果，水果是给孩子补充营养的。这些都不避罗小社。周枫最担心新婚会让孩子流掉，罗小社单身多年，肯定会疯狂的。但事情没她想象的那样可怕，她的肚子会适时"疼"起来，她痛苦的样子使罗小社畏怯而退缩。这个老实男人过于疼女人了。有时，周枫难免内疚，可一想到孩子在腹中，孩子在看着她，她就释然了。

那天，周枫没忍住，她恶心得太厉害了。她坦言怀孕，是时候了，再瞒下去也困难，肚子已隐隐现出来。罗小社瞬间的表现令周枫心痛，他怎么不想想，仅有的几次不成功的性爱，怎么可能让她怀孕？当然，这样最好。第二天，周枫觉察到罗小社的异样，他脸色发灰，眼睛毫无光彩。一夜之间，他回过味儿了，但什么也没问。那么，瞒住婆婆更是不可能了。也许婆婆早就明白一切。

周枫等待着暴风骤雨。摊牌、审问、斥责、打骂，周枫做好应对的准备，包括离婚。如果罗小社提出来，她会答应，只是要等孩子满月，或者拖延更长的时间，直到她有了办法。但日子依然风平浪静。罗小社一天不落地候在公路站牌，只是他的话更少了。夜晚，他不再抱她——那是周枫极其紧张的时刻，罗小社怕弄疼了她，他的欲望简化到四肢。他坚硬地抵着她，直到疲软，周枫才喘上那口气。婆婆倒没什么，餐餐都使出本事。婆婆一手好厨艺，令周枫心慰。婆婆绝不会无所谓，她更善于掩饰罢了。沉默和平静没能让周枫踏实，反而于不安中添了急躁。这母子究竟要怎样？她甚至想主动摊牌。是啊，凭她，如果没有问题，怎么可能嫁给罗小社？罗小社母子未必不清楚。但周枫放弃了这个念头，他母子装糊涂，她也装好了。

周枫下车，竟然没看见罗小社，她四处望望，陌生的车流和行人。他终于没耐性了。也可能有事。无论何种原因，周枫都有准备。那么，和他捉个迷藏，她失踪一次，看他怎样？但腹中的胎儿阻止了周枫冒险。周枫慢慢往家走，中途买了两个烤红薯。

婆婆没见罗小社，问周枫，小社没接你？周枫淡淡地说，可能他有事吧。婆婆说，他怎么分不清轻重？语气中满是责备，但周枫看出婆婆担心。周枫给婆婆一个红薯，婆婆让周枫留着自己吃。周枫说，我买两个呢，凉就不好吃了，垫一下，等小社一会儿回来吃饭。婆婆没再推辞，拿着红薯出去了。片刻，婆婆进来，说不等他了，咱俩先吃。周枫说还是等等。婆婆说，一个大男人，等他干啥？直到吃完，罗小社也没回来。周枫以为婆婆要出去找，没料婆婆拿出一条新裤子，说是白天买的，让周枫试试。周枫发愣，婆婆解释，别让肚子受凉，以后会闹病。是专为孕妇做的那种，周枫根本没想到。周枫竟有些难为情。周枫要给钱，婆婆不满地说，你不认我这个妈是咋的？周枫想，婆婆是默认了。

罗小社回来快半夜了，一身酒气，醉熏熏的。他没什么事，出去喝酒了。周枫第一次见婆婆发那么大火，骂罗小社半吊子，不知轻重，酒重要还是媳妇重要？仿佛怕罗小社听不进她的话，婆婆把湿毛巾摔到罗小社脸上，让他醒醒脑子。在婆婆的斥责声中，罗小社给周枫道歉。婆婆似乎过了，不就喝个酒吗？但周枫看不出婆婆有表演的成分，婆婆真是怒了。

第二天，周枫和罗小社都休息。周枫让罗小社送她回家。周枫的婚姻让家人大失所望，阻拦是少不了的，但母亲终是妥协。周枫不让罗小社去，她忘不了第一次带罗小社回去的情景。罗小社忍了，周枫受不了。她平时也很少回去，她的婚姻最大的意义就是让嫂子继续独享尊贵。他们知道什么？周枫一反常态，是想试探一下罗小社。罗小社果然中招，紧张地问，你要回去？周枫说我回去看看。罗小社明显松口气。

母亲总归是母亲，张罗着剁馅包饺子。周枫说出去买点儿韭菜，罗小社也要跟去，周枫让他干点杂活儿，磨磨刀或磨磨剪子，母亲说正想砌个煤仓。这对罗小社实在是小事一桩。

周枫独自出来，买韭菜不过是借口，她想打个电话。堡子里菜铺不少，却没有电话亭，她走出老远。响了好几声，没人接。停停再打，还是没人。周枫留了言,等待电话打过来。电话亭只两部电话,一部占着,有人过来用,周枫说正等电话。开电话亭的瘦脸女儿不干了,说哪有你这么打电话的。周枫扔过十块钱,说等半个小时,够了吧?瘦脸女人夹了钱,似乎觉得不好意思,提个凳子给周枫。

十元钱耗光,电话铃没响。周枫怕嘈杂中自己听不到,问瘦脸女人,没响过吧?瘦脸女人异样地看她一眼,说,我这电话没毛病。

周枫不能再等,一路眉头拧着,走到巷子口,想起没买韭菜。

两人吃过饭便离开。

罗小社骑得很快,周枫浅浅地哎哟一声,罗小社马上停住。周枫说,没事。罗小社稳当多了。周枫目光在街道两侧游摆,走到坝岗街,终于看见一个电话亭。周枫让罗小停住,让他等一会儿。周枫能感觉出罗小社的疑惑,可这个电话她必须打。还好,这次通了。周枫边说边斜着罗小社,怕他过来。挂了电话,发觉后背湿了。

周枫说,走吧。她没解释,罗小社也没问。罗小社沉默,可心里波涛汹涌。因为无处发泄,他都快憋疯了。难怪她那么爽快嫁给他,这就是答案。她怀了别人的孩子!她怀了别人的孩子!!罗小社似乎被绳子勒住,常常喘不上气。他被周枫愚弄了,这个女人。他该怎么办?离婚吗?罗小社又舍不得,他喜欢她。躺在她身边,他觉得整个屋子镀了金一样,闪闪发亮。他还知道,若非如此,周枫不可能嫁给他。但这并不能抚慰他。母亲肯定更不好受,但劝罗小社的话却豁达,谁都会犯错,老揪别人的错,这辈子好过不了。也许母亲早看开了,罗小社扭过这个弯儿却困难。

红姐觉出罗小社异常,问他几次,罗小社都说没事。咋对红姐说呢?罗小社情绪不好,那天和一个打酱油的老汉吵起来。老汉说罗小社洒了,非让罗小社再加一点儿,罗小社不肯。老汉骂罗小社奸,食品店黑。罗小社冷笑，我看你是便宜占惯了。老汉大怒，我占谁的便宜？占你的？老汉估计也是平时怨气攒多了，非要出在罗小社这儿，扬言要去主管部门投诉。红姐给老汉说软话，补加了酱油，并训斥罗小社一番，终于把老汉打发走。

下班后，红姐从里面插住门，命令罗小社坐椅子上，她来回走了两步，盯住罗小社，你认我这个姐不？罗小社默默地看着她。红姐说，你要认我这个姐，有啥憋屈就倒出来，姐不能看你憋出毛病。痛苦原本是一张纸，红姐一捅，突然就稀烂了。罗小社叫声红姐，号啕大哭。不知何时，他的头扎进红姐怀里，红姐抚摸着罗小社的头，怜惜地说，你这个小毛孩儿呀！

罗小社挣扎起来，意识到失态，他的眼泪鼻涕弄脏了红姐前胸。罗小社羞涩地咧咧嘴，说了。

红姐顿时火起，我说呢，她的身条看上去不成比例，这帽子不能戴，你不敢，我找她理论去。

罗小社急忙拉住红姐，说自己认了。

红姐问，凭什么认？

罗小社央求，红姐，你千万别去，我想通了，谁能不犯错误，我不能揪住她的错不放。罗小社对自己的冷静吃惊。他明白了，意识深处，他早已做了选择，只是他憋着一股劲儿。红姐让他释放掉了。

红姐问，你愿意吃哑巴亏？

罗小社叫声红姐。

红姐叹息，你呀，善到家了，有用红姐的地方，说话。

罗小社忽然哎呀一声，我得去接她了。

谁能不犯错？现在周枫是他的女人，他有什么好计较的？那个孩子是周枫的，就是他罗小社的。

罗小社骑得飞一样，多日没给周枫笑脸了，今天补给她。

6

我是一个牙医。诊所在某个靠出租养活自己的单位的二楼。那间屋子带个半圆形的阳台，从外面看，好像挂个鸟笼子。我会修牙、补牙、镶牙、正牙、洗牙、拔牙，但我最擅长、最乐意做的是拔牙。病人打算修牙或补牙，我都会搅动三寸不烂之舌，陈述病牙存在的危害，直至将其拔掉。拔了牙未必要镶，我并不是想为患者镶一颗全新的牙，不是的。我只是想拔。患者张开嘴，我就不由自己了，甚至诊所以外的场合，我的手也发痒。一次在大排档吃饭，我看见邻座男人歪着嘴咬羊肉串，突然按捺不住。我走过去，微笑着告诉他，他有一颗牙需要拔掉，我可以免费服务。我的冒失付出了代价，但我并不以此为教训。我的桌屉里有个铁盒子，装着拔掉的牙。我是自己的老板，没人管我。无聊的时候，我常打开铁盒子，拨弄那些奇形怪状的牙齿，想象隐在其背后的故事。每颗牙齿从生长到咀嚼、撕咬，直至躺进我的盒子，都有一个复杂的过程。这些过程令我痴迷。

7

罗小社喜欢那个孩子。周枫能看出来，罗小社的神态、言语，准确无误地显示着答案。周枫眼里常常划过忧虑。

罗小社无暇捕捉周枫的眼神，他忙得很，和母亲争抢着洗尿布，制作玩具，如拨浪鼓、弹弓、风葫芦、木头手枪。这些玩具没一样用上，周枫买回的玩具样样比他制作的精巧。关于孩子的名字，三人都动了脑筋。母亲提议用平安或安安平平；罗小社则想到爱桥，具有纪念意义，周枫起的是小刚。自然，还是周枫说了算。顺着罗小社的名字，也蛮有趣。

罗小社总和红姐说罗小刚的顽皮，不是尿他裤子，就是挠他脸。一次罗小社兴致勃勃地讲述，红姐打断他，你真待见他？罗小社好像忘了他的羞辱，说，是啊，他和周枫一模一样，大了肯定和周枫一样有副好身坯，不像我罗圈腿。红姐眼圈竟然红了，说，你让姐啊……没说下去，破涕为笑。红姐跑出去买一套婴儿服，罗小社喜滋滋地接了。

罗小社并不知道，那个孩子将带给他怎样的麻烦。

每隔一段，周枫都要抱小刚出去。周枫说晒太阳既能补钙又能杀菌，这样孩子长得壮。罗小社没有异议。罗小社不满的是，周枫抱小刚一出去就是半天。一个深秋，周枫带小刚出去一趟，小刚受了风寒，发烧了。罗小社抱怨周枫，周枫情绪极坏，声音很大地说，我又不是故意的，谁想到出去一下就这样？罗小社别的事可以迁就周枫，事关小刚却不低头，顶撞道，亏你当妈，这么阴冷的天，你就不想想。周枫赌气，嫌我不称职，以后你一个人管。罗小社说，我管就我管。入睡时，周枫先软了，小声说，那阵儿我心情不好。小刚烧退了，罗小社早没了脾气，检讨自己，我也是急了么。

又一个周末，周枫要带小刚出去。罗小社阻拦，但没用。周枫说穿厚点儿就行，男孩子不能太娇弱。但罗小社不放心，要跟。周枫说，这么点儿地方，我还能丢了？罗小社说，你是丢不了，我是担心孩子。周枫自然也拴不住罗小社的腿。三个人还是第一次一起上街，罗小社心里突然暖烘烘的。他抱着罗小刚走在前面，周枫跟在后面。罗小社不时停下等周枫。周枫步子迟缓，罗小社问她是不是不舒服，要不要返回去？周枫犹豫一下说，算了，反正出来了。他们坐公交到广场转了转，又去皮城商场。商场暖和，罗小社想在商场多待会儿。周枫说一热一冷更不好，罗小社认为周枫说得在理，不到二十分钟就出来了。走到门口，周枫忽然发现手套不见了，她在二楼试过衣服，可能丢那儿了。罗小社飞奔上楼，手套果然在。罗小社暗暗责备周枫粗心，返回商场门口，周枫和孩子不见了。

　　罗小社蒙在那儿。仅仅那么几秒，大脑不再凝固，快步冲到门外。小贩、行人、车流，罗小社扫视一圈，没发现周枫。周枫上去寻他了？他又上楼找了一圈，没有。也许，周枫和他捉迷藏？罗小社在大厅等了一会儿，周枫还是没影儿。前后不过五分钟，周枫就不见了。丢了？……当然不可能。被拐了？……罗小社听过一些传闻，可青天白日的，怎么可能？罗小社想肯定出了什么事，他不知是什么，一定和孩子有关。心悬起来。

　　罗小社不敢走开，怕周枫回来找不见他。他焦躁不安地踱着，引颈四望。又等了一会儿，沉不住气，跑回家。周枫没回去，母亲问他怎么一个人回来，罗小社说自己有事，和周枫分开了。可罗小社慌张的神色没逃过母亲的眼睛，母亲询问再三，罗小社说了周枫的失踪。母亲沉着地说，她一定有什么事，你在门口死等，找不见你，她更急。

　　罗小社又回到商场门口。脑子里蹿着乱七八糟的揣测。

　　前后差不多两个小时，周枫抱着孩子进入罗小社的视野。她果然又回到商场门口。因为走得急，她气喘吁吁，脸色绯红。

罗小社悬着的心沉落，声腔却是责备的，你跑哪儿了？

周枫解释，她在等罗小社，被贼偷了。情急之中，抱着孩子就追。

罗小社关切地问，你没累坏吧？又道，哪能抱着孩子追呢？

周枫说她急昏了，眼见小偷逃跑，她叫喊，但没人拦截。到底不是小偷对手，她实在追不动了。

罗小社说，亏得没追上，要是追上，他急红眼，不伤着孩子？

周枫想想说，你说得也对，哎呀，累死了。罗小社心疼地说，你瞅瞅你，脑门子都冒气了。

那天晚上周枫极尽温柔，一遍遍叫着罗小社的名字，罗小社浑身洋溢着激情和快感。第二天，罗小社对红姐说了周枫抱孩子追小偷的事。你说说她，真是糊涂了，咋能抱孩子追呢？红姐神情怪怪的。而后猛地盯住罗小社，你真相信她的话？罗小社被红姐吓了一跳，怔怔地说，当然相信啊，怎么了？红姐摇头，一个女人抱孩子追小偷，不大可能。罗小社叫，怎么不可能？她回来的样子我明明瞧见的嘛。红姐说，我不想挑拨，不过，你该多个心眼儿，你太善了。罗小社疑惑，你是说周枫？……昨夜的幸福还没消失，他随即摇头，她没问题的。

小刚四岁那年出了点儿事。他蹬倒一个暖壶，烫了脚。罗小社母亲吓坏了，小刚的惨叫和号哭使她乱了分寸，半天脱不掉小刚的鞋。她跑出去喊人，还栽了跟头，幸好没伤着。

罗小社比周枫先赶到医院，看见哭脏了脸的小刚，鼻子一酸，不由呵斥母亲，咋搞的？连个孩子也看不住？母亲怯怯地说，我没防住，我没想到。对母亲的斥责令罗小社后悔不已，母亲去世后，他脑里总是晃着母亲怯怯的眼神。但当时，罗小社情急，认为小刚烫伤是母亲的过失。周枫也是如此，看了小刚的脚，马上责问，咋搞的，暖壶咋放地上了？母亲似乎想辩解，张张嘴，末了只轻轻说：怨我。周枫说，得亏是脚，要是脸就毁容了。母亲不住地说，怨我，全怨我，我糊涂了，不中用了。罗小社站在周枫一边，周枫说了罗小社没说出的话。多年后，我和罗小社坐在酒馆，罗小社还抽自己一巴掌，说自己犯了不可饶恕的罪过。就在周枫责怨母亲时，小刚叫声奶奶。突然地，莫名其妙地，三个人一愣。周枫住了嘴。母亲不停地抹眼睛，罗小社握紧小刚的手。

周枫买回香蕉，也许意识到自己过火，剥开没给小刚，而是递给母亲。母亲惊恐万状，像递给她的是一只刺猬，连声说，我不吃，我不吃，给小刚。周枫说，我再剥。强行塞给母亲。母亲捧着那个刺猬，悔恨地说，怨我，我把暖壶放柜上就好了。母亲可能觉得那香蕉太重，她不配承受，目光滑向罗小社，似乎等他帮忙。罗小社说，让你吃你就吃，吃了我送你回去。母亲忙说，不用不用，你留这儿照顾小刚。母亲捧着扎手的刺猬孑然离开。

红姐来医院看望小刚，买了奶粉、罐头。除了红姐，还有周枫两个同事来过。并且，周枫的厂长也慰问了周枫。罗小社第一次见他，有点儿紧张。厂长方头大脸，身材魁梧，他待了不到十分钟，临走往罗小社手里放了五百块钱。罗小社征询地望着周枫，她应允了，他方捏住。

两个月后，小刚脚伤痊愈，留下点儿疤痕，并不碍眼。但母亲却憔悴下去，她心上的伤痕没有愈合。那个利落、平和、沉着、大度的母亲不见了，代之以一个怯怯的、小心翼翼的、没有主见的老太太。过去母亲做饭从不征询罗小社、周枫的意见，她心里装着菜谱，并且知道周枫、罗小社爱吃啥，现在则要问周枫、罗小社吃什么。说得含糊，就不知道做什么，往往两人回来，母亲还守着几样切好的菜发呆。特别是在小刚的事上，母亲甚至事事请示。比如给不给小刚洗澡，那种果味饼干一次给他几块等。周枫私下说，你妈是不是故意的呀。罗小社反问，你看她像吗？周枫说，你找机会和她说说，小刚早好了，别老放在心里。罗小社早就想和母亲说了，可除了哄小刚，母亲便在屋里打坐，彼时的母亲安静肃穆，沉浸其中的她与平时判若两人。罗小社不忍打扰她。

罗小社忧心忡忡地和红姐讲了母亲的异常。在罗小社意识深处，红姐更像他第二个母亲。红姐说罗小社母亲是吓怕了，老人都这样，时间长了自然就好了。红姐对罗小社的家事很关心，不断地问周枫是不是仍爱领小刚上街。罗小社说是啊，昨儿还出去一趟，天气好，我就不担心了。

有那么一段，红姐常常往出跑，说办事。她不说，罗小社自然不问，他和红姐再好，也不至于好到打听人家私事。有一天，周枫忽然对罗小社说，你那个红姐跟踪我。罗小社大惊，怎么可能？周枫逼住罗小社，我还能瞎说？发现她两次了。罗小社愕然，她跟踪你干吗？周枫急道，我正要问你呢？罗小社冤枉地说，我不知道呀，她又没跟我说。周枫冷笑，你不知道？是她自作主张了？罗小社发誓确实不知道，只知道红姐老往外跑。周枫说，你那个红姐对你真够好的，是不是你俩……罗小社打断她，没有的事。罗小社急得脸都紫了。周枫问，那她是干吗？罗小社说，谁知道呢？我问问她。周枫停顿一下说，算了，也许是我看错了，你别问了。她跟踪也没啥，就是烦。

罗小社却放不下。他一定要问问，到底是不是红姐？她要干啥？第二天不断有顾客进出，罗小社没找到机会。直到下班，罗小社才叫声红姐。红姐说等等，跑过去先将门插好，并冲罗小社扮个鬼脸。

罗小社突然有些虚，但还是开口道，红姐，我有话问你。

红姐顿时严肃起来，坐下，我正要和你说。

8

我站在皮城的大桥上。这是周枫和罗小社提到的那座桥。我无法走到桥底。此时是八月,洪水奔泻。也只有八九月份,清水河像条河,更多时候,河床是干涸的。前几天,一对青年男女跳河殉情。对于河水,不过是落入怀中的两片树叶;对于皮城,也只是报纸边角的豆腐块消息。可有个牙医却执迷于此。他想知道,是什么在瞬间击穿了他们?在落水的那一刻,彼此是否改变主意?如果一个人生还,如何走过漫长的人生?河水无言。

9

小刚满月,周枫跑出去的第一件事是打电话。足足说了四十分钟。电话亭主人忙着别的事,眼角却睃着周枫。这个散发着奶香的女人一会儿哭一会儿笑,他怀疑她脑子有问题,担心电话费打水漂。出乎他的意料,她不但给了钱,连零头也没让他找。以至于周枫走了好远,他还在凝望。

之后,周枫去了趟医院。

和杜刚见面则是两个星期后。那是个下午,阳光温暖。她坐了半个小时公交,到烟厂下车,不远处就是长桥宾馆。在皮城大大小小的宾馆中，长桥宾馆档次居中，位置较偏僻，不像政府宾馆及后来建起的部门宾馆雄居闹市，因而显得异常安静。小旅店价格便宜，但太脏，还不安全。周枫喜欢这儿，还有门口那两株百年垂柳。她和杜刚数次在此幽会，她熟悉这里就像熟悉自己的家。上楼，302，敲门。杜刚早就到了，几乎是把她拉进去的。周枫想说什么，杜刚堵了她的嘴，他抱着她，她抓着他，渐渐移到床边。

周枫攒了太多的话，可杜刚开始穿衣服。周枫很是意外，怎么？你要走？杜刚歉意地说，一会儿还有个会，我不能误了。周枫失望地说，我还以为这个下午……杜刚亲亲周枫嘴唇，来日方长，有的是时间，到时可不许烦我啊。周枫像吃了定心丸，但还是问，最近怎样了？杜刚没有正面回答，反问，你不希望我做恶人吧？枫儿，别急。周枫捶他一下，谁急了？嗨，你想知道吗？杜刚又亲亲周枫，我真的走了，改天再告诉你。周枫咽了回去。杜刚走后，她想起忘带照片了。

再次见面是一个月后。那天淋着雨，从站牌到长桥宾馆中间，雨突然下大，进屋，周枫衣服湿透了。生过孩子后，周枫身材更加丰满，湿透的衣服将每一处韵致凸显出来。杜刚疯狂地剥着她的衣服。周枫显得十分被动，仿佛被雨淋僵了。突然间，她推开杜刚。杜刚莫名其妙，气喘吁吁地问，怎么了？周枫翻着衣服，找出一张照片。小刚的照片。周枫眼睛流光溢彩，瞧瞧，哪些地方像你？杜刚端详一番，哦，我们的儿子，太可爱了。枫儿，你太伟大了。周枫说，你可要快点儿。杜刚说，我想把心掏给你。

这次，急着离开的是周枫。杜刚说，我有时间了，你又……周枫说，我出来时间太久了，得赶快回去。湿衣服裹在身上，皱巴巴的。

你该见见他。周枫忽然回头。

杜刚迟疑一下，谁？

周枫说，我们的孩子啊。

杜刚略显惊愕，这怎么行？

周枫盯住他，你不想？

杜刚说，我不是看过照片吗？看他，太冒险了。

周枫固执地说，你必须见他，咱们约个地方，我抱他出来。

杜刚十分迟缓地说，好……吧。

罗小社还没回来，婆婆见周枫湿成这样，心疼地说，咋不避避？别再伤风了。周枫换衣服，婆婆把热毛巾递给她。婆婆让周枫照看孩子，她出去买了几块姜，给周枫熬姜汤，让周枫趁热喝。晚饭时，周枫接连打了几个喷嚏。婆婆说，还是没过劲儿。睡前，又给周枫熬了一碗，并嘱咐罗小社注意周枫，别夜里发烧。

罗小社没睡踏实，隔一会儿便摸摸周枫额头。周枫说，你睡吧，我没事。罗小社哦哦着，过一会儿又伸过手。他怕惊醒周枫，悄悄的，轻轻的。其实，周枫没睡着，罗小社摸一次，她的心便疼一次。她甚至有扑进罗小社怀里的冲动，可她不能，她身上还留着另一个男人的味道。那种挫痛感有过多次了，她不知怎么回事。在那个夜晚，她明白了，那是欺骗一个善良男人的心理反应，比内疚更复杂、更强烈。

周枫开始就欺骗了罗小社。那是她和杜刚的一个计谋。

现在，周枫要说出她的计谋了。她爱上一个叫杜刚的男人。爱是没有理由的，但周枫有。这一点留待以后再说。周枫怀了杜刚的孩子。杜刚妻子久病卧床，没几年时间了。周枫是知道的，不只杜刚说过，周枫也听别人说过。周枫把怀孕的消息告诉杜刚，杜刚想出那个计谋。先嫁掉，生下孩子，一年或几年后，周枫离婚，杜刚娶她。杜刚想要那个孩子，他妻子不能生育。周枫犹豫过，可想到是他们的孩子，为了他们的爱情，她答应了。

一个疯狂的计谋。

但是，什么都有意外，周枫选择这个叫罗小社的老实男人，觉得将来不会有什么麻烦。至少不会纠缠她。她没想到罗小社对她的好，还有婆婆对她的好，完全超过她的预期。母子不是装出来的，实实在在把她当成了公主。母亲端嫂子，周枫不平。现在周枫成了比嫂子更嫂子的人。特别是孩子出生后，罗小社和母亲完全忘记他是周枫"带"来的，对孩子的爱更是超乎她的想象。周枫随便就能说出一件。孩子闹肚子，有那么一阵儿，婆婆每次都要闻孩子的屎，还让罗小社闻。母子从屎的味道辨别孩子是否吃坏了肚子，消化功能是否正常。周枫目瞪口呆。她这个母亲做不到。罗小社不过是个道具，可这个道具却抢了演员的魂。周枫害怕。

周枫明白了疼痛的原因，却不知害怕在什么地方。

接下来的日子，周枫和杜刚幽会过数次。每次，她急于见到他，可两人在一起时，她又心不在焉。周枫抱着孩子，让杜刚见了几次，有时在公园，有时在路边。杜刚自己开车，慢慢从周枫身边驶过、消逝。她必须让杜刚时时记着他们的孩子。周枫想离开罗小社，害怕的感觉让她难眠。杜刚妻子原说一两年就不行了，现在孩子都三岁了，没听说她有什么问题。周枫不想诅咒一个生命将要结束的女人，可她等得心焦了。不，得和杜刚谈谈。

那次没在散发着暧昧气息的302，是一家餐馆的小包间。周枫订的，她让杜刚快点儿。杜刚问什么事，周枫说急事，便挂了电话。她从未用这种语气和杜刚说话，在他面前，她是藤萝，而不是玫瑰。藤萝样子柔弱，质地却坚韧。杜刚没耽搁，周枫的话产生了作用。杜刚进来便问，怎么了？出了什么事？周枫说，你先坐下，吃饭时间到了，你不至于忙到连饭都省了吧？饭钱不用你出。杜刚把皮包放下，坐在周枫对面，你把我吓坏了，刚才差点儿撞了。周枫给他倒杯水，杜刚接过却没喝，问，你不是为了吃饭吧？周枫说，当然不是。

周枫问，什么时候把我和孩子接过去？

杜刚皱眉，不是说了么？

周枫说，你说的时间已经过去很久。

杜刚说，医生那么说的，我不骗你，也许一两年了。

周枫冷笑，医生又这么说了？

杜刚受了污辱似的，略带怒气，你让我怎么办？毒死她？

周枫说，我没让你这么做，但你得给我个交代，我不能吊在这儿。

杜刚放缓语气，你要理解我，再等等吧。

周枫问，假如她一直这样下去呢？

杜刚说，不可能。

周枫咬住不放，我是说假如……回答我！

杜刚躲避着周枫的目光，你这是逼我啊，你让我怎么办？

周枫干脆地说，离婚！

杜刚吃了一惊，看出周枫不是临时想出来的，嘴角动了几下才说，你知道现在的情况，我在二把手位置上耗了这么多年，就等这一天了，一旦离婚，我所有的努力全白费了。再说，我抛下一个病人，对你也有影响。

周枫凄然地说，我会等老的。

杜刚握住周枫的手，枫儿，你受苦了，你以为我不急？好在那家人对你不错。

他怎么会知道——罗小社母子的好让她害怕。周枫不想跟他说这个。周枫说，我梦见罗小社把孩子拐走了。

杜刚说，毕竟是梦嘛，不能当真的，你又何必？

周枫痛苦地摇摇头。

杜刚说，好了好了，吃点儿东西。

没有得到正面答复，周枫也没指望一次严肃的谈话带来什么。但周枫亮出了态度，从现在开始，她不再闪闪烁烁，只要和杜刚见面，或是打电话，她会直截了当地提出。男人就得逼着，不能让他只惦记自己的位置，他必须把她和孩子放在心上。

过一段，周枫仍要去趟长桥宾馆。次数明显少了。杜刚很忙，周枫也没了被噬咬的期待。见面也不再疯狂。更多是围绕那个主题的询问和答辩。周枫喜欢抱孩子出来，目的也只有一个。半年后，杜刚如愿坐上一把手交椅。障碍只剩下杜刚妻子。周枫没见过那个时日无多却顽强活着的女人，不错，周枫决不咒她，可她的存在却如一座山。如周枫担心的，她一直这样下去，周枫怎么耗得起？周枫冒出不少怪念头：她和杜刚结婚，并照顾那个女人；杜刚把她送回娘家，每月给她生活费。她不生育，如果换了周枫，会想通的。可是，杜刚几下就撕碎了她的念想，仿佛它们是纸花。他总能找出充分的理由。

孩子烫伤之后，周枫更加焦躁，更加不安。她不是怀疑罗小社和婆婆对小刚的疼爱，她看得很清楚。她不但不怀疑，而且有一种恍惚感，小刚确实是罗小社的，不是杜刚的。还有小刚对罗小社和婆婆的依恋，几乎超出她的承受，那是骨肉间才有的。婆婆的变化绝不是因为周枫的呵斥——周枫一直为自己的粗暴后悔，婆婆是怕自己的不慎伤着小刚。烫脚的事，小刚忘了，周枫忘了，罗小社也不再提及，只有婆婆没忘。其实那算什么呢？意外总是有的，但婆婆不行了。一个信佛的人，心那般地重，一天比一天重。周枫先和罗小社说，有一天又对婆婆说了。不要再想了，真的。婆婆说我没想。她显然说谎。还是那个样子，小心、紧张、敏感。周枫还能说什么呢？周枫又能怎么样呢？那么，快点儿离开吧。

　　周枫决定让罗小社永远蒙在鼓里。就算和罗小社离婚，也不会把那个计谋说出来。那过于残忍，她不会的。离婚毕竟不同，她不想过了，她要离么。虽然可能伤害罗小社，最终他会接受，说出真相可真是打击了。杜刚妻子是个障碍，罗小社不是。周枫说不出他是什么。在那个计谋中，罗小社只是个群众演员，临时担任的角色。这个男人好哄，当然，周枫也要抓紧行动。在和杜刚拉锯的过程中，周枫突然发现，那个红姐跟踪她。

10

　　我问周枫为什么选择在桥底和罗小社见面，是对桥的迷恋，还是另有原因。周枫想了一会儿，说没什么特别含义，随便提的，她只想找个安静的地方。我说，安静的地方很多，任何一个地方都比那儿合适，这是你蓄谋已久的计划的组成部分。周枫不满地瞪我一眼。我没理她，径自说，你脑里有一座虚幻的桥，你第一次倒进杜刚怀里，他还没承诺你的时候，那座桥就定格在你脑里。周枫大叫，你胡说！

11

　　罗小社骑了不到10米，意识到车胎破了。下来一捏，果然。他前后瞅瞅，这条街没有修车摊的，其实他知道。红姐已经走远，罗小社嘘了口气。拐上大街，十字路口左侧有个修车摊儿。罗小社往那儿一撂，说补胎，便蹲下去，望着来往的车辆。罗小社没坐过轿车，但他知道许多轿车的玻璃是望不进去的，里面的人却能看见外面。不然就会跑沟里。罗小社坐过两趟客车、一次货车。公交车，他陪周枫坐过几次。第一次坐客车，是和父亲回老家奔丧。奶奶去世。从早晨坐到半下午，下车又走了两个多小时，才到那个村庄。罗小社又累又饿。肚子填饱，罗小社却在奶奶灵前犯了迷糊，父亲狠狠踹他一脚。罗小社脑门上至今留着一条浅疤，那是在奶奶棺材上磕的。第二次坐客车，仍然和父亲。不同的是，父亲成了骨灰，躺在盒子里。罗小社把父亲送回老家，埋在奶奶脚下。罗小社再没出过门。是啊，出门干什么？罗小社坐货车是在市里，被公司临时抽调装卸货物。罗小社对什么车都没兴趣，可现在他的目光不停地碰触那些轿车。他有穿透的愿望，像神仙一样。他失败了，目光一次次被挡回来。

正是下班时间，修车的人多，终于轮到罗小社。一个妇女急切地说，能不能先给她补，她要赶着接孩子。师傅征询罗小社，罗小社说，你给她弄，我自己来。早知这样，还不如自己补。罗小社将车翻过来，拧开，拽出里胎，找见破洞，捡个火柴棍插进去，算是记号。锉、粘、上胎、打气。师傅是个中年汉子，斜着罗小社说，行啊，同行？罗小社摇头，摸出一块钱。师傅说给五毛吧，罗小社没说话，把那一块钱压在工具箱上。

罗小社仍然推着，他饿了，一饿就腿软。接周枫已经来不及，索性走一会儿。周枫不让罗小社接，但罗小社每天都在站牌下等半小时，等不见才回去。他不再慌慌张张四处乱找，周枫常有事，他找不见的。

罗小社脑子有点儿乱。他被红姐的话吓坏了。怎么可能呢？怎么可能呢？红姐发誓是真的，胡编一个字就让她烂舌头、烂眼睛。说别人罗小社就信了，可红姐说的是周枫，罗小社怎能相信？夜里，周枫还咬他耳朵来着，罗小社幸福得想哭。周枫是装的？不对，不对。她没必要装，她要怎样，他是拦不住的。红姐戳他脑门骂他傻，还愤愤地要替他质问周枫，罗小社脸都白了。他不让红姐那么做，他相信周枫。红姐生气了，说再不管他的烂事。罗小社也挺恼火，他让她管了么？她这个人！

绝不可能，罗小社对自己说，声音鼓鼓的，像刚充气的轮胎。可咋就忘不掉红姐的话呢？罗小社跨上车，猛骑一阵，出了汗，似乎好点儿了。有个事实是铁定了：红姐确实跟踪周枫。周枫不是看花眼。

周枫教小刚背儿歌，母亲则像个忠实的观众，慈爱地看着娘儿俩。周枫罗小社都回来的时候，母亲才回自己屋。她等着给其中一个弄饭。没人问他咋这么晚回来，罗小社自己解释，车胎破了。罗小社吃过饭，逗小刚一会儿，去了母亲屋。母亲已在打坐。罗小社出门，母亲问，有事？罗小社回答得很快。罗小社本来想和母亲说点儿什么，但母亲询问，他突然改变主意。小刚睡着，周枫忽然主动钻进罗小社被窝。红姐在罗小社舌尖蹦蹦，被罗小社压回去。

红姐恨铁不成钢，发誓不再管罗小社的烂事。第二天她就把誓言抛到脑后，要替罗小社主持公道。罗小社几乎生气了，你要把我和周枫拆开还是咋的？红姐惊骇地瞪大眼。罗小社意识到话狠了，伤了红姐，可是他必须阻拦红姐。红姐半晌道，你是说……你宁可她……也不吭气？罗小社说，我不想让她为难，不管咋说，她也是小刚妈……忽然有些底儿虚，没再说。红姐连声道，好，好，算我狗拿耗子。没过两天，红姐又提起来，我是你姐，不让我操心我难受。我一个人守柜台，你去跟踪她。你不信我，总该信自个儿吧？罗小社措手不及，红姐的话如冒烟的烙铁，接不接都呛人。迟疑好一会儿，罗小社方道，公司知道，我的饭碗不丢了？红姐说，他们能来几趟？一天来一趟，我也能应付。罗小社摇头，我不去，没必要。红姐斩钉截铁，不行，好像我说瞎话祸害你俩似的。不由分说把罗小社推出门。罗小社不知去哪里，不知怎么跟踪周枫。关键是他不想那么做，鬼鬼祟祟特务一样，那还叫夫妻吗？转了一圈，罗小社就返回来。红姐又是气又是怜，你让红姐说啥好呢？

那天下班后，罗小社如往常赶到公路站牌，等了半个小时，没见周枫下车，便往回走。快到巷口，罗小社看见周枫从一辆出租车下来，正要喊，一辆黑色轿车停在周枫身边，里面的人显然喊了周枫。周枫回头，似乎犹豫了一下，也仅仅犹豫那么一下，然后拉开车门钻了进去。

罗小社傻了一样。

半晌，罗小社的血液才流转起来。他没看到车内的人，显然那人和周枫很熟。这么说……这么说……可周枫不就坐个车么？周枫就没个朋友？他还有红姐呢。罗小社终于找到替周枫辩解的理由，松口气。

周枫回来已经很晚，青着脸，仿佛冻透了。她情绪不好，无端地训斥小刚。罗小社不知她受了什么气，想问又怕戳她气窝上。小刚睡着，他才说，我今天看见你了。罗小社没有质询的意思，他是想表白，他对她和朋友交往是不在乎的，他后面还有话。但没等他说，周枫就抢过去，你什么意思？跟踪我？罗小社结巴，没……没……。周枫不依不饶，那是什么？她火气很大，罗小社不知怎么招架。周枫喷射一样质问罗小社，而后突然哑住，眼泪却淌出来。他让她受委屈了，罗小社想。她误会了。怎么就弄成这样？罗小社束手无策。

周枫哭好半天，罗小社腿都被她泡软了。哭过后，周枫平静许多，她说，你想知道什么问我好了，不能跟踪我。

罗小社这才说，在巷口偶然碰上的。

周枫停停说，我累了。

罗小社说，早点儿睡吧。

周枫说，有些事，你没必要知道。

罗小社点头。

那种疼痛感又袭上来，周枫怕罗小社看出来，强忍着钻进被窝。周枫和杜刚吵架了，她的火气是从外面带回的。她并不想撒罗小社身上，是罗小社掘开的口子。哭了一阵，她好多了。眼泪仍然和罗小社无关。在罗小社面前，周枫可以尽情地、毫不掩饰地流泪。她没有细想其中的原因，不，她根本就没想这个问题。她想的是另外一件事。

杜刚仍在推诿，还是那个理由。他那般地无奈，理由却是那样地强硬。周枫没控制住，说自己都快长出胡子了，他安的什么心？杜刚劝了一会儿，不见效，突然恼火地说，你让我怎么办？周枫说，杀了她。话出口，自己都愣了，这是她说的么？可是看到杜刚发呆，她却来劲了，让他除掉那个女人。她威胁，如果他不答应，她就去他办公室闹。她相信他怕。吵了一会儿，杜刚服软，让周枫给他一段时间。她执意这样，他只好下手，大不了去坐牢，他说。

周枫冷静下来，意识到自己冒失，竟说出那样的话，还逼杜刚答应。她真是疯了。就是杜刚要那么做，她也不会同意。杜刚说得对，一个敢对自己女人下手的男人，她还敢托付终身么？至于哭闹，以她的心性，也不会不顾一切。亏得刚才哭过，她哭醒了。是罗小社帮她，让她痛痛快快地哭。罗小社救了她。周枫往那边靠靠，她吓着他了。又疼起来。

第二天上班不久，周枫跑出去给杜刚打电话。她急得要命，仿佛晚一分钟，杜刚就会对妻子下手。周枫急速地说，你别那样，再想别的办法。杜刚问，你想好了？周枫跺脚，谁跟你开玩笑？杜刚说，好吧，我听你的。周枫觉得杜刚在那边笑了，她蓦然明白，他根本就没当真，料到她会改变主意。鬼东西！周枫并不生气。

等待！

等待！！

等待！！！

等是肯定的，已经等这么多年，可什么时候是尽头？周枫不清楚。睡不着的时候，周枫就想她和杜刚。走到这一步，她有种憔悴的感觉，是不是当初的决定太荒唐太轻率？她怎么那么肯定地相信他？她凭什么要做出这样的牺牲？若是现在，她怕不敢冒这个险。当初他说出那个计划，她两眼放光。经历无数个夜晚，她似乎找到答案：爱情。就是这两个字，让她痴癫疯狂，不顾一切。就是这两个字，让她的计划披上圣洁的霞光，支撑她走到今天。可是，杜刚已经给她爱情，她有一百个理由相信那就是爱情，她为什么非得和他结婚？她要的究竟是什么？只是一个婚姻？如果说婚姻，她已经有了，干吗还要？只要杜刚的？没有婚姻，没有那张纸，她的爱情就不踏实吗？还是给小刚一个真正的父亲？那么，罗小社不就是真正的父亲吗？小刚和罗小社没有血缘上的关系，可罗小社绝对是真正的父亲，甚至超过。那么，她还要什么？要什么？

后来，周枫想，她要的可能是一个承诺。因为她想不出别的。她不能在两头游摆，她受不了。原先是身在这边，心在杜刚那边，现在是两边都有，她无法把自己割裂，她真要崩溃了。她还是要回到杜刚身边。她是属于杜刚的，她不过是回去。

又一次和杜刚见面后，周枫突发奇想，为什么不见见那个女人？

那个女人在周枫耳上磨了不知几层皮,周枫还没见过她。周枫不想干什么,就是想看看。那个女人究竟病到什么程度?

周枫是上班时间溜出来的,她知道此时杜刚不在家。周枫买了两盒脑白金、几袋奶粉。她找到杜刚住的小区,他家住的是楼房。在门口打听一番,便找到杜刚的住处。周枫心狂跳,仿佛第一次作案的小偷。喘了五分钟,她的手缓缓举起。

一个纤瘦的女人拉开门,警惕地问,你找谁?周枫再次慌了,语无伦次地说,我是杜刚……不,杜……我看看……。女人扫扫周枫下垂的胳膊,说进来吧。

周枫一眼就看见衣架上那件灰色西装,是她替杜刚挑的。周枫拽回目光,往卧室瞅瞅,什么也没看见。女人给周枫端过水,将瓜子盘、水果盘推到周枫面前。周枫问,他爱人……女人奇怪地看周枫一眼,我就是呀……还有别的事?周枫忙说,没……我就是看看你……我以为……周枫脸红透了。女人说,你有什么事,我会告诉他。显然,她经常接待类似的造访者。周枫摇头,趁机打量她。女人脸色发白,眼睛却很有神采,她描过唇,可能粗心,两个嘴角没涂匀。这就是杜刚口中"只剩一两年的女人"?周枫觉得自己一点点往沙发里陷进去。

你叫什么名字?女人问。

你叫什么名字?女人又问。

12

牙齿,又称牙。具有一定形态的高度钙化的组织,有咀嚼、帮助发音和保持面部外形的功能。人一生中前后两次长牙，首次长出的称"乳牙"，二岁左右长齐，共二十颗。六岁左右，乳牙逐渐脱落，长出"恒牙"，共二十二颗。牙齿是人体中最坚硬的器官，分为牙冠、牙颈、牙根三部分。按形态则分为切牙、尖牙和磨牙。切牙的功能是切断食物，双尖牙用以捣碎食物，磨牙则能磨碎食物。

13

小刚小学三年级的时候，罗小社母亲去世了。那年冬天异常寒冷，三天两头下雪。罗小社拎着母亲的骨灰，在车站等了两天才等见一辆私人班车。人多，两个人的座儿都挤成三个人，几乎透不过气。罗小社邻座的妇女领两个孩子，车主让女人抱大的，小的坐罗小社腿上。罗小社怀里的提包，车主说替他搁车顶上。罗小社不干，丢了怎么办？车主说丢了赔你，只要你装的不是金条。不是金条，但拿金条换不来。那妇女眼巴巴看着罗小社，罗小社心软了，把提包半夹在两腿间，腾出胳膊抱那个孩子。这样也蛮好，只是委屈了母亲，她的每一次委屈都与罗小社有关。母亲始终没有从小刚烫脚的阴影中走出来，也或许，罗小社的婚姻是母亲更大的阴影，只是罗小社从来不敢这样想。路滑，班车蜗牛一样爬行着。下车又走了二十里，望见村庄，已经黄昏。

罗小社回来的第三天，周枫提出离婚。罗小社以为自己听错了，待周枫再次强调，他的眼睛突然崩开，雾霭样的东西扑散出来。好一会儿，他才艰难地问，为……啥？周枫说，我不想过了。罗小社又问，为啥？他的思维似乎凝固，只会重复这两个字。周枫说，不为啥，找了房子，我和小刚就搬出去，东西都留给你。雾霭渐渐潮湿，罗小社小声问，我做错了什么？周枫说，和你没关系，我不想过了。

罗小社还想问什么，周枫已扭了脸，冷酷无情的样子。周枫是装出来的，她的心一直在疼。周枫早就想离了。杜刚因周枫的造访大为恼怒，周枫则怪他骗她。吵闹、和好，妥协、再吵。唯一的指望是逼杜刚离婚，自己先离，至少对杜刚是一种压力。杜刚早就坐稳了，离婚对他的前途没什么影响。周枫推到现在提出，是不知怎么面对婆婆的眼睛。婆婆去世后，周枫终于明白自己怕的是什么。罪孽感。罗小社母子越对她好，她的罪孽感越深。和罗小社摊牌自然不轻松，但周枫只能这么做。听着罗小社翻来覆去，周枫一遍遍流泪，这个善良的男人……周枫忽然想把手搁他身上，她清楚这样意味着什么。话已出口，就要挺住。早晚有这一天，她为自己打气，终于克制住。

第二天，罗小社破天荒没去上班。头重脚轻，浑身绵软，竟然迈不上自行车。他骂自己没出息，折回来。他躺不住，燥燥的，仿佛某个器官着了火。他试图捂住，手掌从胸口一直滑至腿侧。哎呀，到处都是空的。心是空的，肺是空的，胃是空的，肠是空的，嘴巴也空空荡荡，满嘴的牙都被拔掉一样。从正房到小房，走了数十个来回，不知自己要干什么。不错，他脑子也空了，最后，他接了一盆冷水，劈头浇下。刺骨的冷，他打个寒战，总算清醒了些。

罗小社要想想。太突然太意外了。更意外的是周枫铁了心的样子，对他怀了多大仇恨似的。周枫说和他没关系，他还是得想想。他没打过周枫，没骂过周枫，没跟踪过周枫，甚至没抱怨过她。红姐跟踪周枫，是她自作主张，他阻止了她，没听她说的那些乱七八糟的事。他喜欢小刚，他早就忘记那一档子事，小刚是他的孩子。他宁可委屈母亲，也不委屈周枫。他终于想起一些，那次喝醉酒，吐在被子上，让周枫恶心了;那次他瞒着周枫去岳母家,周枫知道后发了脾气……难道因为这个?不至于,不至于……那么,真是她的原因?又是什么原因呢?周枫要离,他是拦不住的,但他不能稀里糊涂地离,他得知道。他要给母亲一个交代,不然母亲会责备他,她一走,他就把女人丢了。

晚上,周枫提出明天就办,她迫不及待。罗小社再问,她还那样回答:跟你没关系。罗小社说我一定要知道。周枫痛苦地摇头,你没必要——罗小社大声道,不行,你得告诉我。结婚十年,这是罗小社最强硬的话。不过,他马上就软下来,软得整个人泡在眼泪中,究竟怎么回事?

那个秘密并不是说不出口,而是不忍心说。那对罗小社没有好处。周枫冷酷、搪塞、躲闪,就是想绕开。可罗小社这个样子,周枫为难了,说与瞒,哪样对罗小社更公平?

周枫横下心,说,好吧,你一定要知道,我就说吧。那个超凡的、神圣的计划此时竟是一枚扎在心上的刺,拔出来,周枫的心随着流血。

罗小社凝固在那儿,仿佛气都不喘了。

周枫说,我利用了你,原本是一场戏,该结束了。罗小社睫毛动了动,接着是眼睛鼻子,最后是嘴巴,红姐说的是真的?自问,又像是问周枫。

周枫问,她跟你说什么了?

你抱小刚就是给他看的,对不对?罗小社不是看着周枫的眼睛,而是盯着她的嘴巴。

周枫说,是。

罗小社问,他是谁?

周枫说,你没必要知道,该说的我都说了。

罗小社说,这么说,你肯定要走了。

周枫说，是。

罗小社说，谢谢你说了实话。

周枫低下头，对不起，我利用了你。

罗小社凄然一笑，倒头睡去。

没说同意，也没说不同意，秘密撕开，这个家庭就成了滚烫的水，凑合一天对双方都是煎熬。可是明天不行，周枫不能再逼他。周枫很难过，不知罗小社要怎样恨她。他是剖出了心肺的，十年如一日。若不是那个光芒四射的理想，她或许会和他厮守下去。

黎明时分，周枫被罗小社推醒。他目光灼灼地烫着周枫，你开始就不是找人家，只是找个避难的地方，对不对？

周枫骇然道，我不是说过了吗？

罗小社问，是，还是不是？他声音极低，显然是怕吵醒小刚，但有着瓷片一样的锋利。

周枫说，是。她猜不透他的意思。他会不会……周枫悄悄侧侧身子，准备随时跃起。他的头和半个身子悬在她身体上方。

罗小社问，就算不找我，也会找别人，对不对？

周枫说，对。

罗小社问，为什么找上我了？

周枫说，你看上去让人放心。

两滴硕大的眼泪滴在周枫脸颊，溅起惊人的回响。周枫伸出手，想替他拭去，但中途缩回来。她的手腕湿了，肩膀抽了抽，哽咽道，对不起。

罗小社说，我今天就和你去办，不过，我有两个条件……你得答应。

周枫有准备，只要在她承受的范围。她背后有杜刚，他不会坐视不管。

罗小社说，先别让小刚知道，我怕他一下子……到时候……到时候，你知道怎么办。

周枫没想到他说出这样的话，停顿半天，方吃力地说，好……吧。

罗小社说，你住在这儿，不要搬走。

周枫断然道，不可能！又补充，那怎么行？

罗小社把周枫的胳膊搁进去，掖住被角，你要搬出去，就瞒不住小刚了。

周枫说，咱俩分开就不能再住在一起。

罗小社说，你没懂我的意思，你和小刚住这儿，我搬出去，这儿离小刚学校近，你也住惯了。

周枫惊得脸都走形了，这个男人……这个男人……很坚决地说，不行！别人知道，我周枫成什么了？我不能把你撵出去。

罗小社说，我都不怕，你还怕别人说？再说，这房子也有你一份。

周枫说，不。

罗小社说，你不答应，我就不和你去。我不会把你拴这儿，等他接你的时候……我还能说什么呀。求求你，我没别的要求。

周枫别扭地说，我……想想。

罗小社说，小刚要醒了。

周枫说，这算怎么一回事啊。

罗小社说，就算是照顾小刚。

小刚醒了。那个睡得死沉沉的、傻了巴叽的家伙跳下地，长长地尿了一泡。钻进被窝时，顺便在罗小社腰上拍一下，几分钟时间又睡去。

周枫和罗小社长久地对视。这次，罗小社没有躲避。

14

《牙齿》是美国喜剧加恐怖片。导演米切尔·利希藤斯坦。影片很有想象力,讲述一位无辜的不幸女孩,阴道内长了一排牙齿,并由此引发个人生活的各种麻烦。

15

离婚后,罗小社搬了出去。他租的房子在一个大杂院,间头窄,一张床占去多半间房。他捡来一些砖头,将床四个角垫高,床底空间变大,足够放东西。就是上床麻烦,罗小社必须撑住床沿跳起来。房租便宜,重要的是这儿和自己的家只隔两条街,回家很方便。

但搬出来二十天了,他没回过,倒是在学校门口候过数次,只为看一眼小刚。孩子们排着队走出校门,罗小社心中便漾起一股暖意。他的孩子就要出来了——就是周枫带小刚飞离地球,小刚也是属于他的。那是心底燃烧的火,谁也扑不灭。小刚排在第二,小刚前面是个羊角辫女孩,小刚后面也是女孩,胖墩墩的,三天两头换衣服。一部分学生在校门口就离队,剩下的要过马路。这样,小刚就排在最前面。没有老师护送时,罗小社的心总是悬着,直到小刚过了马路。罗小社隔着马路,看着小刚。小刚慢腾腾的,有时踢一块石子,有时从地上捡起什么东西。倒是颇合罗小社心意。小刚拐进巷子，罗小社迅速穿过马路，站在巷口目送那个瘦小的身影渐渐模糊、消逝。罗小社喉咙肿胀着，痒痒的，像塞了棉团，终是封住嘴巴。只要喊一声，小刚肯定会冲过来。但他"学习"去了，他不能现身。一个滑稽的理由，罗小社哪有学习的资格？任何一个理由都能将小刚骗住。罗小社眼睛一潮，迅速转身，走一段，突然慢下来，蔫蔫地挪着脚。待躺在高床上，想到小刚仍然住在那个地方，他会欣然一笑。

有时，罗小社候在公路站牌不远的地方，瞟一眼周枫，看她往家的方向走或是拐进菜市场。她还是一个人，那个男人不在她身边。她走路的样子、她甩发的姿势还是那样好看——那曾经是属于他的。罗小社不恨她，不可思议地。有那么一刻，他绝望极了，锋利的刀片飞快地划过，血珠四溅，可怨恨也随着血滴流逝。并不是她要骗他，是他撞上的，换了黄小社赵小社，她都会这样。他是幸运的，若非如此，她怎会属于他？他捡了别人的东西，现在人家来寻，他不能揣着不放，尽管心存不忍。不幸的是周枫，委屈了十年，也亏得遇上他了。罗小社不知那是个什么样的男人，会不会像他一样爱她和小刚。有周枫在，想他也不会把小刚怎样。

离婚的事，罗小社没跟红姐说。红姐不再逼他跟踪周枫，有时问起，罗小社说好着呢。特别是说起小刚，罗小社滔滔不绝，仿佛之前的寡言就是攒到今天说的。惹得红姐又是嫉妒又是不满，你呀，让红姐说你什么好呢？或者说，你呀，红姐可服你了，你前世是什么？罗小社嘿嘿笑。

沧海桑田，世事难料。有那么几日，罗小社和红姐天天去公司学习。公司下属各个商店全关门。上午学了下午学。公司领导如丧考妣，眉头被犁过的样子，脸上的肉要坠落至桌面，语气却如揭锅的笼屉，透着逼人的热。拐弯抹角或直截了当,意思只有一个:裁人。公司养活不了,自己想办法去。初步原则是每个店裁一半,公司发半年生活费,如果自己主动提出,可以发一年生活费。罗小社第一次听说下岗这个词,是别人说的。公司领导的说法是自谋职业。这意味罗小社和红姐之间,有一个必须失去工作。

那几天,罗小社和红姐总是分开坐,散会各走各的,匆匆忙忙,仿佛急着去赴盛宴。照面时,罗小社忽然有些紧张,不敢看红姐的眼,红姐也不那么大咧咧地放粗了,规矩得如没见过世面的小姑娘,见谁都是一笑。罗小社父亲在食品公司干了一辈子,罗小社是顶班,以为像父亲一样干到退休,谁知屁股下的椅子忽然散架。红姐比罗小社进来的晚,但这话罗小社怎么能说?罗小社心里慌,表面却波澜不惊。他对自己的表现吃惊。那几天,罗小社悄悄做着一件事。这可不敢告人,更不敢告红姐。

"学习"结束,罗小社和红姐回到店里。还是"学习"期间,有个晚上,罗小社想回店看看,却发现红姐在扫地抹柜台,罗小社隔玻璃看了会儿,一声不响地走掉。现在两人不得不面对。红姐冲罗小社一笑,罗小社也冲红姐一笑。两人开始新一轮清扫。食品店像灰暗的心,很难抹亮。

红姐愁眉苦脸,这可咋办?你姐夫在自来水,也不保险,说不定哪天也要裁人,要是没了工作,一家三口就得喝西北风。西北风能喝就好了,扯开嘴往肚里灌吧。说着说着她就来了气,这叫什么世道,不藏奸不偷懒,干么多年咋说辞就辞?还自谋职业?放着好好的工作不让干,自谋个鸟啊?先前还竭力控制,后来破口大骂。主要骂公司领导,好好的公司让他管成这样,因为他心思没用正,腐化堕落,天理不容。小社,你不知道,有一次我去他家,正赶上他家吃饭,你猜猜他喝的啥酒？杏花村哎，他挣几个钱？凭啥喝那么贵的酒？他的钱哪儿来的？但凡他的心思用正，公司就不会落这么惨个下场。红姐怒气冲冲，咬牙切齿，一副要把公司领导撕裂的样子。罗小社叫声红姐，红姐厉声道，别拦我，憋多日了，我得放出来。罗小社低下头，任耳边风声呼啸。终于放完，红姐喘了几口，声音忽然软下去，惆怅地说，总得有个法子呀。

罗小社说，你留下就是。

红姐中了弹似的，目光伸出无数张嘴，一点点将罗小社咬定，小社，你说什么？

罗小社说，我明天就和公司说，你比我能干，你留下。罗小社不是和别人争抢的性格，尤其是和红姐。从知道大局已定，罗小社就这么想了，只不过有些摇摆，有些犹豫，红姐的悲愤让他的念头落地生根。

红姐僵了一会儿，忽然道，不行，别人我争就争了，可姐不能和你争，把你踢出去，姐以后怎么见人？

罗小社说，我是自己要离开，与别人无关。你一大家人，你没工作等于塌半边天。

红姐说，你呢？也不一家人吗？

罗小社说，我早离了。

红姐嘴巴突然撑开，半天才缩回去。你说什么？什么时候？

罗小社轻描淡写说了，红姐瞪住罗小社，这么大事，你咋不早说？你还认我这个姐么？罗小社解释，带着愧意，连自己也不知所云。红姐一脸激愤，那女人太没良心，你对她好到天上了，她还嫌你，说离就离。罗小社说，她不是嫌我，她有别的原因，我不怪她。红姐声音顿时提高，到现在你还替她说话？还有原因，谁离婚没原因？小社，你就是太善。我早告诉过你,她不是省油的灯,让你盯紧点儿,你就是不听。现在怎样?她这会儿在哪儿?我找她去!反正离了,我好好寒碜寒碜她,替你出口气。罗小社紧张地说,红姐,你千万别去,我真不怪她,她对我挺好的。红姐反问,好还离?罗小社说,她有原因。红姐眉头紧蹙,说半天你又绕回来了,你……你……好,我不寒碜她,看她一眼总行吧。罗小社说,我不知道她去哪儿了。红姐接一大杯水,咕咚咕咚灌下去,算她走运。这笔账记着,就是在大街上见了,我也得说道说道。罗小社讨饶,求你了,红姐,千万别。红姐不满地说,瞧瞧你那点胆儿,我还杀了她呀?好,我不理她就是,最多啐她一口。随后痛快地一笑,仿佛已啐了周枫。而后突然严肃,小社,听姐的,你留下。你不能一个人过,没了工作,哪个女人还嫁给你?罗小社摇头,我没心思了。红姐说,死了张屠户,不吃带毛猪,忘了她,姐给你找个更好的,你有工作,咱说话硬气。罗小社说,红姐,以后再说吧,工作我也找好了,我能养活自己。红姐惊道,真的?哪儿找的?罗小社说,我打算去黑石坝市场卖调料,你知道那儿的。红姐问,咋想起来的?怎么也比不上公家的柜台啊。罗小社笑笑,那更自在,有时间我回来看你。红姐眼圈一红,小社,想到你要离开,红姐心都空了。红姐做过对不起你的事,你别计较啊。罗小社说,红姐,你开什么玩笑?红姐惭愧道,不,这是真的,前天晚上我带东西去经理家,我耍了心眼儿,想让他留下我。我对不起你,我过于自私。和你比,我算什么东西呀。罗小社倒是没想到,但他并不轻看红姐。敢自个儿揭丑不枉是他罗小社的红姐。罗小社说,红姐,这很正常嘛。红姐说,这是自个儿打脸,这脸也该打。说着举起手,罗小社紧紧抓住她手腕。

离开门店那天,红姐说什么也要请罗小社吃饭。罗小社第一次到红姐家,她住得很远,差不多快出城了。红姐男人罗小社倒是见过几次。他是自来水公司抄表员,风里来雨里去,面色却不黑,也不长胡须,和红姐站一块儿母子似的。红姐择菜,他跷着二郎腿和罗小社胡侃。罗小社口拙,偶尔插一句,更多时候是听。罗小社想帮红姐干活,他不习惯坐享。站起两次都被红姐男人拽回来,坐着,这是女人活儿。红姐骂,放屁,凭什么是女人活儿?我前世欠了你还是咋的?话冲,却不是真正生气。红姐男人笑嘻嘻地说,上世是男人,这世就是女人,下世又轮回来了,老天爷很公平,谁也吃不亏,谁也占不了便宜。红姐骂,狗嘴。罗小社好生羡慕,周枫从没这么骂过他,有时候挨骂真是福分。吃的是涮羊肉,简单实在。红姐男人海量,罗小社根本不是对手。红姐替他解围,姐替你,端过罗小社的酒一饮而尽。红姐男人说,你怎么向着小社啊,胳膊肘子往外拐。罗小社不自在,脸有点儿烫。红姐板着脸说,你别拿小社开玩笑啊。又对罗小社说,他跟谁都没正相。红姐男人嘿嘿笑,乐子就是逗出来的,喊,女人懂啥?罗小社看到家的另一种样子,心中酸涩。

几天后,罗小社出现在菜市场,新的一页就此掀开。迈出这一步没觉得多难,难的是见小刚没那么方便了。小刚放学早,罗小社收摊晚,想个什么办法呢?罗小社动起脑筋。

周枫也在动脑筋,当然与罗小社无关。夺了罗小社的地盘,周枫心中不安。搬出去的应该是她。可罗小社真是动了情,周枫想到小刚,答应了罗小社。如罗小社所言,等到那一天再搬吧。那一天究竟是哪一天?她不知道,她说了不算。她能做的就是催逼杜刚。

滑稽的是,罗小社的离去,使周枫和杜刚见面出现了问题。下班后,她匆匆往家赶。如果罗小社在,她就不用操心小刚。周枫和杜刚又恢复了过去的联络方式。她告诉杜刚她离婚的消息。她一心一意等他，还有他的小刚。杜刚抱怨她轻率，让她耐心等。周枫恨恨地骂，杜刚，我真想割下你的舌头。杜刚小声叫着枫儿。周枫骂，我想把你的牙一颗一颗拔下来。杜刚声音忽然提高，请进！周枫知道进去人了，啪地挂了电话。撒气归撒气，过几天，她又出现在电话亭。

那天，周枫回家的路上忽然想，为什么不把杜刚叫家里来呢？只要杜刚进屋，在那个时间他就属于她和小刚。一家三口，一个完整的家。她会想办法拖住他。合适的时候，小刚从心理上接受他的时候，她就告诉小刚，他是他真正的爸爸。她和小刚，女人和孩子，难道抵不过一个病恹恹的女人在杜刚心中的分量？

周枫边做饭边哼曲子，仿佛杜刚已经在路上。听到敲门声，周枫呆了一下，蹦着就出去了。浑身的血液往上涌，脑袋有点儿涨。

一个肥壮的女人站在门口，……是红姐。

红姐也怔住，咦，小社呢？

周枫忽然紧张起来，嗳嚅，小社……走了。

红姐追问，走了？

周枫解释，他搬到别的地方了。

红姐眼睛瞪圆，别的地方？你这个不要脸的女人可够狠，蹬了他不说，还霸占他的房子。

周枫说，是他让我住的。

红姐质问，他善良不是？他好欺负不是？

周枫说，你去问他。

红姐怒道，我抽你个不要脸的东西。周枫退后一步，红姐手掌落空。红姐身子往前扑扑，突然定住。周枫侧过身，看见小刚倚在门口。

周枫喝令小刚回去，小刚似乎没听见，一动不动地盯着红姐。

红姐的目光变得柔软，撇开周枫，走到小刚面前，小刚，你爸呢？

小刚说，他学习去了。

红姐揉揉眼，姑给你爸蒸了包子，你爸不在，姑给你吃。说着就解提来的那个包。

小刚跑进屋，红姐晾在那儿。她慢慢把解开的包系住，但并没提。她对木然的周枫说，还热着，没毒。我以为小社还住这儿呢。顺便告你，小社下岗了。

16

拔牙后，患者须咬住 1~2 条棉条，作用是压迫止血，保护口腔。一般棉条在拔牙后 40 分钟即可吐出。棉条不要咬压太久。有人以为时间越久越好，咬几个小时甚至十几小时，这样反而被唾液长久浸泡，引起感染或凝血不良。

17

周枫躺在长桥宾馆床上，想起数月前那个日光昏暗的下午。

周枫跟随那个长着雀斑的护士穿过医院幽暗曲折的走廊，从顶头的台阶下去，又走了一段，进入档案室。周枫早被绕晕，辨不清方向，但她知道这是地下室。雀斑护士面无表情，周枫搭讪几次，识趣地闭嘴。周枫托了不少关系，辗转和雀斑护士接上头。周末，雀斑护士牺牲休息时间自然不快。周枫塞给她一百块钱，也没起多大作用。

档案室阴飕飕的，散发着霉味和来苏水味。来苏水味可能是带进来的，周枫想。雀斑护士让周枫坐凳子上等，她的身影在木架中穿梭。木架上的牛皮纸袋是病历。周枫不知这一屋有多少人，那么多人（有人早离开这个世界）挤在这儿，无声无息，神秘诡异，周枫不由敛气屏声。她提供的信息不详，雀斑护士半天才找见。周枫急速地翻着，厚厚一沓，有几十页吧。她问能不能复印一下。雀斑护士毫不客气，让你看已经违反规定。周枫赔着笑又翻一遍，再三向她致谢。

日光依旧昏暗，周枫却觉耀眼，像刚从墓穴爬出来。

杜刚没说谎，他妻子先后住过三次医院。只是不知"还有一两年时间"是医生口误，还是杜刚杜撰。这一点没法向医生证实。确定无疑的，那个生病的女人恢复了，周枫浪漫而崇高的目标悬在半空。

已经很久没和杜刚相拥缠绵，周枫躺在床上，却没有从前等待的焦渴。杜刚迟到，周枫并不计较，她有的是时间。窗帘没拉严，光亮如一条细长的瀑布。周枫眼瞅着瀑布干涸、变暗，和屋子染成一个颜色。周枫没拉灯，直到杜刚进来。

杜刚抱歉地解释什么拖了腿，信誓旦旦在不知不觉中被歉疚取代，电话中如此，见面也如此。有时周枫都不忍了，逼自己想他的难处。可歉疚能解决问题？恼火不经意就冲上周枫面颊。

杜刚俯在周枫身上，一边动作一边请求周枫谅解。周枫强忍一会儿，猛地推开他。杜刚愣怔着，怎么了？周枫迅速地穿衣服，穿了两件，忽然趴下哭起来。赤条条的杜刚晾在那儿，不知所措。

回家的路上，周枫一言不发。杜刚不时瞄着她，说，这么晚了，总得吃点儿东西呀，别空着肚子回去。吃麻辣烫？周枫面无表情，本想点头，脖子却梗着。她没胃口，可什么也没谈成，她心有不甘。杜刚摸不准，慢慢开着，小声提议，要不吃辣鸭头？见周枫未反应，自作主张往路边靠。周枫很硬地说，送我回家！

周枫刚进巷口，背后射出一束光。周枫知道是罗小社，不知他在什么地方猫着。没灯，只要周枫回来晚，罗小社总会拿着手电筒出现在巷口。他总借口去买什么东西，周枫心知肚明。周枫听着罗小社重重的脚步，鼻腔再次酸涩。罗小社搬回来了，住小房，她住正房。周枫让他搬回来的。他住那样一个窄憋的小屋，让她更加愧疚，似乎她明目张胆敲诈罗小社。周枫再不必急着回家，不必替小刚操心。这个男人似乎是为她的宏愿来到世界的。

周枫吃了一个苹果，刚才昏昏欲睡的饥饿突然受到刺激，惊醒，张着大嘴，在五脏六腑乱咬。周枫和小刚要一小袋薯片，小刚出去一趟，罗小社跟着进来。小刚冲她眨眨眼。罗小社没问她为什么没吃饭，只说我马上煮面条。十分钟后，罗小社端进一大碗面条，上面飘着香菜和葱花，周枫胃口大开。然后，罗小社又抢过碗洗了，说闲着也是闲着。罗小社承担了做饭和洗涮的任务，周枫只能和他一起吃。没活儿可干，罗小社绝不在周枫身边逗留。每次周枫想喊住他，和他说说话，张开的嘴终是慢慢合住，她不知说什么。是啊，说什么呢？

杜刚仿佛弥补上次的过失，提出周末出去游玩。杜刚和周枫一直是地下活动，即使野外，他也不肯。他主动提出，周枫欣喜不已。罗小社搬回来，周枫灭了让杜刚来的念头。周末带上小刚，让小刚和杜刚混熟，混得谁也离不开谁，她就阿弥陀佛了。

头天晚上，周枫跟小刚说，小刚翘着嘴巴问，是咱们三个一块儿去吧？周枫紧张看罗小社一眼，罗小社自然瞧出周枫的担心，说，你和妈妈去，我有事呢。小刚不干，周枫呵斥，小刚不听。罗小社咬着小刚耳朵说悄悄话，小刚懂事地说我记住啦。罗小社出去买了面包矿泉水，周枫责备，买这么多干吗？我都准备好了。罗小社小声解释，预备着，万一不够呢？

周枫不知罗小社对小刚说了什么，悄悄审他。小刚说，我爸不让告你。周枫说，你悄悄告诉我，我不让他知道，下周妈妈还带你出去。小刚哪经得住这样的诱惑，马上背叛了罗小社。不过也没什么，罗小社说他坐车就呕吐，这个让他害羞的秘密从不告人。

周枫松口气。她还以为……倒是她多疑。

杜刚带周枫和小刚去了塞外草原。七八月份，正是草原的黄金季节。水洗的天空，弥漫的草香，与皮城俨然是两个世界。经过一个旅游点，小刚嚷着要下去。杜刚说，我知道一个更好的。周枫明白杜刚的意思。他们到的地方叫百灵湖，还没开发，游人稀少。小刚情绪低落，说杜刚骗他。等杜刚拿出遥控汽车，小刚的眼睛刹时点亮。这个家伙，有奶就是爹。

周枫不时瞟杜刚，他有办法讨小刚欢心。她不会怀疑他对小刚的爱，他的眼神里有答案。是啊，他们是真正的一家人。待小刚睡去，她钻进他怀里，享受被大自然荡起的激情与疯狂。仿佛那一刻已经来临，周枫忽然不能自持。小刚一声尖叫，周枫的肩颤了几颤。杜刚诧异地问她怎么了，周枫说你欠小刚太多了。杜刚说，对不起，等……他停住。等那个女人……周枫也这样想过，现在他还用这个假象应付她，离婚对他真就那么难？他对女人的软心肠为什么不用到她和小刚身上？周枫忿怨地瞪他一眼，忽然说，我让他喊你爸爸。杜刚大惊，你疯了？周枫冷笑，难道不是你的孩子？你非逼我去做鉴定？杜刚说，我怎么会怀疑？只是不到时候。周枫说，只怕到时候喊不出了。杜刚说，那不过是形式，并不重要，现在，还是别坏他的兴致。周枫看着远处的小刚,你答应我,每周要带我和小刚出来。杜刚斟酌着,要是没什么特别的事。周枫抢着截住他,别找理由,不然我带小刚去你家里。杜刚讨饶,周枫在他胳膊上拧了一把。

周枫和小刚第二次出去郊游,罗小社没买任何东西。上次他买的面包矿泉水原样不动地拎了回来。小刚说,叔叔车里全是吃的。周枫没接罗小社的眼神,其实,他只是下意识地瞄她一眼,并没有审视的意思。他不敢。她只是他的前妻。小刚给罗小社表演遥控汽车,得意地问罗小社怎样。罗小社竖起大拇指,心里却一阵酸楚。

和上次一样,罗小社整日心神不定,好像小刚要永远离开他。那个男人开始行动,那一天迟早要来。他改变不了,可他不希望这么快,让周枫多借住一日吧,他暗暗祈祷。

第三个周末出去了,第四个周末在家。那天,周枫的脸阴郁着,如黑云低垂的天空。小刚也很不开心,罗小社给他买了泥哨,嘴角才翘起来。罗小社不知发生了什么事,下周还是出去吧,罗小社想,他宁愿那天没一分钱进项。

那个男人究竟是干什么的?疑问又翻起来。他有车,自然有钱。此外,罗小社就一无所知了。罗小社忽然想见见他,不是要认识他,而是想看看这个从开始就打败自己的男人什么模样。十多年了,这个躲在暗处的男人该露露面了。这话没法对周枫说,只有自己行动。

罗小社躲在巷口对面,等了整整一个下午。日影西斜,一辆黑色轿车终于停在巷口。周枫和小刚从车上下来,还有那个男人。他揭开后备箱,给周枫拎出一包东西。

罗小社似乎在什么地方见过他,稍一顿,想起来了,天啦,竟然是……竟然是……罗小社脑袋被戳进铁棍似的。

18

在那个午后,在那个被白色覆盖的屋子,周枫向她对面的牙医拽出一页页往事。我突然有一种强烈的愿望,拔下她一颗牙。在我收藏的牙齿中,唯独没有周枫的,我的瘾犯了,而且不可控制。我痴痴地盯着她的嘴巴,琢磨拔哪颗合适。周枫察觉到了,愕然地问我,你干什么?我说听你说话呀。周枫问,干吗盯着我的嘴,嘴里有啥?我说,你讲得太慢,我着急。周枫瞪我一眼。我没敢说实话,这个时候我可不想惹她生气。

19

配肉车送来肉,红姐还没到。罗小社有红姐的钥匙,他打开店门,把两扇猪肉卸在案板上。

也就两年时间,红姐离开了她和罗小社守了多年的食品店。那个店被人承包了。红姐诉苦、叫骂,仿佛全世界都欠了她。罗小社劝,骂也没用,咱长着手,饿不死,你看我不挺好么?红姐就这样,暴怒来得快去得快。她合计半天,在市场租个小门店卖肉。她说,合着咱俩有缘,转半天又转一块儿了。罗小社的调料摊儿在她对面,两人能互相照应。红姐开业没几天,市场的人就领教了红姐的厉害。除了工商部门、市场，还有地下收税的。三五天收一次，也是按买卖大小收。罗小社每次交五元。那天收红姐的钱，红姐不给，那个青皮往肉上吐了一口。红姐大怒，老娘活得不耐烦，正想拉个垫背的，提着刀子追青皮满市场跑。青皮不再收红姐的钱，也免了罗小社的，别人照收。

半上午，眼窝红红的红姐才露面。没等罗小社开口，红姐已是泪花飞溅，段鹏这个王八蛋，我在外面拼死拼活，他和别的女人鬼混！罗小社半张着嘴巴，一时无措，但周围卷扑过来的目光提醒了他，他让红姐小声点儿。红姐哭嚷，他不嫌丢人，我还怕什么？昨日红姐生意好，提前回去打算给男人包饺子，没想到撞个正着。罗小社急声道，红姐，买卖要紧，你还做不做了？红姐粗声大气，不做了！我图啥？拿脸往屁股上贴，去他娘的吧！随即挽了袖子，拉开数条猪肉，叫，白送了，不要钱！罗小社制止她，红姐说，你让我痛快一会儿吧……来呀，随便拿！她这样叫，反没人上前。罗小社埋怨，你都把人吓跑了。红姐泄气地把肉摔在案上。

肉卖完，却赔了钱。罗小社早早收摊儿，送红姐回去。一路不住劝说，马失前蹄，谁没个犯错误的时候，只要他能改，你就放他一马。红姐骂，我白天伺候了黑夜伺候……意识到走嘴，小社，姐嘴笨，你甭在意，他实在不是东西，我要和他离婚。罗小社说，你别冲动。红姐说，我没冲动，世界这么大，我还怕找不着男人？实在不行，咱俩过！罗小社脸迅速涨红，红姐，你开什么玩笑？红姐勾他一眼，瞧你吓的，红姐还能吃了你？罗小社心乱如鼓。红姐愤愤地骂，就是离婚，我也得收拾饱他。

家里乱糟糟的，到处是碎裂的盘碗，被子也没叠，可以想见昨晚的场面。红姐边收拾边骂，指望惯了，什么都靠我。正说着，男人回来了，紧张兮兮的。见罗小社在，吃力地扮出假笑。罗小社看见他脸和脖子上深一道浅一道的抓痕,暗想,红姐要是再收拾,他的脸就成烂瓜皮了。红姐瞪他,你还有脸回来?咋不和那个贱娘们儿鬼混?男人赔着小心,我错了,我改么,宰相肚里能撑船,你别生气了。红姐骂,去他妈的宰相,少恶心我。男人求救地望着罗小社,罗小社接起话劝红姐。红姐收拾完,忽然想起没买菜,她让罗小社留下吃饭,匆匆出去。

红姐男人获了大赦似的,招呼罗小社坐,你不知她多凶,差点儿揭了房顶。罗小社说,你气坏她了。男人辩解,其实就这么一次,偏偏让她撞上,我够老实了,隔壁男人……看罗小社脸色不对,改口道,你劝劝她,她听你的。罗小社说,你别再那个啦。男人摸着脸说,不了不了,一遭就让她糊成这样,再有一次还不吃了我,再不敢了。待会我出去躲会儿,她还窝着火呢。原来红姐逼令他交代那个女人的地址。男人说,你知道的,我要是说出来,那就了不得了,得出人命,让她别问了,我保证改。

罗小社边帮红姐做饭边劝。红姐说,偷腥也上瘾,不偷就罢了,偷过就难改。我问他那个女人住哪儿,他死活不说,这是改么?罗小社反问,你没给他机会,咋知道他改不了?那个女人你找她干啥?依你的脾气,又得干一架。姐夫还是顾忌脸面,你一闹一嚷,他反而没顾忌了。红姐愤愤地骂,他护着那个贱货,我一点儿便宜没占上。罗小社说,就算你找见她,抓她几把,又能怎样?逼得她和男人离了婚,她和姐夫真还难说了。红姐横他一眼,你平时抖不出几句话,今儿咋连三赶四的?还有理有据。罗小社说,你气昏了,看得没我清楚,别老计较他的过去。红姐说,不拍扁他,我心里这口气出不去。罗小社听红姐的话头,气消得差不多了。

罗小社回去,周枫和小刚已经吃过。罗小社解释,周枫说,你没吃吧,正好有剩的,我给你热热。罗小社忙说,我自己来。红姐再三留,罗小社还是赶回来,他怕周枫有事,小刚饿肚子。周枫没离开,罗小社吃得很小心。他盼她离开,又怕她离开。周枫瞧罗小社一会儿,问红姐没什么事吧。罗小社简要讲了,说,红姐就是脾气大,没别的毛病。周枫点头,她心好,就是嘴厉害。周枫如此评价红姐,罗小社十分高兴,不由多看周枫两眼。

第二天,红姐早早来了。一瞧她红光满面,罗小社心中有数了。果然,红姐说她想通了,谁不犯个错误,知错就改,她不计较。谢谢你啦,小社。罗小社说,谢我什么?谢自个儿吧。红姐说,小社,你离了婚,还让周枫住你的房子,还那样对她,我咋也想不明白,今儿我明白了,你这个人……可惜我和你相处这么多年。我留出一块儿肉,你带回去给周枫红烧,就说我请的。我没少寒碜她,就算道个歉吧……你什么也别说,喏,我装起来了。罗小社看着忙碌的红姐,感慨万分,红姐的坎儿过了。这日子谁又比谁顺溜呢?关键看谁能想顺溜。

晚上周枫进屋,罗小社的红烧肉已经摆上桌子,他强调了红姐的话。周枫笑着说,那我得多吃几块。桌上,周枫讲了同事的事。不知从何时起,两人有了话题。尴尬淡了,像两个不分彼此的合租者。那个男人常常从周枫嘴里走出,周枫说着他的善良与心狠,罗小社偶尔出个主意。罗小社自是不愿意她离开,可看着周枫惆怅的样子,又替她难过。那办法虽然用不上,却是绞尽脑汁想出来的。

这几天没找他?罗小社关切地问。半个月了,周枫晚上没出去过。

周枫摇头,我累了,想歇歇。

罗小社说,让小刚到小房写作业,你早点儿休息。

周枫说不用。

即使躺在那儿,又有什么用?心累睡不踏实。十五六年了,她只奔波一件事，目标依然悬着。似乎更遥远了。郊游没有实质性效果，甭说周枫，小刚都腻了，不再跟她出去。有那么一阵儿，周枫每天去他办公室。周枫想逼杜刚投降，逼他兑现承诺。她没有大吵大闹，不想让人看笑话。她不能。她坐他对面，默默地、冷冷地、没有丝毫退缩地看着他。杜刚确实慌了，说，你别这样，你这是干啥？周枫的目光变硬变粗。杜刚给周枫冲杯咖啡，周枫一动不动。杜刚说，你要我怎么办？周枫说，你知道的。杜刚说，她的身体看起来是好了，其实很虚弱，离婚她就会垮掉，这是变相谋杀，我狠不下心来。周枫嘴唇使着劲儿，让"骗子"二字响亮一些。杜刚说，那时候她真是不行了，我哪想到……老天爷夺去也就去了，我不能当杀人犯。周枫恨恨的，我雇人杀她。杜刚跟跄地摇头，你做不出来。周枫叫，我做得出，我现在的样子和坐牢有什么区别？杜刚说，你真要坐牢，就看不到小刚了。周枫的心突然被尖锐的金属刺中，脸色十分难看，但她仍顶回去，看不到就看不到。杜刚说，你别犯傻，谁照顾他？那个罗小社？时间久了，难免……周枫打断他，不准你说他，你有什么资格说他？你能照顾，为什么缩头？他比你强百倍。杜刚说，他比我强百倍……终是没敢说出来，换了可怜的内疚的语气，你也想想我的难处，再等等。一千遍的理由，都捂出馊味了。周枫威胁，我不等了，我说得出做得出。扬长而去。

　　周枫心绪难平，和罗小社讲了。罗小社如刀剑逼喉，脸都白了。雇人杀那个女人？不行不行，你别这样，毁了她也毁了你。周枫说，我没路了。罗小社说，至少你现在不是死路，你这么办，就真是死路了。周枫目光坚定，我不能让他骗了。罗小社说，你能断定他骗你？他不愿扔下那个女人说明他心地没那么坏，再想想别的办法。周枫愁苦地摇头，我想不出来。罗小社说，总会有的，别做傻事。周枫说，算了算了，不谈了，烦！

　　半夜，罗小社敲周枫的门。从未有过的，罗小社一向很规矩。周枫稍有些紧张，牙开门缝儿，问他什么事。罗小社说，你得答应我，千万别那么做。周枫没有向他保证的义务。可看着月光下他灰暗的脸，周枫心中涌上暖流。她差点儿把他拽进来。周枫哑哑地说，我答应。罗小社如释重负，扭头离开。其实，周枫也就说些出气的狠话，如果想那么做，几年前她就那么逼杜刚了。

　　周枫仍去杜刚办公室示威，但硝烟淡了许多。周枫自己也明白，她其实是告诉杜刚，她说的不过是气话，是戏言。她束手无策，她没招了。就这么无声地威逼吧，无招之招，她不好受，他也甭想好受。谁说她没想过他的难处？她想得太多，所以不能再想。他答应了的，给了我吧！给了我吧！！目光在强硬与柔软间摇摆，腰板却总是竖得直溜溜的。

　　终于，周枫连静坐示威的耐性也没了。她不知道怎么办，怎么办呢？撕了杜刚的脸？和那个病恹恹的女人叫板？周枫不愿成为闹剧中的角色。她生气，她骂杜刚骗子，但心底始终有一个声音：杜刚没欺骗她。那不是骗，如果是就简单了。可那又等于骗，周枫在并非虚幻的等待中，青春一点点流逝。不管她怎么闹，绕来绕去，始终站在起点。

　　一天晚上，哥和嫂子提了些水果上门。周枫不想谈及家人，既然上门，还是说说吧。数年前，嫂子和人私奔。母亲受了打击，一病不起，不到半年就耗干了身体。闭眼前，紧紧抓着周枫的手，直到周枫答应找回嫂子。也就两年，嫂子失魂落魄地回来，又和哥过上了，只是哥一喝酒就揍她。那么揍，也没把她揍跑。嫂子没了工作，没了架子，不再咬文嚼字。岁月残酷又滑稽。

周枫一瞧嫂子浮浮虚虚的笑,就知道有事。嫂子捅哥几次,哥不耐烦地说,你说嘛,没长嘴?嫂子好脾气地,小妹又不是外人,瞧你这胆儿。目光移过来,看不出丝毫难堪。她想让周枫找个工作。周枫说,不是在复印部找了吗?嫂子说,私人开的,又累钱又少。周枫说,现在活儿不好找,我差点也让裁掉。嫂子说,那个……能不能找那个人说说?周枫诧异地问,谁?嫂子看哥一眼,杜……周枫突然打断她,什么乱七八糟的,我没这能耐!看来,哥嫂知道了周枫和杜刚的关系,也许早就知道。知道也没什么,已经不是秘密,可周枫还是恼火。让她找杜刚,这怎么可能?哥表情错愕,大概没想到周枫这么大脾气,呆了呆,扯起嫂子就走。

周枫很快就后悔了。哥的脸在眼前晃来晃去。两人来前怕是犹豫了很久,但还是来了,她是妹妹嘛。撞一鼻子灰。周枫失控了,不是"让她找工作",而是"找那个人",除了兑现那个承诺,周枫还没找过杜刚。她必须让他欠着她,现在……还是说一声吧,毕竟是她哥,她也想试试杜刚在"别"的事上的态度。

第二天,周枫去找杜刚,杜刚很痛快,没问题,你的事就是我的事。

周枫不知该高兴还是难过。

20

据专家研究,人说谎可造成牙齿衰老。人每说一次谎,牙质中的钙磷化合物就会流失一点,导致牙齿易被酸蚀,久而久之,形成龋齿。

21

周枫站在路旁,乜斜着那个跪立的学生娃。他背一个旧书包,额上扎着白布,两臂低垂。他勾着头,周枫无法看清他的脸。他面前铺了一块白布,自然是写着字的。半年前,周枫经过一个跪乞者身旁,看过一个个冒着血的字,心中酸楚,丢下十块钱。跪乞者咚地磕一个头,吓周枫一跳。不过几个月工夫,类似的学生娃蘑菇一样冒出来,成为街头路口抹不去的风景。周枫看了半天,施者寥寥。人们的心不知不觉间变硬了。谁永远被骗呢?

视线模糊……跪乞者的背影像极了杜刚,周枫马上惊醒。周枫奇怪自己怎么有这样虚幻的感觉,心乱如麻,扭过头,搜寻着什么。

一辆崭新的车停在周枫身边,周枫迅速钻进去。杜刚握握周枫的手,问她听什么歌。周枫说随便,她不是来听歌的。杜刚放了一首舒缓的音乐,并说,音质非常棒。车无声地滑行,周枫目视前方,余光却扫着杜刚。杜刚喜不自胜的声音仍留在周枫耳里,他说要送她一个礼物。见周枫反应不大,他沉不住气,枫儿,梦想,记得我们的梦想么?周枫咬紧牙,没让自己瘫那儿。梦想,覆盖了无数灰尘的梦想,已是周枫身体的一部分。周枫没听说那个女人怎么了……脑里一闪,他悄悄离婚了?他送给她的莫非是离婚证?单位改制,杜刚摇身一变成了董事长。杜刚有足够的钱换一张离婚证。

周枫没问,等杜刚主动供出来。她奇怪自己沉得住气……其实她的心极乱。杜刚似乎故意耗她,就是不开口。但他难以掩饰喜悦,眼睛鼻子嘴巴眉毛耳朵都带着笑。周枫暗骂，可恨！她不知他带她去哪儿……忽然悟出味儿来，喜事自然有个仪式，他怎么可能在车上说？是啊，是啊……她躁热起来，她想不起两人有多久没在一起，她的身体差不多荒芜了。看样子不是长桥宾馆，以他的身份，那个地方档次似乎低了。但周枫宁愿去那儿，她难以忘怀。但周枫不打算说，她兴奋地横下心，任这个狗东西宰割了。

车在一个小区停下。杜刚说，百花小区，报上常做广告的。皮城楼盘蜂拥，周枫哪记得住那些乱纷纷的名字，她机械地点头，跟随杜刚上楼。杜刚熟练地打开301。装修没多久，空气中味道颇浓。杜刚领周枫转了转，说120平米。房间没家具，唯独向阳的卧室横一张双人床，周枫注意到已经安了窗帘。杜刚说，这里很安静，非常安静。周枫想，这里的好处是没长那么多眼睛。

杜刚拉住窗帘，回头望着周枫。光线暗了些，但周枫仍然觉出他眼里啪啪的火苗。如何？杜刚问。周枫没说话，因为说不出来。她下意思地瞄瞄杜刚始终抓在手里的包，知道答案就在包里。她突然紧张而慌乱。但是杜刚并没有下文，他慢慢走过来，拥住周枫。周枫发热，变软，觉得自己的身体稀粥般从杜刚怀里往下溜。她咬住他的耳朵，抱紧！两个字，轻轻的，轻得她自己都听不见。但杜刚听到了，砰的一声，杜刚被这粒火种点燃。周枫被他抱起，被他扔到床上。

燃烧的火。

周枫还没烧够，脸烫，身子也烫。杜刚已翻下床，撅着腚扒拉两人的衣服，终于找见那个公文包。他跪在周枫身边，脸带愧意，却目光灼灼，枫儿，这么多年，你受苦了，我们……他顿住，似乎有些哽咽，可马上轻快了，顽皮地眨眨眼，你闭上眼，傻孩子，必须闭上。

周枫闭上，怕自己做不到，咬紧嘴唇。

杜刚声音颤巍巍的，可以了。

周枫睁开，怕自己看错，努力睁大。

杜刚拎着一串钥匙。

周枫不解，这是什么？

杜刚说，这套房的钥匙。

周枫木然道，钥匙？

杜刚说，当然是钥匙。房子是送给你的，买了家具，你和小刚就可以搬来住。枫儿，我们的梦想不就是在一起么？这是我们的家。把我们的秘密告诉小刚，我这个地下父亲要站出来了。

周枫问，你每天都住这儿？

杜刚回答得相当干脆，当然不可能，但我随时会来。

周枫明白了，他和那个女人的关系没有任何改变。他只是在这个城市另置一个家，她是什么？他的小？这怎么是她的梦想？可笑！刚才滚烫的身体忽然滑进冰窖，淹没在寒冷中。

杜刚把钥匙塞周枫手中，只要心在一起，其他不过是形式。

周枫终于按捺不住，你把我看成什么了？

杜刚说，枫儿，我们结了婚，不也这样吗？你究竟要什么？

我要什么你清楚！周枫胳膊一扬，钥匙擦过杜刚耳朵，飞到对面墙上。她跳起来，抓了衣服往身上套。杜刚急了，枫儿，你这是干什么？周枫不理，一只袜子找不见了，她不再找，跳跃着奔到门口，怎么也打不开门。杜刚说，枫儿，你冷静点儿。周枫回头，叫，给我开门！杜刚似乎被她吓住，手抖了一下。

周枫大步奔出小区，没有片刻停留。没有公交，出租车也少，周枫走了半小时才坐上出租车。杜刚没有追上来。周枫的胸起伏着，仿佛两只困兽在那里冲撞。她咬着牙，不让酸胀的鼻子发出任何声音。

付钱。下车。开门。扑到床上,周枫的眼泪决堤。她怀着喜悦,怀着期待,可那一串冷冰冰的钥匙把她的所有都撞碎了。甭说一套房,就是一栋楼,她也不稀罕。她要的不是这个。

委屈随着眼泪泄掉,周枫懒懒地躺在那儿。一个声音犹疑地、小心翼翼地提醒她:是不是过了?她早就想从罗小社这儿搬出去,现在有房,自然有了可能。她不能谋杀那个女人,不能逼杜刚离婚,有了房,和杜刚在一起的时候就多了。小又怎样?都什么年代了?况且,她不是小,绝不是。杜刚要把自己分开,一半留给女人,一半给她。国家还另立江山呢。也许这是最好的选择,她还能怎样?完全把他夺过来?早晚有一天,他会完完整整属于她。她等了快二十年,这也是一个阶段性胜利吧?那么……把那串钥匙要回来?那串钥匙在眼前晃动时,她又挥手抹去,毫不客气的。不错,她和小刚住到那儿,就把杜刚劈了一半儿过去。但她要的并不是一套房,并不是半个人,她要的是一个承诺。那个承诺让她不顾一切,让她的容颜在等待中苍老,他必须给她。

罗小社回来,周枫正从锅里舀汤。炒菜加多了水,成了煮菜。周枫抱怨自己笨,边舀边想,千万别让小社看见,好像她什么也不会做似的。还没舀完,罗小社进屋。周枫吐吐舌头,停住。

罗小社接替周枫。"家"务上,罗小社永远是主角,她算半个配角。

罗小社看出周枫眼睛异常,明白又和那个人闹别扭了。除了那个人,谁又能搅动她呢?一丝怜爱涌上来,罗小社悄悄叹口气。和红姐在一起,罗小社是弟弟,处处受她关照;在周枫面前,罗小社则是兄长,总是替她操心。

饭后,罗小社探询地看着她。周枫说,他给我买了一套房。

罗小社被咬了一口似的,你要搬走?

周枫纠正,是他让我搬过去。

罗小社心想,还不一回事嘛。罗小社害怕这一天,这一天还是来了。周枫搬走,自然小刚也要离开。罗小社吃力地笑笑,总算……行了。

周枫摇头,我不去!

可以想象罗小社的表情,惊愕,却掺着兴奋。待周枫说了理由,罗小社心却沉重了,他劝周枫想开,这样没什么不好。他说,你平时就当他出差吧。他是想让她住下来,可……终究是个临时的地方,她最终要飞走。他是愿意她好的。

周枫说,不,我要的不是这个。

罗小社松口气,很快又忧心忡忡。周枫的神情透着让人惊骇的寒冷与坚硬。罗小社想起她曾经说过的话,她莫不是……没有退路,或许她真会那样干。罗小社忍了忍,没敢提。万一不是呢?不能再提醒她。

红姐看出罗小社揣着心事,问他,又不说。红姐板了脸道,咋?信不过姐?罗小社不自然地笑笑,瞧红姐说的。红姐哼了一声,那还不快说?是不是周枫有事了?被红姐说破,罗小社只好招认。红姐说,我就知道,除了她,谁能让你心神不宁,你俩也真是有的一拼。红姐左右扫扫,压低声音说,要不我去找找那个男人?罗小社忙说,红姐,你千万别,周枫会生气。红姐说,我这也是帮她么。罗小社说,她知道怎么做。红姐焦躁地说,我想起来就烦,你吊这儿算咋回事呀?她走了,我好给你介绍个新的。罗小社生气了,重重叫声红姐。红姐也不高兴,冷着脸说,我也没咋着她呀,你就急成这样?真是!不再理罗小社,反身回自己的肉铺。

也就两支烟工夫,红姐又折回来。已是一脸春风。小社,昨晚坝岗街捅死一个人,你知道不?罗小社摇头。红姐哎呀一声,还是个学生呢,真是可惜了。罗小社消息闭塞,外界的事多半是红姐传给他。

那天,红姐上厕所,回来说一个女人跳河了,在大桥那边。可能是"桥"字刺激了他,罗小社忽然脸色苍白,额头出了冷汗。红姐看出来,问,你怎么了?罗小社掩饰,没事啊。禁不住又问,是个女人?听谁说的?红姐说,刚才上厕所……小社,你别过敏好不好?你这人真是没治。罗小社却慌得控制不住,胸口都突突了。他紧张地说,红姐,我心慌。红姐嘲弄,瞧你这点儿出息。但她很快觉出罗小社真的难受,挟住他,你是不是病了?我去叫车。罗小社抓住她,别……没事……我喝点儿水。红姐递过水杯,罗小社喝了几口,稍稍镇定,却有一种痛感。还好,他能忍住痛。红姐说,妈呀,你可吓坏我了。罗小社不好意思地笑笑。

一个警察出现走进市场,罗小社并未在意。警察和旁边的摊主说了什么,往这儿走来。罗小社心跳再次加快,别是找他的吧?罗小社的目光想躲开,却又被警察粘住。在无助与游弋的注视中,警察走到他面前……

22

无数个夜晚,我听到铁盒子里牙齿的撞击,我甚至怀疑它们会把铁盒击碎。为保险起见,我加了锁。我知道它们是不会老实受困的。呓语、倾述、叫嚣、怒吼、责骂、嘲笑。争先恐后,如大浪拍沙。

23

罗小社被门卫拦住，他说找杜刚。罗小社说得随意，仿佛含着一枚瓜子，轻轻一吐就出来了。门卫打量罗小社，问他联系过没。罗小社说没这个必要，便往里走。门卫再次拦住他，已是一脸卑笑，让罗小社登记一下，解释，这是规定，要不我会丢饭碗。那是一张略显稚气的脸，唇上的黑胡还很柔软。一听可能丢饭碗，罗小社的心便塌下来，乖乖填了会客签。这个杜刚规矩够多，他自己咋就不讲规矩呢？

转了一圈，终于找见杜刚办公室。罗小社没敲门，推开就进。他没这样莽过，为了周枫，他豁出去了。杜刚正和一个女的说话，罗小社贸然闯入，他愣了一下，但他反应快，指着沙发让罗小社坐。又示意那个女的出去。罗小社想，想必是秘书吧，比周枫年轻多了。

杜刚审视罗小社，罗小社悄悄畏缩一下，立刻摆出一副凛然的样子。周枫看着他呢，他不能稀。罗小社从沙发站起，走到杜刚对面。这个男人，这个让周枫痛不欲生的男人，竟然是周枫老板。这个男人，小刚被烫伤，他第一次出现，假惺惺塞给罗小社五百块钱，罗小社感激涕零。这个男人，在医院走廊，罗小社狠狠揍他一拳。罗小社活了四十多年，没打过人，那天是气昏了。若不是红姐拽着，绝不止一拳。罗小社想在杜刚脸上辨出那一拳的痕迹，没有。

杜刚问，怎么？找我打架？

罗小社莫名地颤了一下，杜刚坐在老板桌后，不怒自威。罗小社一寸一寸扬起自己的傲然，我找你讲理。

杜刚忽然笑了一下，你可全是打架的架式啊，坐吧，别站着。

罗小社说，我喜欢。

杜刚说，什么事？

罗小社说，别装糊涂，你知道。

杜刚很不客气，我不知道。

罗小社暗暗骂娘，耐着性子，我替周枫讨个公道。

杜刚冷冷一笑，旋即冷了脸，神情依然残留着似笑非笑的东西。我倒想知道，你是周枫什么人，你凭什么？

罗小社抽搐一下，杜刚击中他的死穴。是啊，他是周枫什么人？脸一点点儿黑了，白了；又红了，白了，冷硬无比。我是她哥。他逼视过去，不再退让。

杜刚愣住，仿佛被利器钉住。终于，他的神情松弛了，好吧，说说你想怎样。

罗小社说，你娶她。你答应过她，你是有身份的人，说话要算话。周枫等了快二十年，你让她等到什么时候？

杜刚苦笑，没想到你和我说这个话，我很羞愧。我知道你是个好人，周枫很感激你，我也很感激你。这么多年，是你照顾她。我不知道你了解多少，有些事你恐怕不清楚。我没骗过她，从来没有，可我伤害了她，我很无奈……

罗小社截住他。杜刚不是坏人，罗小社已从周枫那儿获知，但他对周枫又很坏。罗小社不想再听，他知道杜刚的理由难以反驳——杜刚舍不得丢下病弱的妻子，这点儿令罗小社钦佩。没有理由，没有退路，没有条件。

你让我怎么办？杜刚问。

罗小社斩钉截铁，娶她。

杜刚又是苦笑，我何尝不想？你知道……

罗小社耍横，我不管，反正你得娶她。

杜刚说，干吗非要那个形式，我给她买了房……

罗小社说，她不要那个，你清楚。

杜刚无奈地、悲怆地，我没别的办法啊，小社，换你，你会怎样？

罗小社不知道，他没想过。杜刚的痛苦触动了罗小社，罗小社软了许多，你想想办法。她已经跳过一次河，不能再逼她跳第二次。

杜刚说，你劝劝她别做傻事，再给我点儿时间。杜刚站起来，在罗小社肩上拍拍，兄弟，靠你了。

罗小社出了大门，忽然觉得不对头，他是找杜刚算账的，怎么反而被他说服？时间不早了，罗小社没回市场，得回去给周枫做饭。

罗小社进屋，周枫睁开眼。罗小社歉意地，弄醒你了吧。周枫说，我没睡着。整天躺着，哪睡得着？挣脱死神的怀抱，她一直在家歇着。身体极度虚弱，骨骼、肌肉甚至每个细胞都软绵绵的，元气大伤，估计就这样吧。罗小社端上饭，坐在一边。周枫让他也吃，否则她就不吃。罗小社盛了一碗。但他吃得极快，几乎是倒进去的。吃了没一半，周枫不想吃，罗小社硬是喂她几口。罗小社说，身体养好，咱俩一块儿去看看小刚，我挺想他。周枫明白他的用意，他其实是在责备她。周枫十分羞愧，她怎么就……在落水的一刹那，她清清楚楚地看到小刚惊骇的脸。还连累罗小社，每天中午跑回来给她做饭。自小刚去外地念书，中午也很少开伙了。泪水模糊了周枫的眼。罗小社说，咋还哭呢？别这样。周枫摇头，我没事，你去吧。

第二天，罗小社又去找杜刚。杜刚惊道，怎么又来了？罗小社说，你还没给我答复，我当然要来。杜刚说，我说得明明白白。罗小社说，我不听你说，要你做！杜刚说，你给我指条路，兄弟。罗小社说，我不知道，事是你做的，话是你说的，你得兑现。杜刚说，别影响我办公。罗小社说，你答应我就走。杜刚说，你怎么能这样？罗小社说，我就这样了。罗小社没无赖过，现在耍赖。杜刚威胁要报警。罗小社说不怕，全世界都知道才好呢。杜刚又软下去，让罗小社想他的难处。罗小社吸取昨天的教训，没顺着他的话题。你有千万个理由，我只有一个要求。否则就赖着。当然没赖到底，得回去做饭。

罗小社再去就进不去了。门卫不放行，态度强硬。看来杜刚发了话。罗小社在门口软硬兼施，门卫正眼也不看他。罗小社就在门口等，心里窝着火，杜刚还能躲一辈子？

追堵杜刚成了罗小社最紧迫的任务，每天都来。罗小社不想介入周枫和杜刚的事，可周枫跳河后，罗小社再不能坐视。他要管，必须管。周枫的事自然是他罗小社的事，让她从这个院子嫁出去吧。

罗小社都跟红姐说了，有时还向她讨主意。红姐忙坏了，一边卖肉一边照顾罗小社的摊儿。七八天过去，罗小社没逮住杜刚。红姐说，你这样不行啊，他出进坐车，你哪拦得住？罗小社说，我不是进不去门嘛？红姐说，明天我跟你去！

自然被门卫拦住。红姐嚷，你知道我是谁？你的饭碗是不想要了。门卫只一句话，不能进。红姐往里闯，门卫推她一把。红姐大叫，你竟敢占我便宜？我都能当你娘了。门卫吓得后退。回头见罗小社发呆，红姐骂，傻了？罗小社醒悟，撒腿往里跑。但是杜刚的屋锁着，罗小社楼上楼下找了好几遭儿，无果。返到门口，红姐还坐在地上叫骂，身边围了不少人。罗小社冲她摇头，红姐迅速起身，抓起罗小社就走。问明情况，红姐说，也许躲了，也许当真不在。躲了和尚躲不了庙，去家找他。罗小社担心，行吗？他是怕周枫知道。红姐说，有什么不行？干脆和那个女人闹一场，逼她离婚。周枫做不出来，咱帮她。罗小社更加担心，红姐说，打蛇抓七寸，不这样没了。一闹也许那女人主动离婚呢，一个男人霸了这么多年，该让出来了。

红姐真是神通广大，没费什么事就弄清楚杜刚家住哪儿，拉罗小社杀上门。当然，和周枫曾经去的不是一个地方。杜刚不在，只有女人和保姆。罗小社听到"保姆"两字，心里不怎么舒服。周枫何曾享过这样的礼遇？可是看到那个病歪歪的女人被保姆扶起来，罗小社明白杜刚为什么雇保姆了。女人瘦得像晒干的豆芽，怕是榨都榨不出水来。她居然涂了口红，反衬得脸更黄。罗小社和红姐对望一眼。女人说杜刚不在，有什么事她可以转告。罗小社说，还是当面和他说吧。女人警觉道，你们不是公司的吧？红姐说，不是。罗小社忙说改天再来，拽红姐出来。

两人都很泄气，罗小社甚至感觉受了重击。红姐说，看来那家伙没撒谎，不大好办了。罗小社紧蹙眉头，一脸茫然。

罗小社回到家，见到同样躺着的周枫，马上占到周枫一边。那个女人需要照顾，周枫不需要吗？杜刚必须回到周枫身边，至于那个女人，罗小社荒唐地想，他可以替杜刚照顾。

罗小社候了几次，终于在家门口堵住杜刚。杜刚恼火地说，那天是不是你？我就知道是你。你还有完没完？你再添乱，我真报警了。罗小社说，你不跟周枫结婚，我就没个完。杜刚说，你也看到了，我能扔下她？罗小社说，我替你照顾她。杜刚见了怪物似的，你说……什么？你简直是个疯子！罗小社说，我没疯，是周枫快疯了。杜刚说，你是不是想把我逼疯？目光血红血红，罗小社头皮一麻。

那天，罗小社进屋，周枫就问，你找杜刚了？

罗小社想否认，随即又哦了一声。看来她知道了。

周枫厉声道，谁让你找他的？

罗小社嗫嚅，我……想……

周枫眼泪飞溅，罗小社你不要再管我的事。

24

恒牙是人最后的牙齿，恒牙脱落后，将不再有牙齿萌生。

25

其实，周枫咳嗽很久了。她嗓子不利落，总觉得堵着什么东西，又咳不出来。她尽量避着罗小社，不在他面前咳。罗小社絮叨，有时他的关切反而成了负担。这么说，周枫甚为内疚，可确实是这种感觉。那次她患感冒，根本没当回事，吃两片药就去上班。中午，罗小社竟然跑去给她送药。晚上罗小社给她试体温，说不行，一定要睡前再吃一顿药。眼看着她吞下去，才放心回自己的小屋。一个院子，楚河汉界。

总有避不开的时候，罗小社给她买了治咳嗽的药，没效。罗小社让她去医院，她一推再推，最后被罗小社拖去。当天，周枫住院。

周枫从没把自己和医院联系起来，虽然也曾出入其中，除了那次陪小刚，没在医院长住过。罗小社安慰她，没有大问题，住一段好些，咱就离开。罗小社一个咱字，周枫不由心酸。这个世界没有真正属于周枫的地方，她先在父母那儿借住，后在罗小社那儿借住，现在又借住医院。周枫的身份似乎就是一个永远的过客。借住在病房，周枫开始意识到先前借住的地方是多么温暖。母亲的茴香馅饺子、哥哥的呼噜，甚至嫂子文绉绉的表演都有一种迷人的光泽。至于那个小院，让她回想更多：婆婆的鲫鱼豆腐、小刚的恶作剧、罗小社的傻笑，还有她的骄横。

病室是冰冷的，尽管罗小社日夜在身边。那种冷与气候、季节、温度无关，是从心底透出的冷。冷让周枫变得平静，冷让周枫的思维插上翅膀。她想起蝴蝶飞舞的草原。她随副厂长杜刚到内蒙收验羊毛，一个休息的日子，他带她去草原。她把第一次献给他。她忘不了他炽热的眼睛和他诗一般的语言，天是帐篷，地是床。说不清她和他是什么时候开花的，但结果是在那个独一无二的帐篷里。她想起现已拆掉的长桥宾馆里的承诺，她为那个承诺一日日奔波，一日日流逝着青春。她想起那个春日午后，她站在大桥下等待罗小社，匆匆对答，尘埃落定。奇怪的身份，奇怪的方式，罗小社走进她的生活。她想起她站在大桥上威胁杜刚，其实是试探性的考验，却差点儿成为生命绝笔。

周枫的目标很明确，虽然被岁月磨得粗粝，千疮百孔，但面貌犹存。她犹豫过，也怀疑过，但没有冷静下来认真思索过。此时，周枫检索往事，也冷静地检索着往事的意义。就像她一直借住，也许她一直没见到真正的门，也许她从来没搞清楚自己真正需要什么。需要什么？她自问。找不出确定答案，周枫因此满怀忧伤。

周枫常常在背后打量罗小社。罗小社的背影有时很陌生，就像她从未见过一样，跟她没有任何关系；有时却亲近无比，仿佛是她自己的轮廓。罗小社开始陪床时，周枫很尴尬。让这样一个身份的人做那些事，但很快就习惯，和在家没什么区别。医生、护士、病友，没有谁看出她和罗小社的真正关系。糊涂也好。

第五天，杜刚来了。他不安地解释，刚刚知道，他在另一所医院。她也住院了，他说。周枫瞄罗小社一眼，罗小社默默退出。周枫和杜刚见面次数少了，有时几个月一次，还是杜刚找她。周枫并不是躲，她累了，并且累透了。杜刚神色疲倦，头发散乱，看样子那女人病得不轻。周枫绝不是咒她，而是无意识的判断。杜刚握住周枫的手，说，我找过了，医院答应换个好点儿的病房。周枫知道杜刚还会补交押金。她没感觉。她和罗小社没什么积蓄，杜刚出钱，可以少花罗小社的。罗小社的钱是一分一毛挣来的。如果杜刚早来两天，周枫可能会给他脸色，现在不会。一个瞬间，想法就会改变，何况周枫已经在病床上窝了五天。五天时间，足以让周枫的心变得空阔、辽远。杜刚哑着嗓子说，对不起。都说烂了，还说。周枫淡淡一笑，你累了，找个地方睡会儿吧。没有讥讽的意思。杜刚说，不，我和罗小社说过，今天我陪你。周枫摇头，你去照顾她。杜刚痛楚地说，别撑我，给我一个机会。周枫说，我想明白了，她比我难，你在这儿我会不舒服。杜刚叫，枫儿。周枫说，你走吧，别在这儿浪费时间。杜刚固执地说，我一定要留下。周枫说，那你留下，我走。杜刚忙拦她，好好，我走。周枫闭上眼，没让一滴液体溢出。

罗小社无声无息地站到床边，周枫责备，干吗告诉他？罗小社赔着小心，我想……我想……，周枫说，你不想陪我就走。罗小社急白脸，怎么会？不是的，我觉得……周枫马上意识到自己过分，她根本没资格这样对待罗小社，她是横惯了。

一个星期后，杜刚再次来到周枫面前，满脸憔悴。他没道歉，默默地坐了很久，才说，她走了。周枫突然有一种痛感。一个人就这么去了。曾经，她是那么热切地等待那个女人消逝，并费尽周折去查阅她的病历。周枫不知说什么，不知该怎样安慰他，只好无言地看着这个男人。杜刚也沉默，直至离开。

周枫出院，罗小社和杜刚发生了争执。杜刚要把周枫接走，罗小社不干。杜刚理直气壮，罗小社没那么硬，但坚持说，周枫身体还需恢复，暂时还是由他照顾。罗小社特意强调是暂时。最终由周枫决定。周枫说，小社，我还是住小院吧。杜刚大叫，周枫！周枫十分平静，就这么定了。杜刚说，你还是不肯原谅我，我们等的不就是这一天吗？周枫扭过头，无言。罗小社扯扯杜刚，那个地方，你认识的。

周枫默默起身，下楼。出了医院大门，突然捂住嘴巴。

26

杜刚和周枫的婚礼是三个月后举办的。中间过程曲折，不说也罢。过程永远是过程，结果才最重要。

我参加了周枫和杜刚的婚礼。

我不喜欢凑热闹，是被罗小社拽去的。罗小社当然是不可缺少的人物，我就没必要了。但罗小社胆怯，他说，就算陪我去行不？眼神充满期待，我还能推辞么？有时候，我的心也挺软。

那天，我还没起床，罗小社就在楼下喊。昨夜，盒子里的牙齿格外闹，我没睡好。这个罗小社，又不是你举办婚礼，着哪门子急？我让他上来，他说不，要在下面等。我想，咋的？还怕我拔你的牙？我和罗小社有个小故事。我其实也是个胆小鬼，诊所刚开业那阵子，不敢下手拔牙。第一个患者的牙齿拔了半截，没弄下来。那老头不干了，好一通吵闹。罗小社跑来，指着自己一颗牙说，痛，拔了！我心一横，手上的力气大了几倍。罗小社的牙是我拔下的第一颗牙，之后我就顺溜了。也是拔了之后，我忽然明白，罗小社并不是牙痛，他不过想让我实验。这个人就是心好、义气。

我和罗小社吃早点儿。罗小社摸出一个红包，问我够不。我捏捏说，足够，你又不是大款。罗小社说最好再买点儿什么。我愕然，随份子就行么，还买啥？罗小社拽着我去商场，让我参谋。转一大圈，他在珠宝首饰柜台停住，一个一个问戒指价钱。我嘲笑他，连起码的常识也不懂，送戒指是新郎的事。可能我的话有些重，罗小社看我半天，问，那该选点儿什么？我说送一束花吧。罗小社说，这个主意好，还是你脑子活。选花又花去好大工夫，我看时间不早，一再催促，罗小社才定准。

婚礼定在皮城唯一的四星级酒店——北方饭店。走到半路，罗小社想逃，他说拿了红姐的钥匙，红姐的肉铺开不了门。他让我把份子和鲜花代他献上，他一会儿再来。他不敢去了。钥匙不过是借口。我说他不去我更不去。罗小社再三央求，脑门都冒汗了。无奈，我答应了。罗小社塞给我，转眼消失在人流中。

婚礼场面很大，有几百来宾，光大厅就摆了几十张桌子。当然，我不在意这些。如果说在意，也只在意周枫和杜刚。两人出现在台上，目光、灯光齐刷刷聚过去。杜刚西装革履，神采奕奕，周枫脸有些苍白，仿佛冻着了，但时有红晕飞过。过程和我见过的其他婚礼没什么区别，只是司仪更饶舌，废话更多。我觉得自己没必要待在那儿，可一种说不清楚的感觉阻止我逃离。

饶舌的司仪终于问到关键问题，高潮，也是尾声。

你愿意娶周枫女士为妻,并一生一世爱她吗?

我愿意。声音洪亮。

你愿意嫁给杜刚先生,并一生一世爱他吗?

周枫没有回答,而是扭着头,扫过大厅,仿佛寻找什么,但目光空洞,没有内容。

全场鸦雀无声。

周枫慢慢转过头,看杜刚一眼——不知那是什么眼神,突然跳下台阶,往门口奔去。所有的人都被她弄愣,呆若木狗。桌子挨着桌子,周枫遇到了障碍,她拼力往外冲。桌子倒了,椅子倒了,糖果、烟卷、瓜子、杯盘相继落地,场面顿时混乱。周枫奔到门口,夺路而逃。

诸位,你们也许猜出了我是谁。不错,我就是那个叫小刚的家伙。并不是我故意兜圈子,而是不想分散你们的视线,让你们没有恶意地嚼我的舌头根子。你们没有看到更多关于我的文字,因为我不愿提及,我是个闯祸的家伙。但现在,我无法再隐瞒,更不能安静地躲在那个鸟笼子里。罗小社和周枫的故事尚未结束,我的故事却开始了。

我清洗那堆牙齿的时候,杜刚来找我。由于上楼,他微微喘着。他鬓角已经有了白发,虽然不多,但足以显出他的衰老。杜刚来和我谈判,不,说恳求更合适些。杜刚认我,并让我认他。一个"认"包含着极其复杂而丰富的内涵。杜刚说那些家产将来都是我的,那个数字充满诱惑,我当二百年牙医也挣不到。我能不动心吗?我是个什么货色,自己清楚。在街上看到某个丰乳翘臀的姑娘,我动心过;在报上看到别人中了大奖,我动心过;但我没松口,并非想装孙子,而是没有准备。靠!那么多钱,我怎么花?杜刚说他已分别找过周枫和罗小社,他们的态度是,由我决定。我注视着面前的男人,他脸部的轮廓、五官的特征我每天都能从镜子里看到,但移开镜子,我眼前出现的总是罗小社的脸。杜刚的目光柔软、灼热。我说我得考虑考虑，杜刚说明天再来。离去时，在我肩上重重一拍。

  热闹了不是？诸位，如果你们是那个闯祸的家伙，你们怎么办？

  不过，你们说不说都没意义，一千个人怕有一千个理由。其实，当我从窗户凝视杜刚慢慢离去，那一刻，我已明白怎么做了。

  勿须赘言，答案隐藏在小说中。

一个谜面有几个谜底

1

没错,那个戴手铐的人就是我。我耷拉着脑袋,不想让人看见我的脸。我不是害羞,有什么害羞的呢?老六说,害羞是怯懦的表现,是男人就不应该害羞。老六虽然高中没毕业,但分析问题一针见血。

老六的智商在小学阶段就显现出来了。有一次,胖子考试不及格,被他爹揍了一顿。胖子泪汪汪地哭诉,要把家里的柴火垛点了,老六及时劝阻了胖子。老六说出出气是必须的,但你的方式不对,点了柴火垛,没准能把房子引着,这样不合算。敌我矛盾和人民内部矛盾的处理办法绝不能一样,你这是人民内部矛盾,哪能用敌我矛盾的处理办法?胖子的眼珠快激出来了,他问老六有什么办法。老六想了想说,你家不是养了很多鸡吗?干脆就捉一只,一来惩罚你父母,二来你补补身体,脑袋没营养咋考及格?老六的话很对胖子的心思,胖子当下就要回去逮鸡。老六拦住胖子,劝他不能蛮干,然后如此这般地嘱咐一番。每天傍晚鸡上窝,胖子娘都要一只一只数,二十八只鸡一只不少才关鸡窝门,而在早上她是不数的。那天晚上她发现少了一只鸡时,那只鸡已在老六、胖子等人的肚里消化得差不多了。胖子娘怀疑让人逮了,骂了一晚上。胖子把娘骂人的话告诉了老六,老六说还得给她点儿颜色看看,解决问题必须彻底。过了几天,胖子家又丢了一只鸡。胖子娘认定鸡窝里有黄鼠狼,结果揭开鸡窝盖,里面只有鸡粪。后来胖子撑不住,老实交代了。老六说胖子没出息,不然这案子永远是个谜。

让老六最出名的是老六念高二时的一件事。化学老师喜欢上了班里的文娱委员。文娱委员大名杨兰兰,外号小白菜。这么说吧,她是又白又嫩,别说掐一把,就是碰一下,没准也能喷你一脸水。当然,小白菜有一点名不副实,她不像小白菜结结实实,而是病病殃殃的,风一吹就倒的样子。化学老师大学毕业没多久,血气正旺,常把小白菜叫到他办公室辅导功课。小白菜的化学一塌糊涂,化学老师显然想把小白菜辅导到床上。各门功课中,老六化学最好,他和化学老师的关系不错。化学老师喜欢啃小白菜,学校都不管,老六更不会干那种狗拿耗子的事。问题出在陆雨身上。陆雨是老六的哥们儿,他也喜欢啃小白菜。化学老师没喜欢小白菜前,小白菜还让陆雨"啃",化学老师喜欢上小白菜后,小白菜也和陆雨约会,但绝不让他"啃"了。陆雨很苦恼,如小白菜彻底回绝他,他也许就死心了。可小白菜若即若离的,折磨得陆雨几乎变成一棵腌白菜。老六家穷,饭量又大,一个月的饭票半个月就吃光了。老六常用陆雨的饭票,和陆雨的关系很铁,那几天陆雨吃不下饭,老六天天打肉菜。老六决定帮陆雨一把,他替陆雨分析了形势,认为小白菜也是喜欢陆雨的,现在她正处于摇摆状态。化学老师除了年龄比陆雨大点儿,并不占什么优势。现在问题的关键是谁下手快,下手狠,光打雷不下雨永远处于劣势。陆雨听从了老六的劝告，终于在一个星期六的夜晚将小白菜彻底"啃"了。事后，陆雨说小白菜捆了他一个耳光，但她没拒绝他。最后的结果是陆雨和小白菜均被学校开除了。老六很惭愧，觉得害了陆雨，他去送陆雨，陆雨咬着他的脖颈说，你的主意真是不错，小白菜答应嫁给我，我不后悔。

我想老六不是无缘无故的，老六说善于琢磨才能积累经验。

我故意背对着人群。我听到了人群中的议论，这家伙的背多宽呀。在我们坝上草原，男人的背都是宽宽的、平平的，柏油马路一般。可是宽能说明什么问题呢？背影常给人造成假象。老六的女朋友小丁就是用背影制造假象的人。

老六是在大街上认识小丁的。老六从饭馆出来，小丁恰好从门前走过。老六酒量大，可是自女朋友王梅被人抢走以后，他就不胜酒力了。老六仅仅喝了半瓶二锅头，就头昏脑涨的，眼前老是飞舞着蝴蝶。老六在燕北市混了四年了，喜欢喝二锅头的习惯没变。老六瞟了小丁一眼，一下被她的背影吸引了。小丁的肩翘着，像是长了翅膀，似乎一不小心就会飞起来。她的腰很细，臀部却很大，但绝不是肥大，而是饱满，如熟透的西瓜。蝴蝶变成了凤凰。老六说声我的娘，摇摇晃晃追上去，西瓜的香味几乎将老六熏倒。老六一路嗅着，穿过鑫鑫百货商店、飞毛腿网吧、老干娘食品店、爱仁堂药店，到十字路口时，小丁回了一下头。这时，老六正好走到小丁眼皮底下。老六情不自禁地呀了一声。老六太失望了，本想抢个火球，突然发现是冰块。小丁的脸又细又长，虽然肤色很白，但那几粒雀斑也因此格外耀眼。小丁从老六的失态中意识到什么，很有些恼怒。老六没觉出小丁的变化，他像是很不甘心，伸出手想把小丁的脸捏圆，把那几颗铁砂子抠出来。小丁狠狠捆了老六一巴掌，骂声流氓，转身就走。

小丁一转过身，老六就忘记了她的脸。那背影太迷人了。老六不声不响地追上去，他其实没什么明确目的，只是想看一看。小丁知道老六跟在身后，加快了脚步。小丁心情不好，出门又碰见了酒鬼，真是糟透了。小丁甩了半天，也没甩掉老六。小丁猛然回头，问老六究竟要干啥。老六咂了咂嘴，他口干舌燥的，很想喝一口水。老六说你太美了。老六是说小丁的背影太美了，小丁以为老六说她的脸，这分明是嘲讽她。小丁又骂句恶棍，让老六滚开，要不她就报警了。老六说我不是坏人，你看我这样的人像坏人吗？小丁盯着老六，似在琢磨老六的用意。老六一米七八，挺帅气，脸上没有坏相。但还不能说明老六不是坏人。小丁哼哼鼻子，继续走路。

老六跟在小丁身后，夸小丁的背影迷人。老六说我来城里这么多年，还是第一次看到呢。老六没有什么坏念头，对一个城里女人有坏念头有什么用？老六在燕北市没亲人，很孤独，他只想找个人说说话。小丁没理老六，继续走路。

小丁一直把老六领到派出所，老六傻眼了。小丁说老六耍流氓。小丁走了，老六被留下来。老六想分辩，但民警没给他机会。民警说老六满身酒气，让他醒了酒再说。老六在黑屋子里待了一下午，又待了一夜，直到第二天早上才提审他。老六想了一夜，已想好了对策。因此没等民警询问，便痛哭流涕地说，我对不起党，对不起人民，对不起爹，对不起娘，对不起……民警喝住老六，问，姓名？民警一脸严肃。

老六端正地坐了，说，大名乔铁蛋，小名老六。

民警问，带身份证没有？

老六说，带了。

民警验了老六的身份证，问，为什么耍流氓？

老六说，我没耍流氓，民警同志，我没资格耍流氓啊。我性功能有障碍，看了好几年也没看好，我女友跟我吹了，不信，你检查嘛。

民警没料到老六这么说，他盯着结结实实的老六，问，为什么要跟着女同志？

老六红了眼圈说，她的背影像我的女朋友，我只是想看看她，我没有歹意啊。我要是有歹意，怎么会跟着她到派出所？我也是想糊涂了。

民警询问了一番，确信老六没什么恶劣行径，但要通知单位来领人。老六哭丧着脸说自己没单位，他在工地搞建筑，包工头跑了，到现在连工资都没要上。老六说想回到坝上，继续放他的羊，他不想再在燕北市待下去了，攒够了路费就走。

民警挺同情老六。老六走时，民警竟然掏出五十块钱，让老六做路费。民警说，城里不好混，尤其你这种没技术的，早回早好。老六的泪珠扑扑往下掉，说自己遇上了菩萨。

走出派出所，老六阳光灿烂。老六怎么会回坝上呢？不混出个样子，他绝不回去。

老六想找个地方喂喂肚子，一抬头看见了小丁。

2

老六高考落榜是自然而然的事。老六虽然聪明，但心思没往书上用，书本上的知识，什么也记不住。农村是一片广阔天地，大有作为，老六和伟人有共识。分数下来那天，许多同学把眼都哭肿了，老六却不,他对一个上了本科分数线的同学说,操,没想到我能考这么多,差点儿超过王梅。老六在街上转了一圈,买了二斤毛线,一只发卡,便回村了。王梅没来看分数,她知道自己考不上,让老六代看一眼就行。

一次,老六喝醉了,曾说他不是考不上大学,而是不想考。不想考,主要是为了王梅。老六和王梅念小学就好上了,一直好到高中。老六平时乐呵呵,可一旦王梅遭了男生的欺侮,老六的眉毛就拧成了小辫。老六个子大,拳头也硬,不少男生都吃过苦头。老六的拳头能砸烂土豆,在初中、高中的元旦晚会上,老六一直表演着他的传统节目:拳砸土豆。生土豆放在凳子上,老六一运气,嘿一声,土豆就裂开了。老六最高记录砸了十一个土豆,他赢得了班主任和全班学生的喝彩,只是此后几天一直用左手使勺子。老六为啥能超常发挥?后来老六将秘密告诉胖子,此前,王梅让他亲了一口,老六激动得控制不住。

老六的审美标准和陆雨不一样,陆雨喜欢"啃"小白菜,老六却喜欢壮实的。王梅就是那种壮实的姑娘。老六是因为王梅才喜欢壮实呢,还是喜欢壮实,王梅正好符合了他的标准,不清楚。老六自己也说不清楚。不过,王梅壮实不是说王梅长得像一口缸。王梅的身体素质好,线条也很优美。从前看,胸脯鼓得高高的,不是一堆肉,而是两只皮球;从后看,腰窄窄的,屁股大大的,不是无边无沿的大,而是恰如其分、适可而止。王梅的脸盘算不上漂亮,但是认真端详,加上身材的优势,确实够诱人的。老六说,王梅适宜生活在农村,能干活自是不必说,生孩子也是一把好手,就她那样的,甭愁缺奶水,一吸一嘟噜。老六把几年以后孩子吃奶的事都想到了。

王梅学习不好,原先也没指望考大学。老六宁愿陪着王梅考不上。

什么是爱情？同甘苦，共患难。

老六为了王梅，死而无憾。王梅对老六也是一百个真心，老六那二斤毛线是王梅让他买的，王梅计划为老六织件毛衣。

问题出在王梅父母身上。王梅父母嫌老六家穷。老六上面有四个哥哥，有两个半娶了媳妇，还有一个至今单身。娶半个媳妇的是他二哥，那媳妇和他二哥过了没几年，跟人跑了。虽说老六下面还有个如花似玉的妹妹，但这并不能保证老六有钱。钱是个实实在在的东西，没有谁讨厌它。王梅父母如此表现，在理。

王梅哭哭啼啼地说，老六，你得挣钱呢。

老六说，没关系，要月亮我摘不下来，要钱还不好说，不出两年，我让你父母眉开眼笑。

王梅信服地点点头。老六趁机狠狠"啃"了王梅一顿。老六本想使用陆雨对小白菜的手段，让王梅变成自己的人。可是王梅让他亲，让他摸，就是不让他脱裤子。王梅一边躲避一边红着脸说，迟早都是你的，你急啥？摘得太早是生瓜呢。老六住了手，他不愿吃生瓜。老六并不担心，王梅变成孙悟空，他就是如来佛。

老六承包了八十亩荒地，种纯籽胡麻。每亩地承包费十五块钱，加上籽种钱、化肥钱、播种费、收割费，每亩成本最多一百元。当时胡麻每斤一块八，按一亩地打一百五十斤计算，每亩毛收入二百七十元，纯收入达一百七十元，当年就能挣一万多块。乖乖，就这个速度，甭说一个王梅，三个王梅也娶到手了。

老六早出晚归，整日扑在地里。他不是种胡麻，是种媳妇呢。那一阵子，除了王梅帮老六，还有老六的妹妹乔小燕和我。那时，我和乔小燕正搞得天南地北，云遮雾罩。乔小燕和她六哥最好，我帮老六种地也是醉翁之意。

老六对待胡麻就像对待自己的孩子，一次乔小燕踩倒了几棵胡麻，被老六狠狠训了一顿。乔小燕委屈得直掉泪，那天，乔小燕连手都没让我挨。胡麻生了虫子，老六赶忙买来杀虫剂。可是喷了杀虫剂后，那些黑虫子不但没杀死，一夜之间竟长大了许多。老六后悔不迭，大骂化学老师。以老六当时在化学方面的发展，自己制个杀虫剂不成问题，但陆雨事件后，化学老师不知从哪儿得了信，自己的失败是由于老六从中使坏，便冷落了老六，老六的化学从此就荒废了。老六重新买了一种农药，才将肥硕的黑虫子杀死。

　　老六说，有耕耘就会有收获。可那年据说受厄尔尼诺现象影响，南方发洪水北方闹旱灾，老六的胡麻收成不好，除去各种费用，所剩无几。

　　老六没有泄气，道路是曲折的，前途是光明的。老六没在什么事上泄过气。第二年，老六在地里打了几口井，改种甜菜。老六同样用心，王梅、乔小燕、我同样尽心尽力帮他，全是义务劳动。甜菜丰收了，一铁锹挖一棵，棵棵肥头大耳。老六说不但要给王梅买东西，还要给乔小燕和我买。老六让乔小燕拉个单子，他一块儿买回来。乔小燕先前说不要，后来又说她不要东西，她要自己买。老六明白了，说那就给你钱吧。我知道乔小燕怎么回事，她是想买胸罩。乔小燕的胸罩是自己缝的，不太好看。她那对小鹿似的奶子，怎么也得配副好胸罩。

　　我和老六卖甜菜回来，已是黄昏。老远就看见王梅和乔小燕在村口张望。我的心咯噔一下，老六瞅我一眼，骂你哭丧个脸干啥，快活点儿。

　　我快活不起来，我为老六委屈。怎么也没想到，今年糖价下跌，县糖厂处于半停产状态，甜菜价格低得不能再低。就这，想卖还轮不上呢，门口的车队有二里多长。老六找了他一个同学，才把甜菜处理掉。老六给了我点儿钱，让我给乔小燕买东西。我不好意思拿，老六拍着我的膀子说，还有来年呢，留得青山在，不怕没柴烧，一个男人必须让女人快乐。于是，我为乔小燕买了一对豆绿色的乳罩，买了一个布娃娃。老六为王梅买的是一个带耳机的小型录音机、一支口红。老六领着我在小摊上吃了两碗羊杂，喝了一瓶二锅头。

老六拥着王梅先走了。我拉着乔小燕的手，来到一片树林。我要乔小燕脱了衣服，给她戴上胸罩。乔小燕说不，我要自己戴，可她秀巧的手早就把扣子解了。乔小燕的乳房热乎乎的，我狠狠地捏了一下，捏得乔小燕泪汪汪的。乔小燕打了我一下，骂我粗鲁。我一不小心叹了口气，乔小燕问我怎么了。我实说了。末了我补充，老六说还有来年呢。乔小燕痴了半晌，问我明年还帮不帮老六了。我说当然要帮，乔小燕就让我再捏她的乳房，她让我轻些。乔小燕对老六是充满信心的。

王梅对老六也很有信心，但王梅父母不这样看。老六尽管能折腾，但都两年了，没折腾出个子丑寅卯，照这样折腾下去，老六把王梅卖了都说不定。王梅母亲的泼辣是出了名的，她警告王梅，老六没能耐，趁早滚得远远的，老六再登门，她就敲断老六的腿。王梅母亲啥事都干得出来，早年一名村干部开她玩笑，想和她相好，云云。大庭广众之下，王梅母亲就要解裤带，吓得那名村干部比老鼠窜得都快。

老六有对付王梅母亲的办法。王梅母亲不让老六登门，老六就用暗号约会王梅。王梅家的厕所临街，厕所是土皮墙，墙上有缝，老六常把约会的纸条塞进缝里。王梅上厕所，先往缝里瞅瞅。王梅本不喜欢上厕所，可是自那以后，她对厕所有了感情，有事没事往厕所里跑。老六说，厕所是臭的，但爱情是香的。馒头香吧，可小麦是粪喂出来的。老六的地下爱情搞得神神秘秘，瞒住了王梅母亲。王梅到底经验不足，有一天老六没塞纸条，她不死心，隔十分钟便去一趟厕所。王梅母亲问王梅是不是闹肚子，王梅说不是。王梅不敢看母亲的眼睛，王梅母亲起了疑心。王梅母亲不屈不挠地在厕所内侦查，最终发现了秘密。王梅母亲的嘴唇厚，仿佛是为了增强爆破力，说话常跳起来。那天，王梅母亲也跳得很高，骂的话很难入耳。

秋末的夜晚寒意如水，可村外的树林却热得人透不过气。王梅和老六正在树林里亲嘴。老六不喜欢接吻这个词，接吻太虚，没有亲嘴来得实在。王梅咬着老六的嘴，老六也咬着王梅的嘴，两人几乎窒息了。这时，老六又冒出那个念头，决定趁机把王梅办了。办了王梅，是对付王梅母亲的最好办法。老六腾出一只手，往王梅的隐秘处步步逼近。快达到终点时，王梅忽然跳起来。王梅咬着老六的舌头，差点儿没把老六的舌头撕下来。老六说，咋，还没熟透？王梅委屈地说，你不施肥，没个熟透。老六说，我正要和你说这个事，我想去城里打工，有了钱再回村里干。王梅说，我支持你，城里的钱怎么也比村里的好挣，我娘数钱眼都是绿的，你没钱她是万万不答应的。老六说，我领你私奔你敢不敢？王梅说，有什么不敢的？只是……王梅犹豫了一下，说，老六你不忍心是吧？我要你正大光明地娶我。老六拍拍王梅的脸蛋，那当然。王梅说，你放心地走，我给你留着，到时让你连渣子都吃进肚里。老六试探着说，要不先尝一口？尝一口与全吃掉滋味肯定不一样。王梅说，尝就尝，反正早晚是你的。老六正要动手，一束光探进树林，接着就是王梅母亲的吆喝声。王梅小声说，我先回了，明天就不送你了。

第二天，老六背着一卷行李，去了燕北市。

3

老六看见小丁时，小丁正在对面的摊上买水果。老六太熟悉那背影了，她已刻在老六脑里，用刀子都刮不掉。老六第一感觉是生气，他不过看看她，她却把他领进派出所。就冲她那张脸，他犯不着强暴她呀。老六决定给小丁点儿颜色，这样想着，老六穿过马路。这时，两个瘦鬼样的后生正靠近小丁。老六立刻意识到，这是两小偷。一个后生挨住小丁，问水果的价钱，另一个后生迅速伸向小丁的皮包。老六直冲上去，握住后生的手腕，说，这是我女朋友。后生龇牙咧嘴地抽了一下，一连声说对不起。老六松开，两家伙撒腿就跑。小丁哎了一声，问，你怎么放他俩跑了？老六说，怎么，把他们送到派出所？小丁看了看老六，退后一步，你要干啥？老六的样子有些可怕。老六问，你说，我对你怎么了？小丁骂句无赖，提上水果就走。老六不紧不慢地跟着，他怕小丁再把他领进派出所，边走边扫着两边的牌子。

小丁来到一个电脑培训部，她回头看了老六一眼，猛地将手里的水果扔在地上，冲进去。老六将食品袋捡起来，靠在门外的铁栏杆上。老六的肚子咕咕叫了，他从袋里拿出一个苹果瞧了瞧，又放进去。老六买了两个麻饼，狼吞虎咽吃起来，有几次噎出了眼泪。

老六等了一个多小时，小丁没出来。老六想了想，溜进一个能窥视电脑部的门店。又过了一刻钟，小丁走了出来。小丁四下张望了一会儿，急急忙忙离开。这一次，老六没有追上去，而是远远地跟着。中途，老六和小丁乘了同一辆公共汽车，小丁从前门上，老六从后门上。老六挺刺激。

老六一直跟着小丁走进那栋小楼。小丁掏出钥匙开门,觉得身后有动静,一回头,看见从天而降的老六,脸越发白了。小丁哆嗦着问,你要干啥呀?老六扬扬手中的水果袋,是你丢的吧?你别害怕,喏,这是我的身份证。小丁抖抖擞擞地看了老六的身份证,又丢给老六。身份证上的照片和老六一模一样,可身份证不能证明老六什么。人都有假,何况身份证?小丁说,苹果我不要了。小丁的意思是让老六赶紧走,老六把水果袋放在地上,说,我真的不是坏人。小丁镇静了一下,问,你究竟要干什么?老六说,一句两句说不清楚,找个人多的地方谈一谈,怎样?小丁横下心,你以为我怕你不成。

小丁要领老六去茶馆,老六却选择了饭馆。老六说,我饿着肚子呢,你请我一顿怎样?不是我,你的钱包就丢了,请我一顿你不吃亏。小丁说,我的钱包是空的。小丁很难得地笑了笑,老六的心情也为之一爽。

两人选了个位置坐下,小丁要了几样菜,让侍者上瓶啤酒。老六说,不喝啤酒,来二锅头。小丁皱皱眉,可她的目光始终没离开老六的脸。老六的脸棱角分明,碰一下,便弹起一片响声。老六饿极了,那两个麻饼不但没止饿,反而刺激了他的食欲。老六的吃相很是不雅。

小丁说,哎,你不是要说事吗?老六抬起头,用纸巾抹了抹嘴。老六说,我没歹意,昨天你不该把我送进派出所。小丁戗他,没歹意跟我干啥?老六说,我说不清楚,也许是鬼迷心窍了,不过,你确实很特别。小丁哼了一声,这声哼里没有恼怒,老六听出来了。老六说,你不要以为乡下人就不懂审美,除了钱少,什么都比城里强。小丁忽然笑了,止都止不住。老六继续吃,等小丁笑够了,老六又说,我来城里几年了,可看城里人怎么也不顺眼,昨天见了你不知怎么觉得亲切，没想到叫你送进了派出所。我不是坏人，我靠劳动挣钱，你看，我的手上有茧子。小丁顿了半晌，说，对不起。这时，半瓶二锅头已进老六的肚子了。小丁问，还喝？老六说，昨天跟你是想看看你，今天跟你是觉得憋气，想报复，不过现在没那个意思了，吃完饭我就走。小丁问老六现在在哪儿干，老六说，目前是无业游民。小丁问，你怎么生活？老六说，该怎么生活就怎么生活呗。小丁犹豫了一下，给老六写了一个手机号，有什么困难，我可以帮你。老六很意外地看了小丁一眼，猛猛地喝了一口酒。

小丁起身结账，老六拦住她，你一口没吃，我结吧。小丁说，不是说好的嘛。老六笑笑，我也是刚下岗，并不是穷光蛋，这点儿钱还掏得起，你有这个心意就行了。出来，小丁客气地说，你上来坐坐吧。老六说，我不敢，你再报警我就全完了。小丁红着脸说，你这人。老六忙说，玩笑，玩笑。

和小丁分了手，老六回到工地上。老六两个多星期没来工地了。看见满地的水泥、钢筋，老六有些陌生。那些东西扎得老六眼睛疼，可老六依然不紧不慢地走着，像是故意这样。老六快到工棚时，一个叫青瓜的汉子刚好从工棚出来。青瓜吃惊地叫了一声，问老六这几日去了什么地方。而后又小声说，你赶紧走吧，老包的人昨日还问你呢。老六呸了一口，我他妈连枪子都不怕，还怕老包？青瓜说，当然，有王梅……她早上还来找过你。青瓜住了嘴，像是等待老六问下去，可老六没问，青瓜说，她说有东西交给你……哎，她会不会送你个存折？老六没理他，走进工棚收拾自己的东西。老六的行李很简单，一卷被褥，洗漱用具，一本捡来的《厚黑学》。老六在这个工棚里生活了近两年，乍一离去，竟空落落的。

老六出来，青瓜依然在门口站着。老六把那本书塞给青瓜，说，兄弟，要想混，好好学学。青瓜说，就这么走了？老六噢了一声，王梅要来，就说我有个东西要送给他。老六走远，青瓜才问，什么东西？

老六回过头，恶狠狠地说，炸药包！

这世道什么东西可靠？答案是什么东西都不可靠。王梅和他好了这么多年，一夜之间就成了别人的女人。这个打击对老六来说太大了，但老六是击不垮的。老六说，天涯何处无芳草。老六说，大丈夫何患无妻。老六说，女人是什么，墙上的草。我和乔小燕进城后，老六不止一次这样说过，说得我心惊肉跳。

老六本来打算挣了钱，回去和王梅结婚的，现在老六不准备回去了。老六善于总结经验，他分析自己失败是因为没钱。在工地上虽然挣钱，但太慢了。老六打算寻找一种新的赚钱方式。老六痛苦，但绝不会沉沦，他的信心像弹簧，摁都摁不住。

老六在火车站趴了一夜。火车站是个温暖的地方，它让老六觉到了生活的实在。一拨人走了，另一拨人又来了，没人理会老六。周围吵吵嚷嚷的，可老六心静如水。一年以后，我和老六头破血流地从地道桥逃出来，老六一边往身上抹二锅头，一边说，失败并不可怕，可怕的是不汲取教训。

老六躺在火车站的旮旯里，盘算着赚钱的方法，他还没有更深远更明确的打算。一辆列车开始检票了，老六睁开眼，看见一条挨一条的人腿往前蹭着，老六像是被什么东西敲了一下。老六不明白是怎么回事，其实那个模模糊糊的念头已在老六脑海深处若隐若现了，只是还无法抓住。

那天晚上，我和乔小燕正庆祝一个节日。我已经当了两年代课教师，每月工资只有一百八十元。今年乡里从二十一名代课教师中招聘十名转为民办，工资也由一百八十元提到三百六十元，我是那十分之一。这算什么？可乔小燕非要给我庆贺。说实在的，我并不喜欢这个职业，之所以硬着头皮干下去，是想将来能够转正。为了摘乔小燕这颗鲜桃，我还养了几十只獭兔。老六喜欢大刀阔斧，我没那魄力，只能稳扎稳打。

那场面简单得不能再简单，一袋五香花生豆，一瓶鱼罐头，几瓶啤酒。乔小燕举着满是白沫的酒杯，说，祝贺你。我说，惭愧，惭愧，革命尚未成功，同志仍需努力。乔小燕微微一笑，骂我贫嘴。我的嘴唇和王梅娘的嘴唇一样厚，我没老六嘴溜，但那天我的嘴唇被人削薄似的，俏皮话一句接一句往外蹦。乔小燕和我酒量差不多，几瓶酒很快就喝光了。乔小燕打着嗝说，你有了出息，可别当陈世美啊。灯光下，乔小燕艳若桃花，两个黑亮亮的眸子深不见底。我闻见了从乔小燕身上散发出的桃一样的香味。这是个千载难逢的好机会，我决定把乔小燕这颗桃先摘了。这是老六的高招，用之四海而皆准。我心荡神摇地拽过乔小燕，说想吃桃。乔小燕骂我是坏蛋。骂坏蛋就是恩准了，我解开乔小燕的扣子，小心翼翼伸进手解她的乳罩。两只洁白的兔子扑噜一下跳出来，我生怕它们跑掉，以迅雷不及掩耳之势将兔头咬住。乔小燕哎哟一声，先是捶我，而后便和我抱在一起。我的身子越来越硬，乔小燕的身子越来越软，我知道是时候了。乔小燕觉到了我的意图，挡了一下，别……我害怕。我说，桃子熟得过分就成了烂桃。当然，我没说出来，我心无旁骛，一心摘桃。乔小燕反抗了一下，便顺从了我。

就在这紧要关头，我和乔小燕几乎同时打了个冷战。像是天空中响了一个炸雷，看看窗外，月朗星稀，四下望望，毫无动静。那一刻，老六正在火车站哲学家一样地思考。老六的思考和乔小燕有关。几年以后，我明白了我当时为什么会打战。

乔小燕哆嗦着问，是不是六哥出了什么事？

我说，不会，他什么智商？

乔小燕担心地说，听说城里很乱。

我说，乱世出英雄嘛。

乔小燕白我一眼，你什么意思？

我说，我没什么意思，我相信老六。

其实，我仅仅是安慰乔小燕，我心里很虚，胸腔里堵满了黏稠的雾。待我从恍惚中醒悟过来，乔小燕已穿好了衣服。那两只兔子从我的视线里消失了。我是一名拙劣的猎手，我很窝囊。乔小燕却像什么事也没发生似的，很利索地收拾着东西。确实什么也没发生，乔小燕还是乔小燕，我还是我。

乔小燕收拾完，说，天不早了。我知道她的意思，可我啥也没说。乔小燕在我脸上亲了一口，独自走了。

我第一次没送她。乔小燕走了很长时间，我才站起来。我打开门，黑暗轰的一下挤进来，险些将我撞倒。

我狠狠掴了自己一个嘴巴。

4

老六说，燕北市和咱村有啥区别？一个是大戏，一个是小戏。燕北市唱京剧，咱村唱二人台，京剧未必比二人台好看。可看京剧得掏钱，二人台白看。为啥？这就是城市的高明之处，钱要得越狠你越过瘾，天天白演谁还看？

这是老六到燕北市半个月后总结的经验。老六在郊区租了间房，天天进城找活。住老六隔壁的是一对中年夫妻，男的个子矮小，女的个子也不高，却很粗壮。两人是捡破烂的，每天走得很早，男的蹬着三轮车，女的扛两根铁钩子。晚上，依然是男的蹬三轮车，女的扛两根铁钩子，车上则多了些纸箱之类的东西。老六没听他们大声说过话，更没见两人吵架，他们的脸永远是一个表情。那是一种没有表情的表情。混熟了，男的说他们是安徽来的，他们的一对儿女都读大学，为了积攒儿女读书的费用，到燕北市也没多久。说话时，男的脸上方浮起一丝自豪。中年夫妻知道老六一直没找上工作，让老六也去捡破烂，男的说，只要不怕脏，就能挣钱。女的补充说，听说有人还捡过存折呢。这是一对热心、善良的夫妻。老六笑着摇摇头，谢绝了。

那天，老六没出去，一个人在屋里待着。半上午，中年夫妻回来了，这次女的蹬着车，男的扛着钩子，车上空空的。老六觉得奇怪，他去打招呼时，见男的鼻青脸肿，嘴角淌着血，女的衣衫不整，披头散发的。

中年夫妻被人揍了，若不是两人拼命护着三轮车，车就被砸了。老六听中年夫妻讲了经过，很是气愤。地盘，本来是一个和土匪联系在一起的词，可在城里，却时髦得烫手。卖菜有卖菜的地盘，摆摊有摆摊的地盘，就连小偷、捡破烂的都拥有自己的地盘，且恪守规则，井水不犯河水。附近有一个垃圾点儿，中年夫妻来时，这个地盘已被别人占了，中年夫妻每天打游击。今天，中年夫妻看见垃圾车驶进垃圾场，一时没管住自己的脚，追了进去，结果垃圾被没收，两人还挨了揍。

老六问以后怎么办，男的说，还能怎么办，以后躲着就是了。老六说,地盘都是打出来的,别怕,这个忙我帮。

第二日,老六硬是拽着中年夫妻来到垃圾场。刚一到那儿,便有七八个男男女女围过来,手里均提着家伙。中年夫妻小声说,我们还是走吧。老六手里空着,冷冷地逼近他们,扫视一圈,问,他俩是你们打的?老六的神态、语气镇住了对方。老六冷着脸说,老子捡破烂时你们还在娘肚子里钻着呢,这阵倒来发威了!没人吱声。老六说,你们不是拿着家伙吗?上来试试。那些人都是农村来的,骨子里并不凶恶,没多大胆量。老六弯腰捡了个啤酒瓶,猛地朝自己的脑袋砸去,瓶子碎了。老六说,不是想占地盘吗?试试吧。对方不知老六根底,胆怯了,目光一截一截软下去。一个老汉说,兄弟,我们有眼不识泰山,给我们一口饭吃吧。老六静默了半晌,说,看你们也挺可怜,不然……老六没再往下说。

老六用啤酒瓶为中年夫妻砸出了一块儿地盘。老六不是铁头,他头疼了好几天。此后不久,老六搬出小院。第二年春天,老六来到了老包的建筑工地。

老包是个包工头,恰又姓包,四十左右的样子。老包原是瓦工,后来组建了临时建筑队在县里折腾。一个乡村建筑队竟敢拉到燕北市,一不小心还折腾大了。现在叫燎原第一建筑公司,目前正为一个房地产商盖楼。

老包招工,个个都要过目。小工一天20元,泥瓦工一天35元,管住不管吃。老六说要干泥瓦工,老包便对老六进行面试。老包打量老六的目光很特别,先从脚上看,最后盯住老六的脸。老六忍不住想笑,这个人的脑袋和脖子竟长得分不清楚。老包让老六试手,老六还真露了几下子。其实,老六并没干过泥瓦工。老包让老六留下来,但只答应每天给28元,老六不够泥瓦工标准。老六故意迟疑了一下,答应了。

老六开始了每天一身泥一身水的生活。表面看，老包开得工资挺高，可要是按工作量核算，工资实在可怜。每天从早晨五点开始上工，一直干到十一点，下午则从一点干到六点，一天十一个小时。晚上加班，则另给加班费。可累算什么？老六说，红军二万五千里长征都走过来了，我还有什么坚持不下去的。老六豪情万丈，为了早日把王梅"啃"了，只要有加班机会，老六就不放过。

第一个月下来，老六没领到工资，按照老包的规定，只能在下月领上月的工资。这样，老包手里总是攥着你一个月的工资，就有了主动权。老六挺生气，可他忍住了。第二月底，除去饭钱，老六领了520块钱。吃饭时，老六喝了一瓶二锅头，然后去找老包，要把第二个月的钱也领了。老包挺不高兴，你不知道咱这儿的规矩？老六揉揉眼窝，我对象要一千块钱，现在凑不齐，她就跟我吹了。我家穷，搞个对象不容易，你帮帮这个忙吧。老六死缠硬磨，老包终于答应让老六把钱领了。当天，老六就把那一千块钱寄给了王梅。老六给王梅写了封信，说自己做梦都在"啃西瓜"。

老包的工资发得还顺，可临近年底，老包扣了工人们三个月工资。过去在这儿干的工人解释，这是老包的惯例，他怕明年工人跑到别的工地上。老六骂，怎么比资本家还可恶。老六拦住众人，集体找老包要钱，谁知老包早跑回老家过年了。老六要领众人去老家追老包，起先没人愿去，可是经不住老六的鼓动，有四十多人举手同意。

老包的家在一个小县城。老六没费周折就打听到了。当然，老六打听到的不止这些，比如还打听到老包很孝顺。老六说，知己知彼，攻无不克。

那个场面很滑稽。四十多人在老包家门口排成一溜长队，每个人举着一块牌子,牌子上写着"要账"。他们不说话,就那么举着。老包立马服软,很快就把工资兑现了。老包什么都不怕,就怕不吉利。

坐在回家的火车上,老六突然想,怎么就忘记和老包要路费呢?当时,就是要路费,老包也会答应。

那是老六最顺畅的一个春节。老六挣的钱都寄给了王梅,王梅母亲总算有了一丝笑意,老六找王梅不用再往厕所塞纸条了。王梅呢,又熟了许多,该凸的越发凸,该凹的越发凹,要多饱满有多饱满。老六对我说,他馋得都流口水了。那个冬日,坝上草原出奇的冷,夜间气温零下三十摄氏度。这给老六和王梅的约会带来许多不便。双方家中是不可能的,只能去树林。老六怕把王梅冻坏,摸两把,咬几口,便匆匆回来。

一天清早,我还在被窝里缩着,老六便匆匆忙忙找上来,向我要办公室的钥匙。我问他干什么,老六说还能干什么。我反应过来,嘿嘿一笑,办公室没床,只有破桌子。老六说,只要有炉子就行。我说,炉子是有,可是没煤。老六几乎走出去了,猛又回头问,真的没煤?我说真没有。老六想了想说,兄弟,麻烦你往学校弄点煤,我弄太惹眼。没等我说话,老六一把把我从被窝里拽出来。

我前脚进办公室,老六后脚就到了。老六说行了行了,你的任务算完成了。老六撵我走,我故意不走。老六忽然问我,你是不是欺侮小燕了?我纳闷,没有啊。老六说,那昨晚她为啥哭?我可警告你,小燕还小,你不能急着把她办了。我没心思跟老六啰唆,急急地走出来。阳光一照,我醒悟过来,明白这是老六支我走的把戏。我回过头,一缕青烟正冉冉升起。我想,应该给它命名:爱情烟。

老六把办公室搞得热乎乎的。那天本来应该是个绝妙的日子,老六要把成熟的西瓜吞进肚里。可是那一天,老六娘突然犯病了。老六娘胃溃疡，几年没疼了，那天一下子犯了。老六把娘弄到乡卫生院，结果又检查出胆囊炎。老六陪娘在医院输了七天液。老六娘住院花去几百块钱，而老六的钱全给了王梅，他让王梅回去拿，王梅没拿上。原因是王梅母亲已经把钱存了，准备为两人结婚用。老六很不高兴，恨恨地骂，整个儿一个钱篓子。老六没指明，听起来像是骂王梅母亲，又像是骂王梅。王梅心里委屈，嘴上也不示弱，谁让你给我寄钱来着。老六瞪了眼，你倒有理了？我和乔小燕忙把两人拉开，王梅已呜呜哭了。

老六娘住院的钱是我支付的。回去的路上，老六用自行车推着娘，王梅则拉开一段距离，走一步踢一下路上的积雪。我和乔小燕走在最后，乔小燕挽着我的胳膊。老六也真是的，这事原本就该让我表现。

我知道老六和王梅不会恼下去，老六快要返城了，他不会白白错过机会。大冬天吃西瓜，去哪儿找这么好的事去？早上，我看着学校冒烟了，狠狠嗅了嗅鼻子。满街都是西瓜的香味。

第二天，老六把办公室的钥匙狠狠摔给了我。我嘿嘿一笑，想老六肯定把王梅办了，不然他不会故意绷着脸，表演给我看。老六有城府，没办的时候呱呱叫，大功告成却不显露。我说，你坐着，我杀个兔，咱俩喝酒。老六说，我哪有心思喝酒。我觉得不对头，问他怎么了。老六说，你办公室的桌子也太破了。我那张桌子确实破了点儿，四条桌腿断了两条，我修了好几次，有时我趴在桌子边批改作业，桌子咯咯吱吱响。我意识到什么，忙问，没事吧？老六气呼呼地说，怎么没事？王梅把腰闪了。我想笑，可看着老六青冷的脸没敢笑。多饱满的西瓜，可惜被老六摔碎了。后来，老六告诉我，他确实有些急，他和王梅先咬了一会儿，咬到火候上，他一把抱起王梅。他是想轻轻放下王梅的，可不知怎么用了些劲——也许是王梅熟透了的缘故，我为老六分析——桌子裂开，王梅从中间陷下去。

临走的前一天晚上，老六去看王梅。王梅趴在炕上，哼哼唧唧的。王梅是真疼，她的脸色白寡寡的。王梅母亲把老六叫到外屋，数落了几句。王梅母亲的厚嘴唇碰一下，老六的耳朵就疼一下。那晚，老六的舌头像是烂掉了，一副虚心认错的表现，王梅母亲的讨伐就此为止。

老六离家一个月之后，王梅才上街走。但王梅不再像过去那么蹦蹦跳跳了，我怀疑她是不是把西瓜子摔了出来。开学后，我看到了那张令老六恼火万分的桌子。它很不道德地躺在地上，一脸坏笑。我把桌板捡起来，想重新拾掇一下，可任我怎么努力，就是收拢不到一块儿。于是，我狠狠心，将它扔到库房。我舍不得烧掉，这毕竟是学校唯一的一张办公室，老六恨就让他恨去吧。我和乔小燕在一块儿时，老想那张桌子，老想朝她身后看，生怕她陷下去，闪了腰。那几日，乔小燕骂我神经兮兮的。

我为老六惋惜，决心在老六回家前，购买一张结结实实的办公桌。

5

如果老六没遇见小丁，老六也许不会把我煽呼到燕北市，如果我没有投奔老六，乔小燕也许不会到城里来，如果乔小燕不来，我和老六的故事会是另外一个样子。可问题是没有那么多如果，一切都实实在在的。

老六行走在燕北市的柏油马路上，我正在乔家围子小学上语文课。我在黑板上写下了义愤填膺这个词，问谁会解释。这是昨天的预习题。

我问了半天，没人回答。我的目光落在张兵身上，张兵是语文课代表。张兵终于举起手，而后站起来，我爹说，义愤填膺就是尿粗的意思。我没憋住，笑出了声。

那时，老六没有心情笑。他在燕北市的大市场转了五六天了，可没有琢磨出赚钱的方法。下午，老六拖着疲惫的身子往回走，有人喊住老六，问老六打不打卦。那个人四十几岁，胡子却有半尺多长，嘴倒是挺甜，兄弟，我一眼就看出来，你大富大贵，福大命大。老六蹲下来，说，我不算卦，我问你两个问题。那家伙马上仰起脸，捋着胡子，一副指点迷津的架式。老六问，干什么能一夜发财？那家伙脱口说，胆大的抢银行，胆小的抓彩券。老六又问，干什么来钱容易？那家伙说得更是干脆，女的当妓女，男的当鸭子。末了眯缝了眼，补充了半句话，你这身架。老六骂句娘，哭丧着脸说，我倒想去当鸭子，可我阳痿。那家伙说，没关系，现在的社会太监都可以当鸭子。很迅速地从包里掏出一个纸盒，这药百分之二百管事，每天只需服一次。老六嘿嘿一笑，站起来就走。那家伙喊老六给钱，老六顿住，你先把胡子粘牢了再说。

卜卦全是扯淡，可老六经过一个体育彩券销售点时，还是买了两注，中彩是虚幻的、遥远的，是自我慰藉的一种方式。老六不会把希望寄托在彩票上。

老六回到火车站，看到了一个熟悉的背影。老六的目光立刻牢牢地粘上面。老六只是静静地望着，没有上前。对小丁，老六最初是这样形容的：背面值十万，侧面减一半，正面瞧，滚他妈的蛋。两人下了一次饭馆后，老六对小丁的印象又变了，从本性上说，小丁还是善良的。

小丁张张望望的，像是在寻找什么人。老六跟着小丁，想看看是怎么回事。小丁转了两圈,发现了老六,猛地在老六的胸上捶了一拳,你是不是早就看见我了?真坏!这个亲昵的动作让老六意外,他一头雾水地说,我怕你报警。小丁想再捶一下,手举起了,却指着老六的肩说,你是不是从洞里钻出来的?轻轻弹了几下。老六刚溅出的几个火苗子,倏一下掉进了水洞。小丁说我没猜错,你真的趴火车站?老六说,怎么是火车站,这是我家,他们都是我的兄弟。小丁说,你真乐观。而后说她为老六联系了一份工作,她找不到他,便寻到了火车站。老六问干什么,小丁说搞装卸,活不累,工资还可以,每月一千二,怎样?小丁盯住老六,好像老六不同意,她可以再给他加工资似的。老六没有理由不同意,他不能白白耗费时光。老六点头后,小丁拉着他就走。老六寻自己的行李,可是怎么也没找见。小丁说,算啦,不就一卷破行李吗。

小丁径直把老六领到一座小楼。老六觉得面熟,想了想,记起这是小丁的屋子。老六不明白小丁为什么把他领到这儿,热血狠狠地沸腾了一下。小丁打开门后,并没让老六进去,而是让他在门口候着。老六探了探头,嗅了嗅。屋内飘荡着浓重的女人味。老六马上断定,这个屋子里只住着小丁一个人。老六探进一只脚,然后又缩回来。

小丁抱出一床被子、一床褥子、一个枕头。小丁解释,这是多余的,先借给你。老六哎呀一声,我用过了,怎么还你?小丁说,那就还我新的,必须还!小丁的声音很霸道,是那种让人心疼的霸道。

老六的工作单位是一家食品批发部。进货方需要什么东西,打个电话,批发部就派人送去。送货两辆车,都是东风140,一辆车算一组,每组三个人。批发部的负责人是一个叫强子的后生,平时绷着脸,可是见了小丁却笑嘻嘻的。老六以为强子是老板,后来知道强子也是老板雇用的。

小丁安顿了老六便离开了。第二天，老六正装货，小丁出现在仓库门口。小丁喊老六出去一趟，老六看看司机老马，拍拍手走出来。强子看见了，笑嘻嘻地说，小丁，工作期间闲人不能随便进入，小心我罚你款。小丁说，你多大的官，怎么见谁训谁。强子呵呵笑着，我的大小姐，还是你厉害。

　　老六问小丁什么事，小丁说没啥事，我路过这里，来看看。这个理由不充分，小丁的脸悄悄红了。老六不敢再沸腾了，他说没事我干活去了。小丁说，下了班我在门口等你，你怎么也得请我吃顿饭吧。

　　这天晚上，老六在九匹狼酒家宴请小丁。小丁说，我这个人不轻易帮别人忙的，你是例外，今天得狠狠宰你一顿。老六说你看我像铁公鸡吗？便专拣贵的点，点得小丁都心疼了。小丁说，你怎么连档次与浪费也分不清。老六说，档次在某种程度上就是浪费。老六感到遗憾的是酒家没有二锅头。老六喝别的白酒，怎么喝怎么不是味。

　　吃饭中间，老六很随意问小丁和批发部是什么关系。小丁说老板是我亲戚，然后便把话岔开了。两人说了许多话，可都是不着边际的，虚虚的，没有任何实质性的内容。老六对小丁什么都不了解，小丁依然是一团雾。

　　吃完饭，小丁给了老六一个寻呼机。小丁说她有了手机，用不着寻呼机了，老六带着，两人联系方便。小丁的声音蚊鸣一样低下去，耳根子都红了。老六什么都明白，可他没有这方面的经验，不敢轻举妄动。如果是王梅，老六怎么出手都行，可小丁不是王梅。小丁真真假假，虚虚实实，玩的是游击战。老六接过寻呼机，小丁当场呼了一遍。

　　从酒家出来，小丁说，我回去了。老六噢了一声。小丁看了老六一眼，站在那儿拦车。计程车过来了，可小丁并不伸手，计程车驶过去，她才扬起胳膊，每次都这样，总是慢半拍。有一刻钟时间，小丁没拦住一辆。又一辆计程车驶过来，老六扬起了手，计程车停下来，小丁回头冲老六一笑。司机摇下玻璃后，小丁突然离开了。司机和老六都莫名其妙，老六忙摆手说不坐了。

老六追上去，问，怎么回事？小丁说，那个司机样子太凶。小丁背对着老六，声音冷冰冰的。老六说，我送你吧。小丁问，你没事？老六笑说，我能有什么事？什么事也没有送你重要。小丁捶了老六一下，骂老六嘴油子。

后来老六对我说，城里女人是谜，你得慢慢猜，她们说话不直截了当，你得从另一个方向琢磨，哪像王梅，啥就是啥，不来虚的。老六还说，知识是无穷的，人的智慧是有限的。

上楼时，小丁歪了一下，老六及时托住她。小丁站稳，马上甩开老六。老六把小丁送到门口，老六等待小丁说，你不进来坐会儿？或你进来坐坐吧，可小丁说的是，天不早了。老六说，没关系，我是夜行侠。老六没走，准备再说点儿什么。小丁说，改天来玩啊。老六再不走就没意思了，小丁说再见，老六说，再……见没出口，老六已蹦出楼道口了。

老六回到批发部快十点了，呼机嘟嘟地响起来。老六见是小丁的手机号，便到门口的磁卡电话亭给小丁回电话。小丁问老六到了没有，老六说到了。小丁静了两秒钟，什么也没说，便挂了。

小丁送给老六的是一床粉色的被子。被子里有一股怪怪的、让人痒痒的味道，像是有一只手轻轻地摩挲。这种味道和西瓜的味道不一样，老六说不清是什么。老六明白小丁钻进了自己的脑壳，可闭了眼，老是晃动着王梅的影子。

那一夜，老六遗精了。

6

老六第二年出现在工地上,老包并没有因老六要账的事辞掉老六。相反,老包给老六涨了工资,由每天 28 元提到 30 元。老包没说别的,只说好好干,我亏待不了你。老六怪不好意思的,干活更卖力气了。老六无论如何想不到,这一下竟演绎出一段血淋淋的故事。

王梅来找老六是在一个夏日的中午。燕北市正值高温,日头毒花花的,空气中弥漫着一股焦煳味。王梅戴顶遮阳帽,白衬衫上像是脏手摸了似的凸现着黑印子。老六惊喜万分,拉着王梅去吃饭。老六要牵王梅的手,王梅却非让老六揽住她的腰。老六心有余悸,仿佛再碰王梅的腰就会折断,直到王梅歪在他怀里,他方如释重负。裂开的西瓜已合上口了。

王梅说她也想找点儿活干,两个人挣钱总比一个人强。老六不同意,乖乖,老六哪舍得让王梅和他受罪。王梅死缠硬磨,老六不开口,王梅便噘了嘴说,老六,我等不及了,你再不摘,西瓜就烂了,我可是为你好,不信,你摸摸。王梅让老六摸她的乳房,老六摸了一下,便不知如何拒绝了。老六让王梅先找个旅店住下,干活的事慢慢再说。王梅说,我是来打工的,住什么旅店,随便找个地方就行。老六说,咱俩一块儿住,我馋坏了。王梅犹豫了一下,要是让公安逮住怎么办?这里不是乔家围子,万一罚款可就惨了。老六叹气,西瓜一进城就变成了芝麻。王梅见老六不大高兴,小声说,去就去,反正罚款你掏。两人便出去找旅店,专拣偏僻的小巷走。旅店倒是不少,可店主一看便知道怎么回事，张口就要二百。二百就二百，为了吃西瓜，二百也值。可王梅不同意，王梅说二百块钱够缝一套被褥了，老六你忍忍吧，到时候让你撑破肚子，咱们是来挣钱的，不是来花钱的。王梅说的是过日子话，老六咬咬牙掐断了自己的念头。

王梅留在了工地，在食堂给工人们做饭。晚上，她就和一同做饭的青瓜女人住在食堂。王梅工资不多，只有四百元，但王梅很满足，到年底她能攒两千多元。

虽说在一个工地上，住处也没多远，可老六和王梅待在一起的机会并不多，老六忙的时候王梅有空闲，老六有空闲了王梅正忙着。为了能和王梅多待一会儿，吃饭时老六就蹲在食堂地上，一边吃一边瞄着王梅。可能青瓜女人和青瓜说了，一天晚上青瓜对老六说，兄弟，眼睛过不了瘾，说着眨了眨眼。青瓜和女人常年在工地干活，青瓜精力正旺，老六想青瓜肯定有什么奇妙的办法。青瓜卖了半天关子，道，抓住机会，速战速决。老六嘴上不说，心里却骂，这是什么鸟办法。

什么事能难住老六？老六的点子遍地开花。那天，老六实在想王梅了，就故意装病，请了假。人去棚空，老六倒头睡觉。老六知道青瓜会把消息告诉王梅的。过了一会儿，王梅心急火燎地走进来，摸着老六的额头问老六哪儿难受。老六说可能中暑了，头晕恶心。王梅给老六泡了白糖水，用湿毛巾为老六敷头，忙得一塌糊涂。老六让王梅坐在他身边，他说什么东西也没西瓜退热。王梅在老六额头点了一指头，撩起背心，让老六啃。老六啃得性起，想趁机把王梅办了。王梅瞅瞅门口，慌慌地说，不行啊，老六，万一给撞见……羞死了。老六说，你放心，他们不会回来。王梅疑疑惑惑地问，你是不是装病？老六说，不装病，哪能吃西瓜？没料王梅突然恼了，狠狠推了老六一下，说，你咋这么没出息，放着白花花的票子不挣，你……一抹眼泪，跑了。

老六蔫蔫地来到工地上,青瓜笑眯眯地问,解决了?老六说,解决了,妈的,真过瘾。青瓜深有同感地拍拍老六。

大约王梅来了一个月之后,老包来找老六。老包说他母亲来燕北市看病,想找个人侍候,问王梅能不能去。老六怔了一下,说王梅怕是不行,让老包另外找人。老包说贸然雇人不可靠,他的母亲生活能自理,王梅的任务就是做饭、煎药、陪老人说说话。老包在市里买了一套楼,他母亲一个人在楼里,孤寂得很。当然,工资少不了,一个月八百。老包说,如果王梅不去,他就让青瓜女人去。老六没有立刻回绝,说他做不了主,得和王梅商量。

谁知王梅早从青瓜女人那儿得信了,咬着要去。王梅说,咱们的任务是啥?啥挣钱咱干啥。可是老六总是放心不下,他怕自己的西瓜让别人劈开。王梅撒娇,我又飞不了,挣了钱,年底咱就能结婚了,老六,你不想吃西瓜了?老六怕王梅小瞧了自己的肚量,提出先去老包家考察一趟。用时髦话讲,老六原则上已基本同意。

考察的结果还算满意。老包母亲一脸病相,说话打不起声音,但人很和善,是没有心计的那种。老包的房子宽敞得很,吃有吃处,住有住处。

从老包家出来,王梅碰碰老六,咋样?

老六说,还能咋样?反正你不听我的。

王梅捏老六一把,咬着老六的耳朵,你放心,我肯定是你的,今天晚上,我由着你……你找地方吧。

老六激动了一万分,感动了一亿分。为了让他放心,王梅要把钥匙先交给他。老六能说什么?再说就小肚鸡肠了。

那一天,我正油刷我的办公桌。办公桌是我自己做的,虽然是杨木料,但桌板厚,桌腿粗,结实得不能再结实。老六和王梅再怎么折腾,它也不会哼哼一声。

老六最终把地点选在餐厅,就像他当初选择我的办公桌一样。他和青瓜商量,让青瓜领着女人逛半夜街,老六给了青瓜五十块钱,算是请青瓜两口子吃夜宵。青瓜很爽快,与人方便,自己方便,你就放心干吧。

那天晚上,一个工人从楼板上摔了下来,虽然没摔死,但摔得七零八乱。老六和王梅还没来得及行事,外面一片混乱。王梅看看老六,老六说别管他,可是外面的声音撞得两人都缩了手脚。老六说,你先待着,别出去,我看看就回来。老六跑出去,几个人正七手八脚地抬着受伤的工人,看见老六,喊老六帮手。老六犹豫了一下,抬住了那位工人。

老六是第二天早上回来的,王梅正在工地门口等他。王梅也是一夜未眠,揉着眼睛直打呵欠。王梅说,老六,我先去,记着来看我。

老六说,我去送你。

王梅说,不用了,老包的车在外面呢,你快睡觉去吧。

王梅拍拍老六的脸,走了。

半个月后,老六去看王梅。王梅告诉老六,老包和他母亲对她不错,活也不累,晚上还能看电视,只是一睡下她就想老六。王梅领老六参观了她的房间,两人还在房间里悄悄活动了一会儿。王梅的样子没变,神情没变,老六放心了。

老六常去看王梅,有时间隔一星期,有时间隔半个月。

临近交工,工地活紧张,老六连着两个月没去。老六没想到,仅仅两个月时间,老包竟然把王梅和平演变了。

秋末的一天,老六买了王梅最爱吃的葡萄去老包家。王梅的样子让老六吃了一惊。王梅穿着一件花裙子,嘴唇描得红嘟嘟的。王梅有些慌张，她没往老六怀里扑，老六进去半天了，她只说那两个字，你坐，你坐。老六转了转，问，老包娘呢，王梅说，早回去了。王梅意识到自己说走了嘴，紧咬了嘴唇。老六的目光已插进了王梅眼窝。王梅受不了老六的逼视，哭着说，老六，我对不起你。

老六肝肠寸断，精心呵护了近二十年的西瓜，竟然被猪啃了。老六先前以为是老包强暴王梅的，要找老包算账。王梅哭着说不怪老包，她是自愿的。老六看着哭得一塌糊涂的王梅，难以相信自己的耳朵。王梅说，我想过上好生活啊，老六，我下辈子再报答你吧。老六揪着王梅的领子，恶声恶气地说，他有老婆孩子，你想当二奶呀。王梅只是捂着脸哭。

老六想狠狠揍王梅一顿，可瞧着王梅悲痛的样子，摔门离开。老六找见老包，拍了老包一砖头。老六想把老包的脑袋拍碎，可他提的是一块次品砖，老包的脑袋只裂开一个口子。

这是一个老掉牙的故事，类似的故事每天都在发生，一不小心它就砸在了老六身上。老六虽然说过大丈夫何患无妻之类的话，但他的心实实在在被捅了几个血窟窿。

那一天，老六收到我的信。我在信中告诉老六，我新做的办公桌又宽大、又结实。

老六骂声操，将信扔了。

7

和老六一个组的，除了司机老马，还有一个叫闷瓜的后生。闷瓜的绰号不知是谁起的,真是恰当极了。闷瓜一天不说几句话,几乎让人怀疑他是个哑巴。老六起先不好意思呼他闷瓜,后见众人都这么叫,便也随着叫。老马稳成、随和,是知足常乐的那种人。两个人都很好相处。

批发部的业务不错,在这儿干个三年五载的估计不成问题。老六一直想弄清小丁和批发部的关系。小丁越是不说,老六越是想知道。那天,在送货回来的路上,老六很随意地问老马,怎么见不着老板?老马说,只要给咱发工资,见老板干啥?老六说好奇。老马嘿嘿笑,就是不说话。老六不便再问,那份好奇却越发强烈了。

那一阵子,老六被小丁搞得焦头烂额。小丁三天两头约老六吃饭,当然,两人不再去档次很高的酒店,老六陪不起。有时小丁请老六,有时老六请小丁,多数是小丁请老六。这分明是一对恋人的样子,小丁还常常撒娇,要么捶老六一下,要么拧老六一把,也够百分之八十的打情骂俏了。可是老六要有什么动作,比如蹭蹭她的乳房呀,碰碰她的屁股呀,小丁就显得很生气,仿佛老六占了她多大便宜。老六保持同志间的距离,小丁则又酸溜溜的,不时讥讽老六两句,责怪老六不懂情调。老六琢磨不透小丁,呼机一响就头疼。城里的女人真是难对付。

一天晚上,小丁约老六在街头的大排档吃炸面。老六故意吃出一副恶相,他眼角瞄着小丁,小丁并没什么反应。那天,老六决计干点儿什么,吃完面,他又要了一瓶二锅头。小丁奇怪地问,怎么吃完饭了才喝酒。老六说在我们老家,新女婿头次上门,都要这么款待。老六是编出来的。小丁说,什么破规矩呀?看新女婿是不是酒囊饭袋?老六说,错了,在老家,没有酒量和饭量的男人不是男人。小丁抢白,这儿不是你老家,没人相你。老六四下瞅瞅,那没准,一不小心啥事都能发生。小丁突然站起来,我不等你了。老六头也没抬。小丁结了账,背着挎包走开。老六一直盯着小丁的背影消逝。小丁的背影总让老六想入非非,魂不守舍。老六大口地喝酒,一瓶酒快喝光的时候,小丁又回来了。小丁脸色很难看,她坐在老六对面说,这不公平,每顿饭你都比我吃得多。老六说,我也不知道怎么回事,每次和你吃饭都特别能吃。小丁说,鬼话!老六说,有半句假的,你割我的舌头。小丁说,你欺负人。老六故作惊讶状,我怎么欺负人了?小丁说,让我割你舌头,不是成心害我呀。老六说,没关系,我爹是医生,回头让他给我安个羊尾巴。小丁哈哈笑起来。老六趁机说,咱们走吧。两人谁也没说去哪儿,就那么漫无目的地走。后来,小丁问,你要领我去哪儿?老六想开个玩笑,可怕小丁羞恼,迟疑了一下,说我送你回家吧。

两人打了辆计程车,半道上小丁突然喊停车。下了车,老六忙问怎么了,小丁说晕车,并且吐了几口。老六忙拿出餐巾纸,这一招是小丁培养出来的。老六心想,妈的,我都成啥人了。

两人步行往回走,小丁说,这么好的夜晚,打车是浪费。

老六说,是啊,多么迷人的夜晚。老六怕小丁说他酸,赶紧讲了个笑话,小丁大笑不止。讲笑话,老六是强项。小丁说,你真坏,我都笑头都晕了。老六便适时挽住她。

老六想今天该发生点儿什么事,可到了家门口,小丁依然不让他进屋。老六装不明白。老六喝了酒,有过失,是酒的过,怨不着他老六。老六说,我还有两个笑话没讲呢。小丁说,留着明天讲吧。老六说,明天就烂了……开门呀,我又不是强盗。小丁说,你今天喝多了,走吧。小丁推了老六一把,老六猛就抱住小丁。小丁慌慌张张地喊,你放开,然后就打老六一巴掌。小丁生气了,她拢拢头发,打开门,闪进去。砰的一声,老六就想,这下完了,妈的,驴鸡巴撞火炉,自个儿找罪受。

老六回到批发部,呼机嘟嘟响起了,老六赌气没看,呼机连响了三次。老六想,她又玩什么鬼玩意儿,摁了一下,呼机上是三句话,对不起!对不起!!对不起!!!

老六不想和小丁捉迷藏了。老六可以付出,但不想被人耍了。他决定戳一戳小丁的把戏,试探试探她。

第二天,小丁呼了老六几次,老六没回电话。活一干完,老六就躲了出去,喝酒喝到半夜方回来。次日没有动静,第三天傍晚,老六正要出去,小丁出现在门口。老六和小丁打招呼,小丁冷着脸说,又要出去躲?你这人怎么回事,属耗子的?老六佯说,没有啊。小丁说,算了,算了,去哪儿吃饭?老六说,你说去哪儿咱去哪儿。小丁哼了一声,朝外走去。老六贪婪地盯着小丁丰满的臀部,那是一朵怒放的花。

两人找了个小饭馆,落座后,小丁主动给老六要了半斤二锅头,并且特霸道地说,以后只许你喝半斤。老六一副无精打采的样子。小丁声音低低地说,对不起,那天……我吓坏了。老六刚有点儿痒痒,小丁又噘着嘴说,以后可不许开这种玩笑了。老六说,以后肯定不会了。小丁听出老六话里有话,便盯住老六。老六不动声色地说,我想离开批发部。小丁静了半晌,问,嫌钱少?老六忙说,不是不是,我想找个地方学开车。小丁说,那可不行。大概觉得唐突,改口道,在批发部也能学开车嘛,回头我跟老马说一声。老六说你别开玩笑了,批发部变成驾校,老板还不炒了我。小丁说,这样吧,你帮我办一件事,办完再走,怎样?老六等待小丁的下文,小丁却央求道,答应我,好吗?老六问,很难办?小丁点点头。老六喝了一口酒,狠狠烧了一下胃,然后才说,我答应,为了你,我可以去死,说吧,什么事?小丁笑起来,那张脸竟圆了许多。小丁说,没那么严重,先吃饭吧。

那天晚上,小丁破例让老六走进她的屋子。那是一个一居室,屋内干干净净,飘荡着单身女人的味道。

那个晚上,小丁交给老六一个任务。小丁说批发部的老板是她哥,自批发部生意日渐红火后,她哥就很少回家了。她父母和她嫂嫂怀疑她哥在外面包了女人,因此想让老六调查一下,她哥是不是包了女人,那个女人是谁?

老六疑疑惑惑地说,你不是编出来骗我的吧?小丁说,我编什么故事?我还没那能耐,批发部那些人都是我哥的亲信,我只能靠你。老六琢磨了一会儿说,你哥不会怀疑?小丁说,怀疑什么?他又不知道我打探他的私事,再说,他知道你是我的朋友,通过这几天接触,我觉得你扮我男朋友还说得过去。老六有一种受了愚弄的感觉,后一想,小丁并没有承诺他什么,他也并没有吃亏上当,本质上是一场交易吧。可是老六怎么也提不起精神。小丁观察着老六的神色,问,你是不是怕你对象知道?老六说,我哪有对象,光棍一条。小丁摇摇头,我不信,你这么英俊的小伙子会没女朋友?老六故意哭丧着脸说,有是有一个,可惜是假的。小丁顿悟过来,要搥老六。老六躲开了,他马上意识到小丁刚才是有意伸出触角试探他。城里的女人,心眼儿就是鬼。

老六想,小丁布置的任务是工作以外的,应另加工资才是。老六没说出口,突然笑了一下。小丁问老六笑什么,老六说,我小时候最大的愿望是当侦探,没想到今天竟然实现了,我拿什么感谢你呢?小丁很敏感,马上问,你是不是要钱?老六矢口否认,没那意思,我吃你的,喝你的,我再提条件,成啥了?小丁说,你当律师才对,这样吧,事情有了眉目之后,我给你介绍个对象。老六说,你说话可要算数。小丁说，你要什么样的？老六说，就你这样的。小丁红了脸，骂老六耍赖。

老六待到很晚才回，当然，仅仅是待着而已。小丁对于老六，依然是一团迷雾。她只告诉他，房子是她租来的，她正在学电脑。其余的，只字未提。

老六是狗鼻子，没有什么事能难住老六。一旦钻进去，老六除了兴奋，还感到前所未有的刺激。妈的，天底下怎么到处都是老包？

几天后，小丁从呼机上告诉老六，她哥要去批发部，让他做好准备。下午，老六正装货，强子喊他进去。

老六走进那间很少开门的屋子，一个男人背对着老六看墙上的地图，男人无疑是老板了。老六站了一会儿，老板方把脸转过来。老六看到一张又窄又长的刀削脸，和一双鹰一样的眼睛。

老板审视了老六足有二十秒的时间，直到在老六脸上扎出坑，才问，你是新来的老六？声音里透着威严。

老六说是。

老板问，你怎么认识小丁的？完全是审问的架式。

老六略去小丁送他进派出所的细节，只讲他抓小偷的事。老六始终望着老板，他并不感到胆怯。老板脸上没有表情，看不出他是相信老六的话，还是怀疑。

随后，老板又问老六是什么地方人、家里的情况等，老六一一做答了，不知小丁对他说了些什么，看样子好像是审查老六是否有资格做小丁的男朋友。

老六等待老板说出让老六好好待小丁或者反对的话。但老板没说，老板只说，好好干，我不会亏待你。

老板像一条深深的隧道，让人望不见底。

8

如果没有王梅和平演变的事,老六也许仅仅是一个优秀的业余侦探。可是王梅演变了,所以,老六的故事只能朝着另一个方向发展。

老六在那座神秘的白楼附近转悠,脑里老是想着王梅。老六默念着一个数字:608。他犹豫着,不知该不该上去。从嗅出蛛丝马迹到咬定608这个数字,老六费了不少周折。仅仅是费周折而已,没什么事能难住老六。老六说,有志者,事竟成,老六说,世上无难事,只要肯攀登。

老六推断女人会出来散步,阳光明媚的日子,一个寂寞的女人在屋里是待不住的。这样想着,老六决定再等一会儿。为了不让保安生疑,老六向锄草的老花工走去。老六和老花工已很熟悉了。

……老六找王梅可没这么犹豫过。

老六摁了门铃后,半天没有动静,但老六知道王梅就在门旁站着,西瓜的味道已沸沸扬扬扑出来。王梅一定在猫眼里观察他,老六有些恼火,王梅已学会了猫眼看人。老六举手欲再次摁门铃,门开了。

王梅堵在门口,脸上浮着夸张的惊喜,老六!老六的眼球被扎了一下,王梅肥硕的肚子如一枚红气球。嘀哒,老六的心滴了一滴血,可老六脸上平静如水。老六说,不准备让我进去?王梅作恍悟状,我真该死。红气球慢慢挪开,仿佛不小心就会爆炸。

老六挨屋子转,样子很随意,像是在自己家里。结果老六在王梅卧室里看见了老包和王梅的结婚照。西装革履的老包怎么看怎么像桶,披着婚纱的王梅抿着嘴，想幸福又不敢的样子。难道老包和王梅结婚了？老六觉得不可能，可那张照片分明是答案。老六狠狠地盯着，想从照片上看出鲜花插在牛粪上的字样，但没有。事后，老六曾感叹地说，为什么鲜花常常插在牛粪上？鲜花离不开牛粪，没有牛粪，鲜花就不开放。

王梅在身后小声说，老六，我俩结婚了。像是为了证实她不会欺骗老六，她从抽屉里拿出结婚证。

老六瞄了一眼，笑着说，党是信任你的。

王梅说，老包和乡下的女人离了，他是真和我好呢。

老六说，不管是社会主义，还是资本主义，有钱是硬道理。

王梅一下很悲伤的样子，老六，对不起，我不是有意的，我也不知道怎么回事。

老六说，这话你早就说过了，我不怪你，我要有一张漂亮脸蛋，也会奔着命嫁到城里。

王梅悲悲切切地说，我是诚心诚意给你来着，可……这是命。老六听出了王梅话里的意思，不是我不让你"啃"，是你不会"啃"。

王梅给老六沏杯茶，让老六喝着，她去做饭。老六说他是来拿自己的存折的，饭就不吃了。王梅从抽屉里拿出两个存折，上面都是老六的名字。王梅解释说，一张是老六的，一张是她给老六的。老六将自己的装了，另一张则丢在桌上，这算什么？老六想，青春损失费？感情补偿费？

王梅说，我知道你看不起我……

老六打断她，不管白猫黑猫，会抓钱的绝对是好猫，用钱的时候我会跟你借的。

老六要走，王梅非要留老六吃饭。老六问，你不怕老包撞见？王梅说老六你说笑话呢。老六看着王梅，手不由搁在王梅的胸脯上。王梅的乳房像两个大棒槌。王梅叫声老六，慌慌地往后退了一步。老六本来是无意识的，王梅的举止激恼了老六。老六将王梅逼到墙角，剥开她的扣子，撕开乳罩。王梅的乳头像两粒晶莹剔透的紫葡萄，乳晕周围有两排牙印。王梅没有反抗，可她的眼泪出来了，她小声央求，别……老六的手慢慢缩回来，他明白，这个西瓜和他没有任何联系了……

老六说，西瓜结子了。

老花工愣了一下，问，哪来的西瓜？

老六哦了一声，抬头看见了那个女人。她从楼里出来，漫无目的地在甬道上走走停停，停停走走，分明是懒懒散散的样子，却又像在思考什么问题。她细瘦细瘦的，显得极挺拔。老六站起来，向女人走过去。女人看见了老六，她的目光虚虚散散。老六冲她笑笑，向她打听贾老板住在什么地方。女人茫然地摇摇头。她当然不可能知道，假老板嘛。老六从女人眼底深处看到了忧郁、伤感，甚至还有绝望。老六还想问些什么，见保安朝这边走过来，忙走开。女人看老六的神色有些怪。

事情已尘埃落定，老六完全可以交差，可失意女人的眼神勾起了老六的兴趣，老六想把女人看得更清楚一些。说穿了，是想看看这类女人有什么下场。会和王梅一样，弄到一张结婚证吗？

老六怕小丁问起此事，想好了种种借口，可小丁从来不提。小丁像是怕知道结果，老六甚至怀疑她让他调查的用意。

那天晚上，老六给我写信，鼓动我来燕北市闯天下。老六说，你那个破民办有什么干头？三百块钱还不够喝二锅头呢，燕北市才是英雄用武之地。

老六在调查老板包二奶这件事上确实表现出了超人的嗅觉。老六不但知道那个女人是老板的二奶,而且知道她受到了老板的冷落。老板现在另有他人。老六不知老板的钱有多少,但绝对七位数以上,不然,老板怎么频频更换女人?那时,老六已开始琢磨,批发部的利润究竟有多大。老六无法走进批发部的心脏,无法弄清它的秘密,可是老六是个不会服输的家伙,他越不清楚,越喜欢琢磨。

那天沙尘暴肆虐燕北市,老六和老马、闷瓜在屋里猫着。老六正给两人讲笑话,呼机嘟嘟响起来。老马嘲笑他,你要那玩意儿干啥?那是拴狗绳。老六来不及反驳老马,匆匆忙忙出来。小丁说她病了,要老六立刻去她那儿。老六打车过去,刚上楼梯没几步,呼机又杀猪似的叫起来。小丁告诉他,她已到了第四医院,让他速去。老六赶到第四医院,小丁正在门诊外的椅子上坐着。她罩着头纱,老六看不清她的表情。

老六直奔过去,抓住小丁的手,问她什么地方不舒服。老六不放过任何一次抓手的机会。

小丁说你怎么才来,忽然哽咽起来,且不时地捶打老六,招惹得许多人投过目光。

老六说对不起,出租车司机全是沙眼,一遇这种天气,他们分不清东南西北,能找到这儿就很不错了。

小丁扑哧笑出声,骂老六鬼话连篇。

老六说,我的小乖乖……

小丁捂住他的嘴,不许你这么叫,多肉麻呀。

老六说,我的小西瓜。

小丁说,别贫了,什么西瓜,还冬瓜呢。

老六说,我喜欢吃,看见人都香。

小丁骂老六是披着羊皮的狼，说我以前怎么没发现，让你害了还不知道呢。

小丁抽出手。老六问她哪儿不舒服。

小丁说，沙子吹眼里了。

老六像是见了鬼，鼓着眼球，定在那儿。折腾了半天，仅仅是因为几粒沙子？

小丁没在意老六的表情，说，刚才一哭，全出来了……你发什么呆？

老六说，我家的祖传秘方，怎么让你偷了去？老六把自己的不悦掩饰过去。小丁没长出可爱样——当然是正面看，却常常玩娇气。这一点儿无论如何不及王梅，甭说眼里揉沙子，就是扎几个钉子也不会大呼小叫。

老六突然觉得没意思。老六想把他的调查告诉小丁，让这一切马上结束，可是小丁缠了老六的胳膊说，我们走吧。老六只好把快要吐出来的话咬碎，咽回去。

两人吃完饭，回到了小丁那儿。老六第一次产生了逃离的欲望，可小丁将他摁在沙发上。小丁的情绪很好，她给老六削苹果。削好了，并不递给老六，而是将苹果切成小块儿，用牙签扎了，让老六咬。老六怕咬了小丁的手，每次用牙齿咬住，先拽回嘴里，然后才开始咀嚼。一个苹果没吃完，老六的脖子和牙床都发酸。小丁问老六吃不了，老六忙说不了，我牙不好。其实，若是大口嚼，老六一口气吃七八个苹果不成问题。

小丁打开电视，让老六看，她则翻阅一本杂志。电视频道是小丁调好的，里面一个精瘦的厨师正教人们如何做菜。老六喜欢武打片，他摁了半天，选中一个。小丁瞄他一眼，看点儿别的吧，打打杀杀的多没品味。不由分说又调了过来,又说,你不是爱吃吗?会做才会吃。老六的脑袋被味精、麻油、酱油一搅和,脑仁几乎要流出来。小丁忽然凑近老六撒娇道,喂我瓜子。老六便剥了瓜子,喂小丁。老六剥一粒,小丁伸一次舌头。蛇芯子一伸一缩,伴着咝咝的响声。

老六在教我如何应付女人时,举例说,小丁把孙子兵法用上了。在军事上,这叫占据有利地形,进可以攻,退可以守。

喂了一会儿,小丁忽然要洗脚。她打来一盆水,将脚伸进去,用力咆了几下后,让老六给她搓。老六陡地站起来,小丁的眼里扑噜飞出两只吃惊的鸽子。老六却将袖子挽了,蹲下去。老六没看小丁,但他知道小丁的耳根红了。老六站起的一刹那,确实有些生气,想走,可他马上又意识到这可能是小丁抛过来的一个信号。

小丁的脚白白胖胖的,很绵乎。老六轻轻揉捏了几下,小丁便呻吟起来。小丁闭着眼,两颊渐渐涌上潮红。老六看见她的胸部微微颤着,如微风中噙着露珠的花朵,身子向四外摊着,两手却想抓住点儿什么。

老六觉得机会来了。啃不上西瓜,白菜也得啃一棵吧。

老六将一只手搁在小丁胸部,小丁没什么反应。老六正要动作,小丁突然睁开眼,问,几点了?

时钟已指向十点。

小丁把脚拽出来,天不早了,你回吧。

小丁轻而易举地恢复了常态,老六却不行。他的思维僵着,身子僵着,好半天才站起来。

9

我投奔老六是在冬日。那个冬天温度居高不下,过去白茫茫的坝上草原如今黄蒙蒙、灰乎乎的,狗舔了一样。我和乔小燕约会都不用穿棉衣了。隔着单衣,我一下子就能摸着她的乳头。虽说这样的冬天让人发慌,可也为我和乔小燕提供了方便。我想让乔小燕去我的办公室,那张办公桌把我的邪火全勾了出来。可是乔小燕和我进树林、钻草垛,甚至去她家的粪房,就是不去我的办公室,我不明白,乔小燕没被蛇咬,咋也怕井绳呢?

放假前夕,我和村长吵了一架。我的工资提了,但至今没发到手,民办教师的工资理应由乡里出,可村里没交齐提留,乡里便把工资抵顶到村,据说叫转移支付。村里的提留都是由乡里收的,收起的乡里已拿走了,没收起的村里当然也没办法收。我找乡里,乡里让找村里,我找村里,村里让找乡里。我不敢和乡长吵,但我敢和村长吵,谁让村长是我二叔呢。村长吵急了,说,该着也是钱,全村人都倒欠,就你兜里有票子声,你有啥不知足的?

我一气之下,离开了坝上草原。没有钱,我怎么娶乔小燕?就算乔小燕同意,我也有脸呢。我计划只干一个寒假,可一到那儿,老六就没再让我回来。这么说有点儿冤枉老六,桃红柳绿的燕北市让我馋呢。

那时节,老六已和那个寂寞的女人上了床。

事情的结果是老六始料未及的。那天,老六喝了一瓶二锅头,可怎么说也不是二锅头惹的祸。老六的酒量已经恢复了,一瓶酒算个鸟。那天,小丁原说让老六陪她回家,可走到半路上,小丁忽然想起她约了人看电脑去的,撇下老六,匆匆走了。老六在街头吃了碗拉面,喝了瓶二锅头。老六已请了假,批发部他可回可不回。老六行走在高楼大厦之间,他自然而然地想起了那个女人。她现在干什么呢?这个问题勾得老六眼皮子直跳。

老六到了那儿,已是下午。老六不清楚女人是否会出来,他和老花工聊了会儿天。老花工说他的儿子和儿媳正闹离婚,他老伴劝说不住,喝药要挟,差点送了命。老六正想安慰老花工几句,那个寂寞的女人从楼梯口闪出来。她没有像别的女人那样抱只猫或牵只狗,而是空着两手。没等老六做出反应,她已向老花工和老六走过来。老六呆呆地望着女人,不知她要干什么。

女人径直走到老六面前,问老六能不能帮个忙。女人说她想把家具挪个地方。老六没有理由不同意,他跟在女人后面上了楼。有几次,老六踩空,险些闪了脚。那个女人瞄着他,眼神怪怪的。

进屋后,女人咔地将门锁了。老六觉得什么地方不对劲,心虚地冲女人笑笑。女人二话没说,抬手扇了老六一个耳光。老六愣了一下,叫,你凭什么打人?女人竖在老六面前,像一根缺少水份的竹子。她冷冷地盯着老六,问,是不是他让你来监视我的?老六说,我听不懂你的话。女人说,他有什么理由监视我?为什么他不来?老六说没有谁让我监视,你弄错了。说着,老六就要走开。女人拦住老六,不说清楚,你今天别想走。女人一旦胡搅蛮缠,铁嘴钢牙纪晓岚也没辙,何况老六?老六开始考虑脱身的办法,可是女人推搡着老六,老六栽在沙发上。

女人渐渐安静下来,她甚至为老六倒了杯水。女人说,这些日子你一直监视我，别以为我不知道，那天，我悄悄跟踪了你，看见你走进了批发部，我就晓得怎么回事了。别怕，我不会告诉他，现在，你只回答我一个问题：那个女人是谁？她在什么地方？

这是一个被醋泡得几乎发涨的女人。老六盯着女人鲜艳的嘴唇，莫名其妙地笑了一下。老六想起了王梅，他不明白为啥包养对女人有如此大的魔力？她们不懂得恬不知耻，个个振振有词。这实在让老六之辈绝望。

女人说，你嘲笑我？

老六说，没有。

女人霸道地说，那你笑什么？

妈的，老子连笑的资格都没了。老六忽然问，他没答应和你结婚？

结婚？女人突然笑起来，眼泪都出来了。好半天，女人才收住，她恢复了冷漠的表情，道，别说废话了，回答我的问题。

老六说，我真的不晓得。

女人叫，说了半天你玩我。

老六怕女人再次发作，站起来直奔门口。可是，女人的速度比老六还快，她往前一扑，将老六扑倒。女人已经发作了，她连骂带咬，还抓老六的脸，老六躲避着。

那件事不知怎么就发生了。老六回忆过，可关于那个过程，他脑子里一片空白。

事毕，老六慌乱无措，不知如何收场。女人的暴躁被老六浇灭了，她拢拢头发，却突然说了一句让老六心惊肉跳的话：你强奸我！

老六猛一哆嗦，没……我没……

女人冷酷地说，我一句话，他们就会把你抓走。

老六盯着女人，冒出一个念头：马上逃离燕北市。这样一想，他反而不害怕了。老六逼近女人，将她抱起来，老六的胳膊哗哗地抖。女人骇然道，你要干什么？老六恶狠狠地说，强奸！女人挣扎了一下，没有挣脱。老六发了狠，他要毁灭女人，也要毁灭自己。在这个过程中，女人发出愉悦的呻吟，老六顿时一头雾水。

老六临走，女人又说出一句石破天惊的话。女人说只要老六答应每星期来一次，她就不告他，而且还可以给老六钱。女人说，我喜欢你。

老六答应了。那一阵，老六一脑袋莜面糨糊。

从楼里出来，老六像是做了一场梦。老六胸有成竹地啃西瓜，没啃上，小心翼翼地啃白菜，也没啃上，现在突然无缘无故啃了一片菜帮子。老六想，她是让我陪她睡觉呢，去他妈的。

老六想逃离燕北市。可第二天，他莫名其妙地痒痒起来，像是有几百只虫子挠着，怎么都控制不住。老六把寻呼机关掉，去了女人那里。

次日，小丁问老六怎么不回话，老六说没电池了。

老六上了瘾。每次老六都把自己骂得血淋淋的，而且发誓下次绝不再去。可过了没几天，老六就犯了瘾。老六不再像过去油腔滑调的了，小丁说老六稳成了。并补充说，男人就应该稳成些。

老六周旋于女人和小丁之间。老六不知自己更需要哪一个。那些日子里，老六是迷茫的。

我就在那个时候来到了燕北市。

老六替我在市郊租了房子，开了家食品店。这是老六的主意。老六说人挣钱难，钱挣钱易。老六在批发部干了一年多，已有了一定的经验。

我和老六就这样开始了合作。老六特别忙，除了送货回来，我一般见不着他。

有一天，老六难得地回来了，他提了两瓶二锅头、一包猪耳朵，说是我来这么长时间了，还没请我喝过酒。我见老六神色疲惫，问他是不是特别累，老六说，闯天下，累算什么？一副卧薪尝胆的气派。

刚启开瓶盖，老六的呼机哼吱起来。老六看了一眼，说单位呼他。临走没忘了抿一口二锅头。

其实，那天是小丁呼他。

小丁让老六陪她回家。上一次，小丁陪朋友看电脑没回成，之后小丁一直没提，老六早就把这事忘了。老六已经知道小丁家在郊区，父母都是菜农。种菜收入不低，可小丁不喜欢，小丁说她学电脑，是为了换一种新的工作。

小丁在不知不觉中揭掉了她的神秘。

仿佛为了断绝老六不该有的念头，小丁说老六和她回家是有任务的，她的父母一直为她不找对象数落她，今天拉老六充充数，堵堵父母的嘴。小丁说，你不介意吧？老六笑笑，愿为你两肋插刀。老六想随便一些，可小丁不干，她陪老六买了一套西服，让老六理了发。那套西服花去八百多元，好在钱是小丁掏的，她说权当是给老六的报酬。

小丁父母十分客气。客气是一种距离，客气的背后是冷漠和拒绝。小丁父亲稍好一些，小丁母亲则用一种挑剔的目光剥着老六，一副开膛破肚的架式。老六忍受不了这种目光，心里很别扭，想走。后来，老六见到了小丁的嫂子，他掐断了自己的想法。他说不清楚是怎么回事。小丁嫂子不好看也不难看，从她对公婆的态度上，一望便知是那种老实、善良的女人。

吃饭时发生了不愉快，起因是老六突然问有没有二锅头。老六的话使小丁父母愣了一下，小丁母亲指着桌上的燕北春说，这酒很贵的。老六说我没那个意思，我就喜欢二锅头。小丁生气地说，家里有酒精，你喝不喝？结果，那顿饭双方都吃得没滋味。事后，小丁说老六是狗肉上不了台盘。

10

老六终于发现了批发部的秘密：批发部一半是真货，一半是假货，借着真货的掩护批发假货。那天，老六的眼珠像充了电。他把他的计划跟我说了，我吃了一惊，问这行吗？老六说别人能卖咱们为什么不能卖？到处是假东西，根本没人管。假货的利润馋得我都流口水了，我说那就干吧。

不久之后，乔小燕来到了燕北市。我已知道了老六和王梅各奔东西的事，怕乔小燕被人摘去，让她住几天就回。可乔小燕说怕我在城里学坏，要守着我，挣够了钱，回去结婚。

老六从批发部搬了出来，和我们一块在郊区租房子住。我和老六住一间，乔小燕住一间。老六让乔小燕在家里做饭，不让她介入食品店的事。这一点儿让我受用。我一直以为老六从批发部搬出来是因为那儿不方便，可是我很快就发现不是这么回事，老六似乎是为了监视我和乔小燕。他把乔小燕看得很紧，就连乔小燕穿什么衣服他都管。要是乔小燕衣服的开口低，老六多半会说，别学城里人，多难看。我和乔小燕没有亲热的机会，吃一口桃要费不少周折。那时，老六的计划已经生根发芽，但老六还没有具体实施，大约是没有机会吧？

那些日子，无论多晚，老六都要赶回来。

我把乔小燕办掉的念头越来越强烈。其实，这个主意最初的创造者是老六。我偷偷把食品店的地址告诉乔小燕，老六一走，乔小燕就跑到食品店，在老六回来以前赶回去。我俩成了地下工作者，食品店没人时，我就和乔小燕亲热，但是一直没能把她办掉。

一个阴雨绵绵的日子，乔小燕没来店里。没有顾客光顾，店内冷冷清清。我翻着一本旧杂志，百无聊赖地打发着时光。门突然开了，老六浑身透湿走进来。我问他是不是有事，为什么不打车。老六没回答我，让我给他弄一瓶二锅头。老六没有让我，他背对着我，独自喝起来。

老六和那个寂寞女人闹崩了。那个女人和老六工作时，嘴里老说一些莫名其妙的话，诸如疼死我了，你个傻家伙，想死我了。老六不知这是调情，以为女人确实喜欢他，这让老六阴暗的心多多少少有了一丝安慰，他是和一个爱她的女人做爱呢，并不是生意。可那天，女人把老六的头摁到她的下身，示意老六舔她。老六一下火了，他说老子还贱不到这个份儿上，他穿了衣服要走。女人冷冷地说，别忘了我们之间是有协议的。老六说，那你就告吧，老子才不怕呢。这时的老六已不比当初，他把这个女人看透了，知道她绝不敢告他。老六把女人绝望的号叫声甩在身后。

老六离开女人后，也躲了小丁几天。那一阵子，小丁执着地对老六进行强化训练。小丁很霸道地给老六定了几条纪律，如老六可以喝低度白酒、啤酒、干白、干红之类，就是不能喝二锅头；小丁每天检查老六的手指甲，看是不是有污垢；老六吃饭不能大口地嚼，不能弄出声音，等等等等。老六实在烦透了。小丁明显想把老六改造成她心目中的样子。小丁撒娇的次数多起来，但绝不让老六动手动脚。

小丁呼了老六好多遍，老六都没有回电。小丁气呼呼地找到批发部，找老六问罪。小丁见老六明显消瘦了，当着众人的面在老六脸上摸了一下。老六小声说，别这样。小丁说，这样咋啦？我愿意。

老六和小丁回到小丁的住处。老六恍恍惚惚，老是心神不定。小丁追问再三，老六就说，我见到了你哥包养的女人。可是小丁的脸上平平淡淡的，一点表情都没有。小丁说，其实，知道了又咋样？没人管得了他，我只是觉得嫂子怪可怜的。小丁突然意识到什么，她紧紧逼住老六，你什么意思？老六说，我有啥意思，这不是你交给我的任务吗？小丁问，你是不是想离开？没等老六说话，一场暴风雨劈头盖脸砸在老六脸上，小丁骂，你不就是想走吗？走，走得远远的，你这个没良心的……小丁缩在沙发上，呜呜哭起来。她的膀子一耸一抽，万分悲伤的样子。

那一刻，老六确实感动了。他坐在小丁身边，抓住小丁的手。小丁抽出去，让老六滚远点儿。老六扳小丁的膀子，小丁猛地拱到老六怀里。老六抱紧了小丁。之后，老六和小丁咬在一起。小丁含混不清地呻吟着，身子瘫软如泥。但老六不敢造次，不敢碰她别的地方。

终于分开了。老六舔舔嘴唇，嘴唇有些麻。

小丁揉揉眼，说，你真流氓。

老六讪讪笑着。他没心思油滑。

小丁去卫生间洗了脸，出来之后她平静地问老六打算什么时候离开她。她的样子一本正经，绝对不是开玩笑。

老六疑惑了。

小丁说，我不怪你，人各有志，你走吧。

老六站起来，向门口走去。他感觉到身后小丁的呼吸硬了。

小丁突然喝道，老六，你这个王八蛋。

小丁奔过来，狠狠砸着老六，你走！你走!! 你走!!! 可是她的胳膊将老六缠住了。

小丁恨铁不成钢地说，我喜欢你，你这个傻瓜。

老六一直盼望小丁能说出这句话，可小丁表白后，老六不但不感到惊喜，反有些沉重。她像一块石头堵在了老六心口窝。

半个月后，老六和小丁有了实质性的进展。那天是小丁的生日，两人喝了一瓶干红葡萄酒。小丁两腮带着醉红，脸虽然长了些，但一副玲珑剔透的样子。小丁问老六爱不爱她，老六说爱，小丁让老六对天起誓，老六按小丁的要求做了。小丁说了句掏心窝子话，她一直很自卑，是老六让她看到了生活的美好。小丁让老六一辈子都爱她，她一改往日的含蓄，说要在生日这天把她郑重地交给他。

一切都朝着老六预想的方向发展。

老六洗澡出来，小丁已在床上躺着了。她身上盖了块毯子，可是曲线分明。她的眼睛躲闪着，一半胆怯一半含羞，什么是含苞待放？这就是。老六走过去，揭了盖在她身上的毛毯。小丁的身子洁白、丰满、迷人。老六的脑袋涨了一下，艰难地咽口唾沫。这时，小丁努了努嘴，老六看到床头上的避孕套。老六迟疑间，那个寂寞的女人跳到老六面前，拦住了老六。老六不忍心这么欺骗了小丁，小丁还是棵嫩白菜呢。

老六坐在床头，讲了那一切。

老六被小丁赶了出来，到了大街上，他才感到小丁那一巴掌的厉害，他半个脸都肿了。和小丁的结束意味着工作的终止，老六没再回批发部。

那天，我要了点儿小计谋，乔小燕同意让我办她。我当即关了食品店的门窗，我知道过了这一阵，乔小燕没准又改了主意。我像一个窃贼，狠狠地剥着她的衣服。食品店的门就是那时被砸响的，我和乔小燕未能如愿。我打开门，看见了几个穿灰色制服的公家人，脸立刻绿了。

他们不是冲我和乔小燕来的，他们是冲食品店来的。

东西在那儿摆着，无须费什么口舌。他们没收了东西，查封了门店，当然还要罚款。顺藤摸瓜，燕北市最大的假货批发部浮出水面。

这件事本来和老六与小丁的破裂没关系。可发生得凑巧，老六便有了告发老板的嫌疑。

11

老六说，无论那个寂寞的女人还是小丁，谁也没有爱过他。老六说，小丁爱他不假，可她仅仅爱他这个人，她不喜欢他的身份，厌恶他身上所有的习惯。老六和她们的距离不是钱的事儿，就是有钱，她们也未必瞧得起他。若说来燕北市挣钱是初级阶段，现在老六已进入高级阶段了，他决心在燕北市生根发芽，当然还要结出果实。

那几日，为了躲避老板的报复，老六领着我和乔小燕从城南逃到城北，从城东逃到城西。老六脸上没有"泄气"这两个字，他依然信心百倍，终究要打出一片天下的样子。

日子平静了一段后，老六和我分头出去找工作。老六已不满足于为别人打工，他考察了燕北市的书报市场，决定搞报刊批发。老六说，报刊批发看着不起眼，其实是块肥肉。

办下执照后，老六领着我和乔小燕逛了趟商场。乔小燕来一年多了，还没有正儿八经进过城。商场里琳琅满目，看得人眼珠子都是蓝的。乔小燕拽着我，怯怯地迈着步子。乔小燕的啧啧声让我惭愧，我发誓，以后有了钱开着卡车来买东西。

从商场出来，迎头遇见王梅。真是没有想到。王梅推着一辆儿童车，车内坐着两个白白胖胖、一模一样的婴儿。王梅虽不是珠光宝气，但她的打扮很难使人相信她是从乔家围子走出来的，曾经是老六要啃的西瓜。

王梅很高兴，她说一直想去看我们，可不知我们在什么地方。

老六扫了王梅一眼，目光便咬住了那一对双胞胎。双胞胎集中了王梅所有的优点，他们的脖子尤其灵活。老六的预言很准，王梅绝对是一块肥沃的土地，就老包那怂样，还能种出俩来。

乔小燕想摸摸婴儿的脸，老六咳嗽一声，她忙缩了回来。

老六笑着对王梅说，恭喜你，改日来玩哦。拉着乔小燕走开了。

那天吃饭时，老六老是盯着乔小燕看，眼神怪怪的，让人琢磨不透。老六开始构造他的计划了。但是，老六不给我和乔小燕透露半点儿，只是轻描淡写地说，小燕也该出去找个工作。

乔小燕一脸喜色，我早就不想在家里待了，我都快长出毛了。

我说，咱们一块儿干吧。

老六没吱声，他把头深深地埋下去，似乎要把碗吃掉。

我和老六开始了报刊批发，没想到生意很火。老六让我负责批发，他颠来颠去搞外围。

老六给乔小燕找了份工作，是钟点工。对方是燕北大学教授，工资不低。老六的口气似乎这份工作是他凑巧碰上的，他没有把找这份工作的过程讲出来。我不明白老六为什么不让乔小燕帮忙批发报纸，而去干钟点工。老六说你不懂，咱们这个行当说不定有风险。

果然让老六说中了。那天，我和老六在地道桥遭到了几个不明身份人的殴打。起先以为是老板的人，后来才知道他们也是批发报纸的，他们要老六和我滚出他们的地盘。老六哪会服软，无奈对方人多，老六和我头破血流。

其实那点伤算不了什么，真正让我受伤的是老六。我和老六回家后，乔小燕吓坏了，她打来水让我俩洗脸。吃饭时，乔小燕突然说她不想再去当钟点工了。老六斜她一眼，怎么？你也想尝尝挨打的滋味？乔小燕没再说话，可她的样子很委屈。

我觉得乔小燕肯定有什么心事，饭后，我把她拽到一边。乔小燕告诉我，那个姓梁的教授老是对她动手动脚的。我担心的事发生了，我怒火中烧，想去把那家伙揍一顿，乔小燕拦住我。我抱着乔小燕，说，放心，我不会再让你去了。乔小燕泪眼蒙眬地点点头。

我跟老六说了，老六脸上什么表情也没有。半夜里，老六把我喊出去，来到城郊的田野。

老六说，有些想法，咱们应该勾通一下。

我有点儿紧张，我还没见老六这么严肃过。我看不清他的面孔，但他的声音告诉我，他和我说的事非同一般。

老六说了他雄伟的计划，我蒙了，如遭雷轰。老六想让乔小燕留在燕北，做一个真正的燕北人，老六要让乔小燕做第二个王梅。

片刻的惊呆之后，我叫了一声，突然扑向老六。我没想到老六变得这么残酷，即使不为我想，怎么也得为乔小燕想吧。梁教授四十多岁，这颗鲜桃怎么能让他咬去？老六一声不吭，任我的拳头在脸上、头上、两肋上砸着。

老六被我砸倒。我也累了，呼哧呼哧喘着气。

老六声音冷酷地说，如果你喜欢小燕，你就应该让她幸福。

我说，去你妈的吧，让她嫁给四十岁的男人，你这是往火坑里推她。

老六说，我理解你，我也同样痛苦过。可是你现在看看王梅，她哪儿不比咱们强？小燕肯定要比王梅的结局好，梁教授有文化，工资高，他和妻子两地分居，感情一直不好。

我质问他，原来是你故意安排的？

老六说，我不打没把握的仗，小燕是委屈了些，可她的下一代就是真正的燕北人，胖子，这一切你能给她吗？

哦，对了，我就是那个为了出气让老六偷家里鸡的胖子。二十年前，老六替我拿主意，二十年后，依然如此。

我嘿嘿怪笑起来。

老六说，你笑什么？

我说，你让乔小燕去吧，反正我是把她办了。

老六嗖地坐起来，他揪住我的领子，你再说一遍。

老六的气急败坏让我解恨，我故意大声说，我—把—乔—小—燕—办—了！

我日你个娘！老六猛地掐住我的脖子。老六想把我掐死。我拼命挣扎，无奈我力气太小，老六的手如两只巨钳。

我快要窒息了，老六突然松手，捂着脸哭起来。我没见男人哭过，尤其没见老六这样的男人哭过，他哭声不大，哽哽咽咽，悲痛欲绝，像是被人骗了。

我开始考虑老六的话了。我爱乔小燕，千真万确，我为她可以把五脏六腑掏出来。可是，除了掏出这些杂碎，我还能给乔小燕什么？那颗鲜桃终究会被坝上草原长年不绝的西风榨干。夜色茫茫，我突然有了一种悲壮感。

我说，别哭了，我是想办她，可还没来得及。

老六停止了抽泣，他想从我的脸上证实一下。我的脸隐在夜幕的后面，老六看不见。但老六闻出来了，老六是狗鼻子嘛。

老六拍拍我的肩，这是老六自信外露的表现。老六说，小燕不会掉价。

天亮时，我和老六互相搀扶着走了回去。乔小燕看我俩浑身是血，脸都变白了。乔小燕让老六报警，老六虎着脸说，你走你的。乔小燕看我，我说，打江山哪有不流血的。

乔小燕迟迟疑疑地走了。

我的心砰的一声裂开了。

那些日子，我老是梦见乔小燕被追杀，她浑身是血，哭喊救命，我想救她，可我的手被人绑了，我想喊叫，可我的嘴被人封住了。我从梦中惊醒，大汗淋漓。

白天，我和老六拼拼杀杀的。燕北市有两家报刊批发商，他们容不下老六。老六说，我们没有退路了，江山是打出来的，豁出命，怕它个卵。我一向怯懦，可那些日子打架比老六还玩命。

我和老六总算有了一块地盘。

那天，老六为了庆祝我们暂时的胜利，买了一包猪耳朵、一瓶二锅头。我拿着酒瓶倒酒时，突然抽搐了一下。酒瓶碎裂了，二锅头洒了一地。老六问怎么了，我没回答。我知道，乔小燕被梁教授啃了。

12

事情像老六预料的一样，梁教授喜欢上了天生丽质的乔小燕，并让乔小燕怀上了他的孩子。梁教授答应和感情不和的妻子离婚，娶乔小燕。乔小燕的肚子一天天大了,梁教授的离婚证也没拿到。梁教授千不该,万不该,不该提出让乔小燕做掉孩子。

老六带我去找梁教授谈判。这个一脸肥猪肉的家伙什么条件都答应,就是不答应和乔小燕结婚。他说,婚我是离不了,你们看着办吧。

我不能让乔小燕白白受了委屈,想着乔小燕那凄楚的样子,我恨极了。我抓起暖水瓶,砸到梁教授脸上……

没错,那个戴手铐的人就是我。我不后悔,有啥可后悔的?老六说,小燕终究会成为燕北人。老六说,坐牢也是资本,许多暴发户都坐过牢。老六说道路是曲折的,前途是光明的,谁也别想把咱踩倒。

我知道,老六又有了下一步的打算。